A TABELA PERIÓDICA

PRIMO LEVI

A tabela periódica

Tradução
Maurício Santana Dias

1ª reimpressão

COMPANHIA DAS LETRAS

Questo libro è stato tradotto grazie a un contributo del Ministero degli Affari Esteri e della Cooperazione Internazionale Italiano.

Obra traduzida com a contribuição do Ministério das Relações Exteriores e da Cooperação Internacional da Itália.

Grafia atualizada segundo o Acordo Ortográfico da Língua Portuguesa de 1990, que entrou em vigor no Brasil em 2009.

Título original
Il sistema periodico

Capa
Celso Longo e Daniel Trench

Imagem de capa
Orizzontale verticale, de Giorgio Griffa, 1978. 75 × 158 cm.
© Griffa, Giorgio/ AUTVIS, Brasil, 2025.
Reprodução de Nicolas Dewitte/ LaM

Preparação
Flavio Magalhães Taam

Revisão
Marina Nogueira
Renata Lopes Del Nero

Dados Internacionais de Catalogação na Publicação (CIP)
(Câmara Brasileira do Livro, SP, Brasil)

Levi, Primo, 1919-1987.
A tabela periódica / Primo Levi ; tradução Maurício Santana Dias. — 1ª ed. — São Paulo : Companhia das Letras, 2025.

Título original: Il sistema periodico.
ISBN 978-85-359-4197-5

1. Contos italianos I. Título.

25-278291 CDD-853.1

Índice para catálogo sistemático:
1. Contos : Literatura italiana 853.1

Cibele Maria Dias — Bibliotecária — CRB-8/9427

EDITORA SCHWARCZ S.A.
Rua Bandeira Paulista, 702, cj. 32
04532-002 — São Paulo — SP
Telefone: (11) 3707-3500
www.companhiadasletras.com.br
www.blogdacompanhia.com.br
facebook.com/companhiadasletras
instagram.com/companhiadasletras
x.com/cialetras

Ibergekumene tsores iz gut tsu dertseyln
(É bom contar as dificuldades passadas)

Sumário

Argônio

No ar que respiramos, existem os chamados gases inertes. Eles carregam curiosos nomes gregos de derivação erudita, que significam "o Novo", "o Oculto", "o Inoperante", "o Estrangeiro". De fato, são tão inertes, tão satisfeitos com a própria condição, que não interferem em nenhuma reação química, não se combinam com nenhum outro elemento e, justamente por esse motivo, passaram despercebidos por séculos: somente em 1962 um químico de boa vontade, após longos e engenhosos esforços, conseguiu fazer com que o Estrangeiro (o xenônio) se combinasse de modo fugaz com o avidíssimo e vivacíssimo flúor, e o feito pareceu tão extraordinário que lhe rendeu o prêmio Nobel. Também são conhecidos como gases nobres, e aqui seria preciso discutir se realmente todos os nobres são inertes e se todos os inertes são nobres; por fim, também são chamados de gases raros, embora um deles, o argônio, o Inoperante, esteja presente no ar na respeitável proporção de 1%, ou seja: vinte ou trinta vezes mais abundante que o dióxido de carbono, sem o qual não haveria sinal de vida neste planeta.

O pouco que sei de meus antepassados os aproxima desses gases. Nem todos eram materialmente inertes, porque não tinham como sê-lo; ao contrário, eram ou deviam ser bastante ativos para ganhar a vida, e devido a certa moralidade dominante segundo a qual "quem não trabalha não come"; mas sem dúvida eram intimamente inertes, propensos à especulação desinteressada, ao discurso arguto, à discussão elegante, sofística e gratuita. Não deve ser por acaso que as histórias que lhes são atribuídas, apesar de muito variadas, tenham em comum algo de estático, uma atitude de abstenção decorosa, de um voluntário (ou resignado) distanciamento, à margem do grande rio da vida. Nobres, inertes e raros: a história deles é demasiado pobre se comparada à de outras ilustres comunidades judaicas da Itália e da Europa. Ao que tudo indica, chegaram ao Piemonte por volta de 1500, vindos da Espanha e passando pela Provença, como parecem confirmar alguns sobrenomes-topônimos característicos: Bedarida-Bédarrides, Momigliano-Montmélian, Segre (um afluente do Ebro que atravessa Lérida, no nordeste da Espanha), Foà-Foix, Cavaglion-Cavaillon, Migliau-Millau; já o nome de Lunel, cidadezinha próxima das Bocas do Ródano, entre Montpellier e Nîmes, foi traduzido em hebraico por Jaréakh (= lua), e dele derivou o sobrenome judaico-piemontês Jarach.

Rejeitados ou mal aceitos em Turim, estabeleceram-se em várias localidades agrícolas do Piemonte meridional, introduzindo nessas terras a tecnologia da seda, mas sem jamais superar, mesmo nos períodos mais prósperos, a condição de uma minoria extremamente exígua. Nunca foram muito amados nem muito odiados; não foram transmitidas notícias das notáveis perseguições a eles; no entanto, um muro de suspeita, de hostilidade indefinida e de derrisão deve tê-los mantido substancialmente separados do resto da população até muitas décadas após a emancipação de 1848 e o consequente deslocamento para as cidades, se é verdade o que meu pai me contava de sua infância em Bene Vagienna, ou seja, que as pessoas de sua idade, na saída da escola, costumavam zombar dele (amigavelmente) cumprimentando-o com a barra da jaqueta apertada no punho como uma orelha de burro e cantando: "*Ôrije 'd crin, ôrije d'asô, a ji ebreô ai piasô*" ("orelhas de porco, orelhas de burro, é disso que os judeus gostam"). A alusão às orelhas é arbitrária, e o gesto era basicamente uma paródia sacrílega da saudação que os judeus praticantes fazem uns aos outros na sinagoga, quando são chamados para a leitura da Bíblia, mostrando-se mutuamente a barra do manto de orações, cujas borlas, minuciosamente prescritas pelo ritual em número, tamanho e forma, são carregadas de sentido místico e religioso — mas aqueles meninos já não sabiam qual era a origem de seu gesto. Lembro aqui, aliás, que o vilipêndio do manto de orações é tão antigo quanto o antissemitismo: com esses mantos, confiscados dos deportados, a SS mandava confeccionar cuecas que depois eram distribuídas aos judeus prisioneiros nos Lager.

Como sempre ocorre, a rejeição era recíproca: por parte da minoria, uma barreira simétrica tinha sido erguida contra toda a cristandade (*gôjím*, *ñarelím*: os "gentios", os "não circuncidados"), reproduzindo em escala provinciana, e contra um fundo pacificamente bucólico, a situação épica e bíblica do povo eleito. Dessa defasagem fundamental se alimentava a argúcia bonachona de nossos tios (*barba*) e tias (*magne*): sábios patriarcas tabacosos e domésticas rainhas do lar, que também se autodenominavam orgulhosamente "o povo de Israel".

No que diz respeito ao termo "tio", é bom já esclarecer que ele deve ser entendido em um sentido bem amplo. Entre nós, chamamos de tio qualquer parente idoso, ainda que muito distante; e, como todos ou quase todas as pessoas idosas da comunidade são em origem nossos parentes, ocorre que o número de tios é grande. Além disso, no caso dos tios que alcançam uma idade avançada (acontecimento frequente: somos gente longeva, desde Noé), o atributo de *barba*, ou respectivamente de *magna*, tende a se fundir lentamente com o nome e, com o concurso de engenhosos diminutivos e de uma inesperada analogia fonética entre o hebraico e o piemontês, se enrijece em apelativos complexos, de sons estranhos, que depois se transmitem imutáveis de geração a geração, junto com as vivências, as memórias e os ditos de quem os carregou por muito tempo. Assim nasceram os Barbaiòtô (tio Elia), Barbasachín (tio Isacco), Magnaiéta (tia Maria), Barbamôisín (tio Mosè, de quem se diz que havia mandado um tira-dentes arrancar os dois incisivos inferiores para apoiar mais comodamente a piteira do cachimbo), Barbasmelín (tio Samuele), Magnavigàia (tia Abigaille, que para se casar entrou em Saluzzo montada numa mula branca, percorrendo desde Carmagnola o gelado rio Pó), Magnafôriña (tia Zefora, do hebraico Tzipporà, que significa "pássaro": nome esplêndido). A uma época ainda mais remota devia pertencer o Vovô Sacòb, que foi à Inglaterra para comprar tecidos e, por isso, "vestia uma roupa xadrez": o irmão dele, Barbapartín (tio Bonaparte, nome ainda comum entre os judeus, para recordar a primeira e efêmera emancipação concedida por Napoleão), tinha sido rebaixado de sua qualidade de tio porque o Senhor, bendito seja Ele, lhe havia dado uma esposa tão insuportável que ele por fim se batizou, tornou-se frade e partiu em missão para a China, a fim de se manter o mais distante dela.

Vovó Bimba era linda, usava um cachecol de avestruz e era baronesa. Ela e toda a família tinham sido feitos barões por Napoleão, porque eles "*l'aviô prestaie 'd mañòd*", lhe tinham emprestado dinheiro.

Barbarônín era alto, robusto e de ideias radicais: tinha escapado de Fossano para Turim e exerceu muitos ofícios. Foi contratado pelo Teatro Carignano como figurante em *Don Carlos*, e escreveu aos parentes dizendo que viessem assistir à estreia. Tio Natàn e tia Allegra foram e ficaram na galeria; quando o pano de boca se abriu, e a tia viu o filho todo armado como um filisteu, gritou a plenos pulmões: "*Rônín, co 't fai! Posa côl sàber!*" ("Aronne, o que você está fazendo? Solte esse sabre!").

Barbamiclín era um simplório: era respeitado e protegido em Acqui, porque os simples são filhos de Deus e não se falará mal deles. Mas o chamavam de Piantabibini desde que um *rashàn* (ímpio) zombou dele, fazendo-o acreditar que os perus (*bibini*) eram semeados como os pessegueiros, plantando suas penas nos sulcos, e que depois cresciam nos galhos. De resto, o peru tinha um lugar curiosamente importante nesse mundo familiar astuto, brando e pacato, talvez porque, sendo presunçoso, desengonçado e colérico, exprime as qualidades opostas e se presta a tornar-se um alvo; ou talvez, mais simplesmente, na Páscoa se preparava com ele uma famosa e quase ritual *quaiëtta 'd pitô* (almôndega de peru). Por exemplo, tio Pacifico também criava uma perua e se afeiçoara a ela. Na frente dele morava o sr. Lattes, que era músico. A perua grugulejava e perturbava o sr. Lattes; ele então pediu ao tio Pacifico que fizesse a perua se calar. O tio respondeu: "*Sarà fàita la sôa cômissiôn. Sôra pita, c'a staga ciútô*" ("Seu pedido será atendido. Dona perua, fique calada").

Tio Gabriele era rabino, e por isso era conhecido como "Barba Morénô", "tio Nosso Mestre". Velho e quase cego, estava voltando a pé, sob o sol escaldante, de Verzuolo a Saluzzo. Viu um carro se aproximar, o parou e pediu uma carona; mas depois, conversando com o motorista, pouco a pouco se deu conta de que se tratava de um carro fúnebre, que transportava uma morta cristã para o cemitério: algo abominável, porque, como está escrito em Ezequiel 44,25, um sacerdote que toque um morto, ou que apenas entre na câmara onde jaz um morto, fica contaminado e impuro por sete dias. Pôs-se de pé e gritou: "*I eu viagià côn 'na pegartà! Vitürín fermé!*" ("Viajei com uma morta! Motorista, pare!").

O Gnôr Grassiadiô e o Gnôr Côlômbô eram dois amigos-inimigos que, segundo a lenda, moravam em tempos imemoriais frente a frente, nos dois lados de uma estreita viela da cidade de Moncalvo. Gnôr Grassiadiô era maçom e riquíssimo: envergonhava-se um pouco por ser judeu e se casou com uma *gôià*, isto é, uma cristã, de cabelos louros e compridos até o chão, que lhe metia chifres. Esta *gôià*, embora fosse *gôià*, se chamava Magna Ausilia, o que indica certo grau de aceitação por parte dos descendentes; era filha de um capitão do mar, que havia presenteado Gnôr Grassiadiô com um grande papagaio de todas as cores, que tinha vindo da Guiana e dizia em latim "*Nosce te ipsum*" ("Conhece a ti mesmo"). Gnôr Côlômbô era pobre e mazziniano: quando o papagaio chegou, Gnôr Côlômbô decidiu comprar um corvo todo despelado e o ensinou a falar. Quando o papagaio dizia "*Nosce te ipsum*", o corvo respondia "*Fate furb*", "fique esperto".

Mas é preciso uma explicação para a *pergatà* de tio Davide, a *gôià* de Gnôr Grassiadiô, os *mañòd* de Vovó Bimba e a *havertà*, sobre a qual falaremos em seguida. "*Havertà*" é palavra hebraica deturpada, tanto na forma quanto no sentido, e cheia de significados. Mais propriamente, é uma forma feminina arbitrária de *Havèr* = Companheiro, e vale por "doméstica", mas contém a ideia acessória de mulher de baixa extração, de crenças e costumes diferentes, que temos de abrigar sob nosso teto; a *havertà* é tendencialmente pouco asseada e, por definição, maliciosamente curiosa sobre os hábitos e as conversas dos donos da casa, a ponto de obrigá-los a recorrer em sua presença a um jargão particular, do qual decerto faz parte o próprio termo "*havertà*", além dos outros citados acima. Hoje esse jargão quase desapareceu; duas gerações atrás, ele ainda tinha algumas centenas de vocábulos e locuções, consistentes sobretudo em raízes hebraicas com desinências e flexões piemontesas. Um exame ainda que sumário revela sua função dissimuladora e subterrânea, de linguagem maliciosa destinada a ser empregada ao se falar dos *gôjím* e na presença de *gôjím*; ou ainda para responder ousadamente, com injúrias e maldições incompreensíveis, ao regime de clausura e de opressão instaurado por eles.

Seu interesse histórico é escasso, porque nunca foi falado por mais de alguns milhares de pessoas: mas seu interesse humano é enorme, assim como o de todas as linguagens de fronteira e de transição. De fato, ele contém uma admirável força cômica, que decorre do contraste entre o tecido do discurso, que é o dialeto piemontês áspero, sóbrio e lacônico, jamais escrito senão por milagre, e o enxerto hebraico, extraído da remota língua dos pais, sagrada e solene, geológica, polida durante milênios como o leito das geleiras. Mas tal contraste reflete outro, aquele essencial do judaísmo da Diáspora, disperso entre "os gentios" (isto é, os *gôjím*), estendido entre a vocação divina e a miséria cotidiana do exílio, e outro ainda, bem mais geral, inerente à condição humana, já que o homem é centauro, um emaranhado de carne e pensamento, de sopro divino e pó. Depois da dispersão, o povo judaico viveu longa e dolorosamente esse conflito e dele tirou, além de sua sabedoria, o sorriso que com efeito falta na Bíblia e nos Profetas. O iídiche é impregnado dele, e, em seus modestos limites, o era também a fala bizarra de nossos pais nesta terra, que aqui pretendo recordar antes que desapareça: fala cética e bem-humorada, que apenas em um exame distraído poderia parecer blasfema, ao passo que é, ao contrário, rica de uma intimidade afetuosa e respeitosa com Deus, Nôssgnôr, Adonai Eloénô, Cadòss Barôkhú.

Sua raiz humilhada é evidente: por exemplo, faltam a ela, posto que inúteis, os termos para "sol", "homem", "dia", "cidade", ao passo que estão presentes os termos para "noite", "esconder", "dinheiro", "prisão", "sonho" (mas usado quase exclusivamente na locução *bahalòm*, "em sonho", a ser acrescentada de modo burlesco a uma afirmação, de forma que ela seja entendida pelo interlocutor, e só por ele, como seu contrário), "roubar", "enforcar" e semelhantes; além disso, há um bom número de depreciativos, usados às vezes para julgar pessoas, mas empregados mais tipicamente, por exemplo, entre marido e mulher parados em frente ao balcão do comerciante cristão e vacilantes em relação à compra. Citemos: *'n saròd*, plural majestático não mais entendido como tal do hebraico *tzarà* = desventura, e usado para descrever uma mercadoria ou pessoa de pouco valor; existe ainda o gracioso diminutivo *sarôdín*, e não gostaria de que fosse esquecido o feroz nexo *saròd e senssa mañòd*, usado pelo agenciador de casamentos (*marôsàv*) para referir-se a jovens feias e sem dote; *hasirúd*, coletivo abstrato de *hasír* = porco, portanto equivalente mais ou menos a "porcaria, porqueira". Note-se que o som "u" (francês) não existe em hebraico; mas existe a desinência "út" (com "u" italiano), que serve para cunhar termos abstratos (por exemplo, *malkhút*, reino, de *mélekh*, rei), mas sem a conotação fortemente depreciativa que tinha no emprego do jargão. Outro uso, típico e óbvio, dessa e de outras palavras semelhantes se dava nas lojas, entre o patrão e os empregados e contra os clientes: no Piemonte do século passado, o comércio de tecidos estava geralmente em mãos judaicas, e dele surgiu um subjargão especializado que, transmitido pelos empregados, que por seu turno viravam patrões, e não necessariamente judeus, se difundiu em muitas lojas do ramo e ainda perdura, falado por gente que se espanta bastante quando por acaso vem a saber que usa palavras hebraicas. Alguns, por exemplo, ainda se valem da expressão *'na vesta a kiním* para indicar "uma roupa pontilhada"; ora, os *kiním* são os piolhos, a terceira das dez pragas do Egito, enumeradas e cantadas no ritual da Páscoa judaica.

Há ainda um razoável sortimento de vocábulos pouco decentes, empregados não só em sentido próprio diante das crianças, mas também em lugar de impropérios: nesse caso, em comparação a termos correspondentes em italiano ou piemontês, eles apresentam, além da já mencionada vantagem de não serem compreendidos, também a de aliviar o coração sem esfolar a boca.

Certamente mais interessantes para o estudioso dos costumes são alguns poucos termos que aludem a coisas referentes à fé católica. Nesse caso, a forma originariamente hebraica é corrompida de modo bem mais profundo, e isso por dois motivos: em primeiro lugar, o caráter secreto era aqui estritamente necessário, porque sua compreensão por parte dos gentis poderia implicar o perigo de uma incriminação por sacrilégio; em segundo lugar, a deformação adquire nesse caso o objetivo preciso de negar, de obliterar o conteúdo mágico-sacral da palavra, e, portanto, subtrair-lhe qualquer virtude sobrenatural: pela mesma razão, em todas as línguas o Diabo é designado por uma enorme quantidade de apelativos de caráter alusivo e eufemístico, que permitem indicá-lo sem proferir seu nome. A igreja (católica) era chamada *tônevà*, palavra cuja origem não consegui reconstituir, e que provavelmente tem apenas o som do hebraico; ao passo que a sinagoga, com orgulhosa modéstia, era chamada simplesmente de *scòla*, o local onde se aprende e se é educado, e, de modo análogo, o rabino não era designado pelo termo próprio *rabbi* ou *rabbénu* (nosso rabi), mas como Morénô (nosso mestre) ou Khakhàm (o Sapiente). De fato, na *scòla* não se é ferido pelo odioso Khaltrúm dos gentis: Khaltrúm, ou Khantrúm, é o rito e a carolice dos católicos, intolerável porque politeísta e, acima de tudo, porque carregada de imagens ("Não terás outros deuses além de mim; não farás escultura nem imagem... e não a adorarás", Êxodo 20,3), e, portanto, idólatra. A origem desse termo impregnado de execração também é obscura, quase certamente não hebraica: mas em outros jargões judaico-italianos existe o adjetivo *khalto*, justamente no sentido de "carola", e usado sobretudo para descrever o cristão adorador de imagens.

A-issà é a Nossa Senhora (significa simplesmente "a senhora"); de todo críptico e indecifrável, e era de se supor, é o termo Odò, com o qual, quando não se podia evitar de modo nenhum, se aludia a Cristo, baixando a voz e olhando ao redor com circunspecção: é bom falar o menos possível de Cristo, porque o mito do Povo Deicida é difícil de morrer.

Outros numerosos termos eram extraídos diretamente dos rituais e dos livros sagrados, que os judeus nascidos no século passado liam com razoável fluência no original hebraico, e em boa parte os compreendiam; porém, no uso do jargão, tendiam a deformar ou alargar arbitrariamente seu campo semântico. Da raiz *shafòkh*, que quer dizer "expandir" e está presente no Salmo 79 ("Expande Tua ira sobre as gentes que não Te reconhecem, e sobre os reinos que não invocam Teu nome"), nossas antigas mães extraíram a expressão doméstica *fé sefòkh*, fazer *sefòkh*, usada para descrever com delicadeza o vômito infantil. De *rúakh*, plural *rukhòd*, que significa "sopro", ilustre vocábulo que se lê no tenebroso e admirável segundo versículo do Gênesis ("O vento do Senhor soprava a face das águas"), derivou *tiré 'n ruàkh*, "soltar um vento", em seus diversos sentidos fisiológicos: donde se percebe a intimidade bíblica do Povo Eleito com seu Criador. Como exemplo de aplicação prática, transmite-se o ditado de tia Regina, sentada com tio Davide no Caffè Fiorio da Via Po: "*Davidín, bat la cana, c'as sentô nèn le rôkhòd!*" — o que atesta uma relação conjugal de afetuosa intimidade. Já a bengala naqueles tempos era um símbolo da condição social, como hoje poderia ser o viajante da primeira classe nas ferrovias: meu pai, por exemplo, possuía duas, uma de bambu para os dias da semana e outra de cana-da-índia, com o castão banhado em prata, para os domingos. A bengala não lhe servia de apoio (não precisava disso), mas para rodá-

-la jovialmente no ar, ou para afugentar cães insolentes em seu caminho — enfim, como um cetro para se distinguir da plebe.

Berakhà é a bênção: um judeu devoto deve pronunciá-la centenas de vezes ao dia, e o faz com profunda alegria, porque assim mantém o diálogo milenar com o Eterno, que em cada *berakhà* é louvado e reverenciado por Seus dons. Nonô Leônín era meu bisavô, morava em Casale Monferrato e tinha pés chatos; a ruela onde sua casa estava tinha calçamento de pedras, e ele penava para percorrê-la. Certa manhã, saiu de casa, viu a ruela com um pavimento liso e exclamou de todo coração: "*'N abrakhà a côi gôjím c'a l'an fàit i lòsi!*": uma bênção àqueles infiéis que a pavimentaram assim. Já para se lançar uma maldição, usava-se a curiosa associação *medà meshônà*, literalmente "morte estranha", na verdade um decalque do piemontês *assidènt*. Atribui-se ao mesmo Nonô Leônín a imprecação inexplicável "*c'ai takèissa 'na medà meshônà fàita a paraqua*", que lhe aconteça um desastre feito um guarda-chuva.

E não poderia me esquecer de Barbaricô, mais próximo no tempo e no espaço, tanto que faltou pouco (apenas uma geração) para que ele fosse meu tio no sentido estrito do termo. Guardo dele uma lembrança pessoal, portanto articulada e complexa, não "*figé dans un'attitude*" como a dos personagens míticos que até então recordei. Em Barbaricô, a comparação com os gases inertes feita no início destas páginas cai como uma luva.

Tinha estudado medicina e se tonou um bom médico, mas o mundo não lhe agradava. Quer dizer, ele gostava dos homens, e sobretudo das mulheres, dos campos, do céu; mas não do trabalho, do barulho dos carros, das intrigas na carreira, dos desgastes pelo pão cotidiano, dos compromissos, dos horários e dos prazos; enfim, nada daquilo que caracterizava a vida atribulada da cidade de Casale Monferrato em 1890. Teve vontade de ir embora, mas era preguiçoso demais para isso. Os amigos e uma mulher que o amava, e que ele tolerava com uma benevolência distraída, o convenceram a concorrer a um cargo de médico a bordo de um transatlântico de linha; venceu facilmente o concurso, fez apenas uma viagem de Gênova a Nova York e, no retorno a Gênova, pediu demissão, porque na América "*a j'era trop bôrdél*", havia barulho demais.

Depois disso, passou a morar em Turim. Teve várias mulheres, e todas queriam se casar com ele e redimi-lo, mas ele considerava muito desgastantes tanto o casamento quanto um consultório equipado e o exercício regular da profissão. Por volta de 1930, era um velhinho tímido, encolhido e descuidado, assustadoramente míope; vivia com uma *gôià* grandalhona e vulgar, da qual de vez em quando tentava debilmente se separar, e que ele às vezes definia como *'na sôtià, 'na hamortà, 'na gran beemà* (uma louca, uma mula, uma grande besta); mas sem acrimônia, ao contrário, com um leve toque de inexplicável ternura. Essa *gôià* "*a vôría fiña félô samdé*", queria até batizá-lo (literalmente: destruí-lo), coisa que ele sempre rechaçou, não por convicção religiosa, mas por falta de iniciativa e por indiferença.

Barbaricô tinha nada menos que doze irmãos e irmãs, que chamavam sua companheira pelo apelido irônico e cruel de "Magna Môrfina": irônico porque a mulher, coitada, na condição de *gôià* e sem ter tido filhos, não podia ser uma *magna* a não ser em sentido bastante limitado, aliás, podia ser definida como o contrário disso, uma "não *magna*", excluída e apartada da família; cruel porque continha uma alusão provavelmente falsa, e de todo modo impiedosa, a um certo abuso do receituário de Barbaricô.

Os dois moravam numa água-furtada de Borgo Vanchiglia, suja e caótica. O tio era um ótimo médico, cheio de sabedoria humana e intuição diagnóstica, mas ficava o dia inteiro deitado em sua toca, lendo livros e jornais velhos: era um leitor atento, de boa memória, eclético e incansável, embora a miopia o obrigasse a manter os impressos a três dedos dos óculos, que eram grossos como fundos de garrafa. Só se levantava quando algum paciente mandava chamá-lo, o que ocorria com frequência, porque ele quase nunca cobrava; seus enfermos eram gente pobre da periferia, de quem ele aceitava como recompensa uma meia dúzia de ovos, umas verduras da horta ou quem sabe um par de sapatos velhos. Ia até os pacientes a pé, porque não tinha dinheiro para o bonde; quando entrevia uma jovem na rua, em meio à névoa da miopia, ele se aproximava e, para surpresa dela, a examinava minuciosamente, girando em seu redor a um palmo de distância. Não comia quase nada, e na maioria das vezes não sentia necessidade; morreu depois dos noventa anos, com discrição e dignidade.

Semelhante a Barbaricô em sua recusa ao mundo era Nona Fina, uma de quatro irmãs, todas chamadas Fina: essa peculiaridade de registro se devia ao fato de que as quatro meninas tinham sido mandadas sucessivamente a Bra para os cuidados da mesma babá, que se chamava Delfina e que chamava assim todo os seus "bebês". Nona Fina morava em Carmagnola, em um apartamento de primeiro andar, e fazia esplêndidos bordados de crochê. Aos 68 anos, sentiu um leve mal-estar, uma *caôdaña*, como as senhoras da época diziam e hoje, misteriosamente, não dizem mais; desde então, durante vinte anos, ou seja, até sua morte, não saiu mais do quarto; no sábado, da sacadinha cheia de gerânios, cumprimentava frágil e exangue, com um aceno da mão, as pessoas que saíam da *scòla*. Mas deve ter sido bem diferente em sua juventude, se é verdade o que contam a seu respeito, isto é: tendo seu marido levado o rabino de Moncalvo, homem culto e ilustre, para recebê-lo em sua casa, ela lhe teria servido, sem que ele soubesse, *'na côtlëtta 'd hasír*, uma costelinha de porco, porque não tinha outra coisa na despensa. Seu irmão Barbaraflín (Raffaele), que antes da promoção a Barba era conhecido como *'l fieul 'd Môisé 'd Celín*, já em idade madura e riquíssimo pelos *mañòd* amealhados com fornecimentos militares, se apaixonou pela linda Dolce Valabrega de Gàssino; mas não ousava declarar-se, e escrevia a ela cartas de amor que não enviava, escrevendo a si mesmo respostas apaixonadas.

Marchín, um ex-*barba*, também teve uma história de amor infeliz. Havia se apaixonado por Susanna (que significa "lírio" em hebraico), mulher animada e devota, depositária de uma receita secular para a confecção de salames de ganso: esses salames são feitos utilizando-se como invólucro o próprio pescoço da ave, e acontece que, no Lassòn Acòdesh (na "língua santa", ou seja, no jargão de que estamos tratando), sobreviveram pelo menos três sinônimos para "pescoço". O primeiro, *mahané*, é neutro e de uso técnico e genérico; o segundo, *savàr*, é usado apenas em metáforas como *a rôta 'd savàr*, "ir a toda"; o terceiro, *khanèc*, extremamente significativo, alude ao pescoço como percurso vital, que pode ser obstruído, retido ou cortado, e se usa em imprecações como *c'at resta ant 'l khanèc*, "que lhe fique no pescoço" — já *khanichésse* quer dizer "enforcar-se". Marchín era vendedor e ajudante de Susanna, tanto na misteriosa cozinha-ateliê quanto na loja de vendas, em cujas prateleiras se viam promiscuamente salames, decorações sacras, amuletos e livros de orações. Susanna o rejeitou, e Marchín se vingou de modo abominável, vendendo a um *gòi* a receita dos salames. É de supor que esse *gòi* não tenha apreciado seu valor, já que depois da morte de Susanna (ocorrida em priscas eras) não foi mais possível encontrar no mercado um salame de ganso digno do nome e da tradição. Por sua desprezível desforra, tio Marchín perdeu o direito de ser chamado de tio.

Remoto entre todos, portentosamente inerte, envolto em um espesso sudário de lenda e incredulidade e fossilizado em cada fibra por sua condição de tio, era Barbabramín de Chieri, tio de minha avó materna. Ainda jovem, já era muito rico, tendo adquirido dos nobres do lugar numerosas casas de fazenda, de Chieri até a região de Asti; contando com sua herança, os parentes dilapidaram todos os seus bens em banquetes, bailes e viagens a Paris. Então aconteceu que a mãe dele, tia Milca (Regina), ficou doente e, depois de muito discutir com o marido, acabou aceitando contratar uma *havertà*, ou seja, uma doméstica, algo que ela havia recusado até aquele momento: de fato, sendo previdente, não queria saber de mulheres pela casa. De modo certeiro, Barbabramín foi tomado de amor por essa *havertà*, provavelmente a primeira mulher menos que santa de quem ele pôde se aproximar.

O nome dela não passou de geração em geração, mas alguns atributos, sim. Era bela e curvilínea, e tinha esplêndidos *khalaviòd* (seios: o termo é desconhecido no hebraico clássico, em que, no entanto, *khalàv* quer dizer "leite"). Era obviamente uma *gôià*, uma insolente, e não sabia ler nem escrever; todavia era uma cozinheira de mão cheia. Era uma camponesa, *'na pôñaltà*, e andava descalça pela casa. O tio se apaixonou justamente por tudo isto: pelos tornozelos, pela liberdade de linguagem e pelos manjares que ela cozinhava. Não disse nada à garota, mas disse ao pai e à mãe que pretendia se casar com ela; os pais ficaram furiosos, e o tio foi se deitar. Ficou na cama por 22 anos.

As versões divergem sobre o que Barbabramín teria feito durante esses anos. Mas não há dúvida de que em boa parte ele os dormiu e desperdiçou: sabe-se com certeza que se arruinou financeiramente, porque "não sacava os cupons" dos bônus do Tesouro, e porque deixou a administração das propriedades aos cuidados de um *mamsér* ("bastardo") que as vendeu por uma ninharia a um laranja seu; desse modo, segundo os presságios de tia Milca, o tio arrastou para a ruína toda a parentela, e ainda hoje se lamentam as consequências disso.

Conta-se também que ele teria lido, estudado e que, enfim tido por sábio e justo, recebesse em sua cama delegações de notáveis de Chieri a fim de dirimir controvérsias; conta-se ainda que o caminho para essa mesma cama não era ignorado por aquela mesma *havertà*, e que pelo menos nos primeiros anos a clausura voluntária do tio era interrompida por escapadas noturnas para ir jogar bilhar no café de baixo. O fato é que permaneceu na cama por quase um quarto de século e, quando tia Milca e tio Salomone morreram, se casou com a *havertà* e a levou para a cama definitivamente, porque já estava tão enfraquecido que as pernas não o sustentavam. Morreu pobre, mas rico de anos e de fama, e em paz de espírito, em 1833.

A Susanna dos salames de ganso era prima de Nona Màlia, minha avó paterna, que sobrevive na figura adornada de uma minúscula feiticeira em algumas fotos de estúdio feitas por volta de 1870, e como uma velhinha enrugada, rabugenta, desleixada e fabulosamente surda em minhas memórias de infância mais remotas. Ainda hoje, sem explicação alguma, os andares mais altos dos armários guardam suas preciosas recordações: xales de renda preta pontilhados de lantejoulas iridescentes, nobres bordados de seda, uma luva de marta rasgada pelas traças de quatro gerações, talheres de prata maciça gravados com suas iniciais — como se, depois de quase meio século, seu espírito inquieto ainda visitasse nossa casa.

Em seus melhores dias, era conhecida como "*la Strassacœur*", a rasga-corações: ficou viúva muito cedo, e correu o boato de que meu avô tinha se matado em desespero por suas infidelidades. Criou espartanamente três filhos e os fez estudar; mas, em idade avançada, aceitou se casar com um velho médico cristão, barbudo majestoso e taciturno, e desde então foi pendendo para a avareza e a bizarria, embora na juventude tivesse sido regiamente pródiga, como costumam ser as mulheres bonitas e muito amadas. Com o passar dos anos, afastou-se por completo dos afetos familiares (que, aliás, nunca deve ter experimentado de modo profundo). Morava com o doutor na Via Po, em um apartamento fosco e escuro, aquecido no inverno apenas por uma estufa Franklin, e nunca jogava nada fora, porque tudo poderia servir: nem as cascas dos queijos, nem as embalagens dos bombons, com as quais fabricava bolas prateadas que depois mandava às missões "para salvar um mourinho". Talvez por medo de errar na escolha definitiva, frequentava em dias alternados a *Scòla* da Via Pio V e a paróquia de Sant'Ottavio, e parece até que cometesse o sacrilégio de se confessar. Morreu com mais de oitenta anos, em 1928, assistida por um coro de vizinhas desgrenhadas, vestidas de preto e já dementes como ela, conduzidas por uma megera que se chamava Madame Scílimberg: entre os tormentos da insuficiência renal, minha avó vigiou a Scílimberg até o último suspiro, temendo que ela encontrasse o *maftèkh* (a chave) escondido debaixo do colchão e levasse embora seu *mañòd* e os *hafassím* (as joias, que no fim das contas se mostraram todas falsas).

Após sua morte, os filhos e as noras se dedicaram por semanas, com desânimo e asco, a recolher a montanha de trastes domésticos que invadira o apartamento: Nona Màlia tinha conservado indiscriminadamente peças refinadas e lixos repugnantes. Dos austeros armários de nogueira entalhada saíram exércitos de percevejos ofuscados pela luz, e depois lençóis de linho nunca usados, e outros remendados e puídos, gastos até a transparência; cortinas e cobertas de damasco *double face*; uma coleção de colibris empalhados, que tão logo tocados se desfizeram em pó; no porão jaziam centenas de garrafas de vinho precioso que virou vinagre. Foram encontradas oito capas do doutor, novinhas em folha, cheias de naftalina, e a única que ela o permitiu usar, toda remendos e reparos, com a gola lustrosa de unto, e no bolso uma insígnia maçônica.

Não lembro quase nada dela, a quem meu pai chamava de Maman (inclusive em terceira pessoa) e que ele adorava descrever com seu insaciável gosto pelo bizarro, apenas temperado por um véu de piedade filial. Todo domingo de manhã, meu pai me levava a pé para uma visita a Nona Màlia: percorríamos lentamente a Via Po, e ele parava para acariciar todos os gatos, para cheirar os tartufos e folhear todos os livros usados. Meu pai era *l'Ingegné*, o engenheiro com os bolsos sempre cheios de livros, conhecido por todos os charcuteiros porque verificava com a régua logarítmica a multiplicação da conta do presunto. Não que o comprasse de coração leve: mais supersticioso que religioso, se sentia incomodado por infringir as regras do *Kasherút*, mas ele gostava tanto de presunto que, diante das tentações nas vitrines, cedia toda vez imprecando em voz baixa e me olhando de soslaio, como se temesse meu julgamento ou contasse com minha cumplicidade.

Quando chegávamos ao patamar tenebroso do apartamento da Via Po, meu pai tocava a campainha e logo dizia, gritando no ouvido de vovó, que vinha abrir a porta: "A *l'è 'l prim 'd la scòla!*", é o primeiro da turma. Ela nos deixava entrar com visível relutância e nos guiava através de uma fieira de cômodos poeirentos e desabitados, um dos quais, apinhado de instrumentos sinistros, era o consultório semiabandonado do doutor. O doutor quase nunca estava, nem eu certamente desejava encontrá-lo, desde o dia em que flagrei meu pai contando a minha mãe que, quando lhe levavam crianças balbuciantes para tratar, ele lhes cortava o freio lingual com tesouras. Quando chegávamos à sala correta, minha avó tirava de um armário a caixa de bombons, sempre a mesma, e me oferecia um. O bombom estava comido por traças, e eu o fazia sumir no bolso, todo constrangido.*

* Nota sobre a grafia: como o jargão aqui descrito é híbrido, híbrida também é a grafia a que precisei recorrer. Leiam-se: *eu, œu*: como em francês "*peu*"; *ë*: *e* indistinta ou semimuda; *h*: com leve aspiração, como em inglês "*home*"; *kh*: com forte aspiração, como em alemão "*flach*"; *ñ*: *n* nasal, como em "*fango*" em italiano e "*smaña*" em piemontês; *ô*: como o *u* italiano; *u*: como o *u* francês, por exemplo "*plume*". As demais letras, como em italiano. (N. A.)

Hidrogênio

Era janeiro. Enrico veio me chamar logo depois do almoço: o irmão dele tinha ido à montanha e lhe deixara as chaves do laboratório. Vesti-me num instante e me juntei a ele na rua.

Durante o caminho, soube que seu irmão não havia propriamente deixado as chaves com ele: tratava-se de uma fórmula sintética, um eufemismo, desses que se dizem a quem está pronto para acreditar. O irmão, ao contrário do que costumava fazer, não tinha escondido as chaves nem as levara com ele; além disso, tinha se esquecido de relembrar a Enrico a proibição de apropriar-se daquelas chaves, e de ameaçá-lo caso ele infringisse as regras. Enfim, e resumindo: as chaves estavam lá, depois de meses de espera. Enrico e eu estávamos bem decididos a não perder a ocasião.

Tínhamos dezesseis anos, e eu era fascinado por Enrico. Não era muito ativo, e seu rendimento escolar era fraco, mas tinha virtudes que o distinguiam de todos os outros da classe e fazia coisas que nenhum outro fazia. Possuía uma coragem tranquila e obstinada, uma capacidade precoce de sentir o próprio futuro e de lhe dar um peso e uma figura. Recusava (mas sem zombaria) nossas intermináveis discussões ora platônicas, ora darwinianas, mais tarde bergsonianas; não era vulgar, não se gabava de seus talentos esportivos e viris, jamais mentia. Conhecia seus limites, mas nunca ocorria de ouvi-lo dizer (como todos dizíamos uns aos outros, com a intenção de achar um conforto ou de aplacar um mau humor): "Sabe, acho que sou mesmo um idiota".

Era de uma fantasia pedestre e lenta: vivia de sonhos como todos nós, mas seus sonhos eram sensatos, eram obtusos, possíveis, contíguos à realidade, não românticos, não cósmicos. Não conhecia meu atormentado oscilar do céu (de um sucesso escolar ou esportivo, de uma nova amizade, de um amor rudimentar e fugaz) ao inferno (de uma nota quatro, de um remorso, de uma revelação brutal de inferioridade que toda vez parecia eterna e definitiva). Suas metas eram sempre alcançáveis. Sonhava em passar de ano e estudava com toda a paciência coisas que não lhe interessavam. Queria um microscópio e vendeu a bicicleta de corrida para comprá-lo. Queria ser um saltador com vara e frequentou o ginásio durante um ano, todas as tardes, sem se dar importância nem deslocar as articulações, até que chegou aos 3,5 metros que havia preestabelecido e depois parou. Mais tarde, quis uma certa mulher e a conseguiu; quis dinheiro para viver tranquilo e o obteve depois de dez anos de trabalho entediante e prosaico.

Não tínhamos dúvidas: seríamos químicos, mas tínhamos expectativas e esperanças diferentes. Enrico pedia à química, sensatamente, os instrumentos para ganhar dinheiro e ter uma vida segura. Eu pedia o oposto: para mim, a química representava uma nuvem indefinida de potências futuras, que envolvia meu vir a ser em negras volutas rasgadas por clarões de fogo, semelhante àquela que ocultava o monte Sinai. Assim como Moisés, esperava daquela nuvem minha lei, a ordem em mim, em torno de mim e no mundo. Estava saciado de livros, que, no entanto, continuava sorvendo com voracidade indiscreta, e buscava outra chave para as elevações verdadeiras: deveria haver uma chave, e estava convencido de que, por alguma conjura monstruosa contra mim e o mundo, não a obteria da escola. Na escola me administravam toneladas de ideias que eu digeria com diligência, mas que não faziam ferver minhas veias. Observava as gemas incharem na primavera, a mica reluzir no granito, minhas próprias mãos, e dizia dentro de mim: "Vou entender isso também, vou entender tudo, mas não como *eles* querem. Encontrarei um atalho, fabricarei uma gazua, forçarei as portas". Era enervante e me causava enjoo ouvir discursos sobre o problema do ser e do conhecer, quando em torno de nós tudo era mistério que pressionava para desvelar-se: a madeira vetusta dos bancos, a esfera do sol para além das vidraças e dos telhados, o voo inútil das lanugens na brisa de junho. Aí está: todos os filósofos e todos os experimentos do mundo seriam capazes de construir este mosquitinho? Não, nem de compreendê-lo: isso era uma vergonha e uma abominação, era preciso achar outro caminho.

Nós seríamos químicos, Enrico e eu. Dragaríamos o ventre do mistério com nossas forças, com nosso engenho: agarraríamos Proteu pela garganta, acabaríamos com suas metamorfoses sem fim, de Platão a Agostinho, de Agostinho a Tomás, de Tomás a Hegel, de Hegel a Croce. Nós o obrigaríamos a falar.

Sendo esse o nosso plano, não poderíamos nos permitir desperdiçar ocasiões. O irmão de Enrico, personagem misterioso e colérico de quem Enrico não falava de bom grado, era estudante de química e havia montado um laboratório nos fundos de um pátio, em uma curiosa ruela estreita e torta que parte da Piazza Della Crocetta e desponta na obsessiva geometria turinense como um órgão rudimentar capturado na estrutura evoluída de um mamífero. O laboratório também era rudimentar: não no sentido de resíduo atávico, mas no de extrema pobreza. Havia uma bancada ladrilhada, pouca vidraria, uns vinte decantadores com reagentes, muita poeira, muita teia de aranha, pouca luz e um grande frio. Ao longo de todo o percurso tínhamos discutido sobre o que faríamos, agora que finalmente "entraríamos no laboratório", mas as ideias eram confusas.

Achávamos que fosse um "*embarras de richesse*" e, no entanto, era outro embaraço, mais profundo e essencial: um embaraço ligado a uma antiga atrofia, nossa, de nossas famílias, de nossa casta. O que sabíamos fazer com nossas mãos? Nada, ou quase nada. As mulheres, sim: nossas mães e avós tinham mãos vivas e ágeis, sabiam costurar e cozinhar, algumas até tocar piano, pintar com aquarela, bordar, trançar os cabelos. Mas e nós, e os nossos pais?

Nossas mãos eram ao mesmo tempo toscas e frágeis, regredidas, insensíveis: a parte menos educada dos nossos corpos. Concluídas as primeiras e fundamentais experiências do brincar, tinham aprendido a escrever e nada mais. Conheciam a pegada espasmódica em torno dos galhos das árvores, nas quais adorávamos subir por vontade natural e também (Enrico e eu) por uma confusa homenagem e um retorno à origem da espécie; mas ignorávamos o peso solene e balanceado do martelo, a força concentrada das lâminas, muito prudentemente proibidas, a tessitura sapiente da madeira, a maleabilidade semelhante e diversa do ferro, do chumbo e do cobre. Se o homem é um artífice, nós não éramos homens: sabíamos e sofríamos com isso.

O vidro do laboratório nos encantava e intimidava. O vidro, para nós, era aquilo que não se deve tocar porque se quebra; todavia, a um contato mais íntimo, se revelava uma matéria diferente de todas, de gênero próprio, cheia de mistérios e caprichos. Nisso é semelhante à água, que do mesmo modo não tem congêneres: mas a água está ligada ao homem, ou melhor, à vida, de um costume desde sempre, de uma relação de múltiplas necessidades, de modo que sua unicidade se oculta sob as vestes do hábito. O vidro, ao contrário, é obra do homem e tem história mais recente. Foi nossa primeira vítima, ou melhor, nosso primeiro adversário. No laboratório da Crocetta havia tubos de vidro de vários diâmetros, em peças longas e curtas, todos cobertos de pó: acendemos um bico de Bunsen e começamos a trabalhar.

Dobrar o tubo era fácil. Bastava manter firme uma parte dele sobre a chama: depois de um certo tempo, a chama ficava amarela, e ao mesmo tempo o vidro se tornava fracamente luminoso. Nesse ponto, o tubo podia ser dobrado: a curva que se obtinha estava bem distante da perfeição, mas algo substancialmente ocorria, era possível criar uma forma nova, arbitrária; uma potência se transformava em ato, não era isso que Aristóteles queria dizer?

Ora, até um tubo de cobre ou de chumbo pode ser dobrado, mas logo percebemos que o tubo de vidro aquecido possuía uma virtude única: quando se tornava maleável, era possível, afastando rapidamente as duas partes frias, puxá-lo em filamentos muito finos, aliás, finos além de qualquer limite, a tal ponto que eram conduzidos para o alto pela corrente de ar quente que subia da chama. Finos e flexíveis como a seda. Mas então, para onde fora a rigidez impiedosa do vidro maciço? Então até a seda, até o algodão, se pudessem ser obtidos em forma maciça, seriam inflexíveis como o vidro? Enrico me disse que, na cidade de seu avô, os pescadores costumam prender os bichos-da-seda já grandes, os quais, desejosos de se encasular, se esforçam cegos e desengonçados para subir pelos galhos; eles os pegam, os dividem em dois com os dedos e, puxando as duas partes, obtêm um fio de seda grosso e áspero, muito resistente, que depois usam como linha de pesca. O fato — que não hesitei em tomar por verdadeiro — me parecia ao mesmo tempo abominável e fascinante: abominável pelo modo cruel daquela morte e pelo uso fútil de um portento natural; fascinante pelo desinibido e audacioso ato de engenho que ele pressupunha por parte de seu mítico inventor.

O tubo de vidro também podia ser soprado: mas isso era bem menos fácil. Podia-se tapar a extremidade de um pequeno tubo e depois, soprando com força da outra ponta, se formava uma bolha muito bonita de ver e quase perfeitamente esférica, mas de paredes extremamente finas. Caso se soprasse um pouco além da conta, as paredes assumiam a iridescência das bolhas de sabão, e isso era um sinal certo de morte: a bolha estourava com um estalo seco, e os fragmentos se dispersavam no chão com um tênue rumor de casca de ovo. De certo modo, era uma punição justa: vidro é vidro, e não poderia simular o comportamento da água com sabão. Forçando um pouco os termos, era possível perceber nessa experiência um apólogo esopiano.

Depois de uma hora de luta com o vidro, nos sentíamos cansados e humilhados. Ambos estávamos com os olhos inflamados e secos por olharmos demais para o vidro incandescente, os pés gelados e os dedos repletos de queimaduras. Por outro lado, trabalhar o vidro não é química: estávamos no laboratório por outros objetivos. Queríamos enxergar com nossos olhos e provocar com nossas mãos pelo menos um dos fenômenos que eram descritos com tanta desenvoltura em nosso livro de química. Era possível, por exemplo, preparar o óxido nitroso, que no *Sestini e Funaro* ainda era descrito com o termo pouco apropriado e pouco sério de gás hilariante. Seria mesmo hilariante?

O óxido nitroso é preparado aquecendo-se cuidadosamente o nitrato de amônio, que não estava disponível no laboratório; mas havia amônia e ácido nítrico. Incapazes de fazer cálculos preventivos, os misturamos até obtermos uma reação neutra ao tornassol, de modo que a mistura se aqueceu fortemente e emitiu uma abundante fumaça branca; depois decidimos fervê-la para eliminar a água. O laboratório logo se encheu de uma névoa irrespirável, nem um pouco hilariante; por sorte interrompemos a tentativa, porque não sabíamos o que pode acontecer quando se aquece esse sal explosivo de modo pouco cuidadoso.

Não era nem simples nem muito divertido. Olhei ao redor e vi em um canto uma pilha seca comum. Era isso que faríamos: a eletrólise da água. Tratava-se de um experimento de êxito garantido, que eu já tinha feito várias vezes em casa: Enrico não ficaria decepcionado.

Coloquei água num béquer, dissolvi uma pitada de sal, pus emborcados dois potes de geleia vazios no béquer, achei dois fios de cobre encapados com borracha, conectei-os aos polos da pilha e introduzi as extremidades nos potes. Das pontas subia uma minúscula procissão de bolhinhas: aliás, olhando bem, dava para ver que do cátodo se soltava mais ou menos o dobro de gás do ânodo. Escrevi na lousa a equação bem conhecida e expliquei a Enrico que acontecia exatamente aquilo que estava escrito ali. Enrico não parecia muito convencido, mas já estava escuro, e nós congelávamos; lavamos as mãos, compramos uns bolinhos de castanha e fomos para casa, deixando que a eletrólise prosseguisse por conta própria.

No dia seguinte, o caminho ainda estava livre. Em gentil reverência à teoria, o pote do cátodo já estava quase cheio de gás, e o do ânodo estava pela metade: chamei a atenção de Enrico para esse fato, dando-me a maior importância que podia e tentando que lhe acendesse a suspeita de que, não digo a eletrólise, mas sua aplicação como confirmação da lei das proporções definidas, era uma invenção minha, fruto de longos experimentos feitos em segredo no meu quarto. Mas Enrico estava de mau humor e questionava tudo. — Quem lhe disse que é mesmo hidrogênio e oxigênio? — me falou com grosseria. — E se houvesse algum cloro? Você não pôs sal aí?

A objeção me soou ofensiva: como Enrico se permitia duvidar de uma afirmação minha? Eu era o teórico, apenas eu; ele, apesar de responsável (em certa medida, e só por *transfert*) pelo laboratório, aliás, justamente porque não estava em condição de ostentar outros títulos, deveria abster-se de críticas. — Agora veremos — falei. Levantei com cuidado o pote do cátodo e, segurando-o com a boca para baixo, acendi um fósforo e o aproximei. Houve uma pequena explosão, mas seca e raivosa, o pote se estilhaçou (por sorte eu o mantinha na altura do peito, e não mais acima), e sobrou em minha mão, como um símbolo sarcástico, o anel de vidro do fundo.

Fomos embora pensando no que aconteceu. Minhas pernas tremiam um pouco: eu sentia um medo retrospectivo e, ao mesmo tempo, um certo orgulho tolo por ter confirmado uma hipótese e ter desencadeado uma força da natureza. Então era de fato hidrogênio: o mesmo que queima no sol e nas estrelas, e de cuja condensação se formam em eterno silêncio os universos.

Zinco

Tínhamos assistido por cinco meses, espremidos como sardinhas e reverentes, às aulas de química geral e inorgânica do professor P., experimentando várias sensações, mas todas excitantes e novas. Não, a química de P. não era o motor do Universo nem a chave da Verdade: P. era um velho cético e irônico, inimigo de todas as retóricas (por isso, e somente por isso, era também antifascista), inteligente, obstinado e arguto, de uma argúcia própria e cruel.

Dele se narravam episódios de provas orais conduzidas com fria ferocidade e ostensivo preconceito: suas vítimas prediletas eram em geral as mulheres, e depois as freiras, os padres e todos os que se apresentavam "vestidos de soldado". Murmuravam a seu respeito lendas bastante suspeitas de mesquinharia maníaca na condução do Instituto de Química e de seu laboratório pessoal: que guardava no porão caixas e caixas de fósforos usados e proibia os zeladores de jogá-las no lixo; que os misteriosos minaretes do próprio Instituto, os quais ainda hoje conferem àquele trecho do Corso Massimo D'Azeglio uma estúpida marca de falso exotismo, foram mandados construir por ele, em sua remota juventude, para ali celebrar todos os anos uma orgia imunda e secreta de reutilizações, em que se queimavam todos os trapos e papéis de filtro do ano, e cujas cinzas ele analisava por conta própria, com paciência tacanha, para extrair dali todos os elementos valiosos (e talvez até os menos valiosos), numa espécie de palingenesia ritualística à qual apenas Caselli, seu técnico-bedel de confiança, era autorizado a assistir. Dele se contava ainda que havia consumido toda a carreira acadêmica na demolição de uma certa teoria de estereoquímica, não por experimentos, mas com publicações. Os experimentos, quem fazia era outro, seu grande rival, não se sabe em que parte do mundo: publicava-os sistematicamente na *Helvetica Chimica Acta*, e ele os destruía um a um.

Eu não poderia jurar pela veracidade desses rumores, mas o fato é que, quando ele entrava no laboratório de preparações, nenhum bico de Bunsen estava baixo o bastante, e por isso era até prudente apagá-los; de fato, ele mandava os estudantes prepararem o nitrato de prata com as moedas de cinco liras com águias tiradas de seus bolsos, e o cloreto de níquel com as de vinte centésimos, com a senhora nua que voava; e realmente a única vez em que fui admitido em seu gabinete, vi escrito na lousa, em caprichada caligrafia: "Não quero funerais nem em vida, nem na morte".

Eu tinha simpatia por P. Gostava do sóbrio rigor de suas aulas, me divertia a ostentação desdenhosa com que ele exibia nos exames, em vez da camisa fascista de regra, um engraçado babadouro preto, do tamanho de um palmo, que a cada um dos seus movimentos bruscos escapava da lapela do paletó. Apreciava seus dois textos, claros até a obsessão, concisos, impregnados de um severo desprezo pela humanidade em geral e pelos estudantes preguiçosos e tolos em particular: porque todos os estudantes, por definição, eram preguiçosos e tolos; e quem, por rara ventura, conseguia demonstrar-lhe o contrário, tornava-se seu igual e era homenageado com uma frase lacônica e preciosa de encômio.

Agora os cinco meses de espera inquieta haviam passado: entre os oitenta matriculados no curso, os vinte menos indolentes e tolos, catorze homens e seis mulheres, fomos aceitos no laboratório de preparações. De que exatamente se tratava nenhum de nós tinha uma ideia clara: achei que fosse uma invenção sua, uma versão moderna e técnica dos rituais selvagens de iniciação, em que cada súdito seu era bruscamente arrancado da cadeira e dos livros e transplantado para um local de gases que queimam os olhos, ácidos que queimam as mãos e eventos práticos que não se enquadram nas teorias. Certamente não quero contestar a utilidade, ou melhor, a necessidade dessa iniciação: porém, com a brutalidade com que ela era posta em ato, era fácil discernir o talento irascível de P., sua vocação para as distâncias hierárquicas e para o vilipêndio dispensado a nós, seu rebanho. Em suma: nenhuma palavra dita ou escrita foi gasta por ele como viático, a fim de nos encorajar ao caminho que tínhamos escolhido, para nos indicar seus perigos e insídias, para nos transmitir as malícias. Frequentemente pensei que P. era no fundo um selvagem, um caçador; quem sai para caçar só precisa pegar a espingarda, ou melhor, a zagaia e o arco, e enveredar pelo bosque: o sucesso ou o insucesso dependem apenas dele. Pega e vai; quando chega o momento, os harúspices e os videntes não têm vez, a teoria é supérflua e se aprende no caminho, as experiências alheias não servem, o essencial é medir-se. Quem vale vence; quem tem olhos ou braços ou faro fracos volta e muda de ofício: dos oitenta que mencionei, trinta mudaram de rumo no segundo ano, e outros vinte mais adiante.

O laboratório era organizado e limpo. Ficávamos lá cinco horas por dia, das catorze às dezenove: na entrada, um assistente designava a cada um uma preparação específica, depois todos íamos à "distribuição", onde o hirsuto Caselli entregava a matéria-

-prima, exótica ou doméstica: um pedacinho de mármore a um, dez gramas de bromo a outro, um pouco de ácido bórico a um terceiro, um punhado de argila a um outro. Caselli nos confiava essas relíquias com um ar de suspeita não dissimulado: era o pão da ciência, pão de P., e no fim das contas eram também coisas dele, coisas que ele administrava; quem sabe que uso impróprio nós, profanos e inexperientes, daríamos a elas?

Caselli adorava P. com um amor acre e controverso. Parece que foi fiel a ele por quarenta anos; era sua sombra, sua encarnação terrena e, como todos os que exerciam funções vicárias, era um exemplar humano interessante: quero dizer, como aqueles que representam a Autoridade sem propriamente possuí-la, como por exemplo os sacristãos, os guias de museu, os bedéis, os enfermeiros, os "jovens" dos advogados e tabeliões, os representantes de comércio. Estes, em maior ou menor medida, tendem a transfundir a substância humana de seus Superiores à sua própria figura, como ocorre com os cristais pseudomorfos: às vezes sofrem com isso, frequentemente sentem prazer, e possuem dois esquemas de comportamento distintos, a depender se agem por conta própria ou "no exercício de suas funções". Ocorre muitas vezes que a personalidade do Superior os invada tão profundamente, a ponto de perturbar seus contatos humanos corriqueiros, e que por isso permaneçam celibatários: de fato, o celibato é prescrito e aceito na condição monástica, que implica justamente a proximidade e a subserviência à maior das autoridades. Caselli era um homem modesto, taciturno, em cujos olhares tristes mas orgulhosos se podia ler:

— Ele é um grande cientista, e como seu "*famulus*" também sou um pouco grande;

— eu, apesar de humilde, sei coisas que ele não sabe;

— o conheço melhor que ele a si mesmo, prevejo seus atos;

— tenho poder sobre ele, o defendo e o protejo;

— posso falar mal dele, porque o amo: vocês não têm esse direito;

— seus princípios são justos, mas ele os aplica com displicência, e "antigamente não era assim". Se não fosse por mim...

... e de fato Caselli geria o Instituto com parcimônia e misoneísmo até superiores aos do próprio P.

Já no primeiro dia, coube a mim a preparação do sulfato de zinco: não devia ser muito difícil, tratava-se de fazer um cálculo estequiométrico básico e juntar o zinco granulado ao ácido sulfúrico previamente diluído; concentrar, cristalizar, secar na bomba, lavar e recristalizar. Zinco, *zinc*, *Zinck*: com ele se fazem bacias para lavar roupa, não é um elemento que estimule a imaginação, é cinza, e seus sais são incolores, não é tóxico, não produz reações cromáticas vistosas; resumindo, é um metal aborrecido. É conhecido pela humanidade há dois ou três séculos, portanto não é um veterano repleto de glórias como o cobre, nem um desses elementinhos novos em folha, que ainda carregam os clamores de sua descoberta.

Caselli me entregou o zinco, voltei à bancada e me concentrei no trabalho: me sentia curioso, "embaraçado" e vagamente chateado, como quando você tem treze anos e precisa ir ao Templo recitar em hebraico a oração do bar mitzvah diante do rabino; chegara o momento esperado e um tanto temido. Tinha soado a hora do encontro com a Matéria, a grande antagonista do Espírito: a *Hyle*, que curiosamente se encontra embalsamada nas desinências dos radicais alquílicos: metil, butil etc.

A outra matéria-prima, o parceiro do zinco, ou seja, o ácido sulfúrico, não precisava ser entregue por Caselli: havia em abundância em todos os cantos. Concentrado, é claro: era preciso diluí-lo em água; mas, atenção, está escrito em todos os tratados que se deve despejar o ácido na água, e não o contrário, senão aquele óleo de aspecto tão inócuo pode sucumbir a cóleras furiosas, coisa que até os alunos do Ensino Médio sabem. Só depois se coloca o zinco no ácido diluído.

Na apostila estava escrito um detalhe que me escapara a uma primeira leitura, qual seja, que o tão terno e delicado zinco, tão solícito diante dos ácidos, que o devoram numa só bocada, comporta-se de modo bastante diverso quando se encontra em estado muito puro: nesse caso, ele resiste obstinadamente ao ataque. Disso se poderiam extrair duas consequências filosóficas contrastantes entre si: o elogio da pureza, que protege do mal como uma couraça, e o elogio da impureza, que dá acesso às transformações, ou seja, à vida. Descartei a primeira, intragavelmente moralista, e me detive na consideração da segunda, que me era mais congenial. Para que a roda gire, para que a vida viva, há de haver impurezas, e as impurezas das impurezas — inclusive nas terras, como se sabe, para que sejam férteis. É preciso o dissenso, o diverso, o grão de sal e de mostarda: o fascismo não os aceita, os proíbe, e por isso você não é um fascista; querem todos iguais, e você não é igual. Mas tampouco a virtude imaculada existe, ou se existe, é detestável. Então pegue a solução de sulfato de cobre que está na prateleira dos reagentes, acrescente uma gota dela a seu ácido sulfúrico e note que a reação tem início: o zinco desperta, se recobre de uma branca pelagem de bolhinhas de hidrogênio, e aí está, a mágica aconteceu, você pode abandoná-la a seu destino e dar um passeio pelo laboratório para ver o que há de novo e o que os outros estão fazendo.

Os outros faziam coisas variadas: alguns trabalhavam atentos, às vezes assoviando para aparentarem um ar desenvolto, cada um atrás de sua partícula de *Hyle*; outros circulavam ou olhavam para além das janelas o Valentino já todo verde; outros ainda fumavam e conversavam pelos cantos.

Em um canto havia uma capela, e, em frente a ela, Rita estava sentada. Aproximei-me e percebi com um prazer fugaz que ela estava cozinhando a mesma iguaria que eu: com prazer, porque fazia tempo que eu andava rondando Rita; preparava mentalmente inícios brilhantes de conversa, mas depois, no momento decisivo, não ousava abrir a boca e adiava para o dia seguinte. Não ousava agir por uma enraizada timidez e falta de confiança, e também porque Rita desencorajava contatos, não se sabia por quê. Era muito magra, pálida, triste e segura de si; passava nas provas com boas notas, mas sem o genuíno apetite, que eu sentia, pelas coisas que precisava estudar. Não era amiga de ninguém, ninguém sabia nada a respeito dela, falava pouco, e por todos esses motivos me atraía, eu tentava me sentar ao lado dela nas aulas, e ela não me aceitava em sua intimidade, e eu me sentia frustrado e desafiado. Aliás, me sentia desesperado, e não pela primeira vez; de fato, naquela época eu me sentia condenado a uma perpétua solidão masculina, excluído para sempre do sorriso de uma mulher, de quem, no entanto, eu precisava como do ar.

Era bem claro que naquele dia estava se apresentando uma ocasião que eu não podia desperdiçar: entre Rita e mim havia naquele momento uma ponte, uma pequena ponte de zinco, frágil mas praticável; vamos, dê o primeiro passo.

Girando em torno de Rita, me dei conta de uma segunda circunstância favorável: de sua bolsa despontava uma capa de livro bem conhecida, amarelada com a borda vermelha, e no frontispício havia um corvo com um livro no bico. O título? Lia-se apenas "anha" e "gica", mas era o suficiente: era meu viático daqueles meses, a história sem tempo de Hans Castorp em seu encantado exílio na *Montanha mágica*. Perguntei a Rita sobre ele, ansioso pela opinião dela, quase como se eu mesmo tivesse escrito o livro: e logo tive de me convencer de que ela estava lendo aquele romance de modo inteiramente diverso. Ou seja, como um romance: estava muito interessada em saber até que ponto Hans avançaria com Madame Chauchat, e pulava sem dó nem piedade as fascinantes (para mim) discussões políticas, teológicas e metafísicas entre o humanista Settembrini e o judeu-jesuíta Naphta.

Não importa: aliás, há um terreno de debate. Poderia até se tornar uma discussão essencial e fundamental, porque judeu eu também sou, e ela, não; sou a impureza que faz o zinco reagir, sou o grão de sal e de mostarda. A impureza, claro: porque justo naqueles meses tinha início a publicação de *A Defesa da Raça*, e se falava bastante de pureza, e eu começava a sentir orgulho de ser impuro. Para ser franco, até justamente aqueles meses eu nunca tinha me importado muito em ser judeu: dentro de mim, e nos contatos com meus amigos cristãos, sempre tinha considerado minha origem como um fato quase irrelevante, mas curioso, uma pequena anomalia alegre, como quem tem o nariz torto ou sardas; um judeu é alguém que não monta árvore no Natal, que não deveria comer salame, mas come assim mesmo, que aprendeu um pouco de hebraico aos treze anos e depois o esqueceu. Segundo a revista citada acima, um judeu é avaro e astuto: mas eu não era particularmente avaro nem astuto, tampouco meu pai tinha sido.

Portanto havia muito o que discutir com Rita, mas a conversa a que eu tendia não engatava. Logo me dei conta de que Rita era diferente de mim, não era um grão de mostarda. Era filha de um comerciante pobre e doente. Para ela, a universidade não era de modo nenhum o Templo do Saber: era um caminho espinhoso e cansativo, que levava ao diploma, ao trabalho e ao ganho. Ela mesma havia trabalhado desde menina: ajudou o pai, foi vendedora numa loja de vilarejo e já naqueles tempos viajava de bicicleta por Turim para fazer entregas e receber pagamentos. Nada disso me afastava dela, ao contrário, eu achava isso admirável, como tudo o que dizia respeito a ela: suas mãos pouco cuidadas, a simplicidade no vestir, o olhar parado, a tristeza concreta, a reserva com que acolhia minhas frases.

Assim meu sulfato de zinco acabou de concentrar-se a duras penas e reduziu-se a um pozinho branco, que exalou em nuvens sufocantes quase todo o ácido sulfúrico. Entreguei-o a seu destino e propus a Rita acompanhá-la até sua casa. Estava escuro, e a casa não era perto. A meta a que me propus era objetivamente modesta, mas me parecia de uma audácia sem igual: hesitei durante a metade do percurso, me sentia andando em brasas, e embriagava a mim e a ela com discursos ofegantes e sem nexo. Por fim, tremendo de emoção, pus meu braço sob o dela. Rita não se retraiu nem retribuiu o gesto: mas eu ajustei meu passo ao dela e me sentia feliz e vitorioso. Era como se eu tivesse vencido uma batalha, pequena mas decisiva, contra a escuridão, o vazio e os anos inimigos que viriam.

Ferro

Fora dos muros do Instituto de Química era noite, a noite da Europa: Chamberlain voltara enganado de Munique, Hitler entrara em Praga sem disparar um tiro, Franco dobrara Barcelona e tomara Madri, a Itália fascista, pirata menor, tinha ocupado a Albânia, e a premonição da catástrofe iminente se condensava como um orvalho pegajoso pelas casas e ruas, nos discursos cautelosos e nas consciências entorpecidas.

Mas a noite não penetrava aqueles grossos muros; a própria censura fascista, obra-prima do regime, nos mantinha separados do mundo, em um limbo branco de anestesia. Uns trinta de nós passamos pela severa peneira das primeiras provas e fomos admitidos no laboratório de análise qualitativa do segundo ano. Entramos na vasta sala enfumaçada e escura como quem, entrando na Casa de Deus, reflete sobre os próprios passos. O laboratório anterior, aquele do zinco, agora nos parecia um exercício de criança, como quando se brinca de cozinhar na infância; porém, de um jeito ou de outro, algo sempre saía, às vezes com resultados parcos, às vezes pouco puro: era preciso ser muito folgado ou do contra para não conseguir tirar o sulfato de magnésio da magnesita, ou o brometo de potássio do bromo.

Aqui não: aqui o negócio ficava sério, o confronto com a Matéria-Mater, com a mãe inimiga, era mais árduo e mais próximo. Às duas da tarde, o professor D., de ar ascético e distraído, entregava a cada um de nós um grama exato de um certo pó: até o dia seguinte, era preciso concluir sua análise qualitativa, isto é, indicar que metais e não metais estavam contidos ali. Indicar por escrito, em forma de ata, com os sins e os nãos, porque dúvidas ou hesitações não eram admitidas: toda vez era uma escolha, uma deliberação; uma atividade madura e responsável, para a qual o fascismo não nos havia preparado, e da qual emanava um cheiro bom, enxuto e limpo.

Havia elementos fáceis e francos, incapazes de se esconderem, como o ferro e o cobre; outros, insidiosos e fugidios, como o bismuto e o cádmio. Havia um método, um esquema grave e ancestral de pesquisa sistemática, uma espécie de pente e de rolo compressor a que nada (em teoria) podia escapar, mas eu preferia inventar a cada vez minha estrada, com rápidas e intempestivas incursões de guerra de corsário, em vez da rotina extenuante da guerra de posição: sublimar o mercúrio em gotículas, transformar o sódio em cloreto e identificá-lo em cristais angulosos sob o microscópio. De um modo ou de outro, aqui a relação com a Matéria mudava, se tornava dialética: era uma esgrima, uma partida a dois. Dois adversários desiguais: de um lado, a interrogar, o químico implume, inerme, tendo como único aliado o texto de Autenrieth (porque D., muitas vezes chamado em socorro nos casos difíceis, mantinha uma escrupulosa neutralidade, isto é, se recusava a fazer comentários: sábia atitude, porque quem comenta pode se equivocar, e um professor não deve se equivocar); de outro, a responder por enigmas, a Matéria com sua passividade matreira, antiga como o Todo e portentosamente rica de enganos, solene e sutil como a Esfinge. Então eu começava a me arriscar no alemão, e o termo *Urstoff* me encantava (significa Elemento: literalmente, Substância primordial), e o prefixo *Ur* que nele aparecia e que exprime justamente origem antiga, distância remota no espaço e no tempo.

Nem mesmo aqui, ninguém tinha gastado muitas palavras para nos ensinar a nos defendermos dos ácidos, dos cáusticos, dos incêndios e das explosões: parecia que, segundo a rude moral do Instituto, contavam com a obra da seleção natural para eleger entre nós os mais aptos à sobrevivência física e profissional. Os exaustores eram poucos; cada um de nós, segundo as prescrições do texto, durante a análise sistemática liberava cuidadosamente no ar uma boa dose de ácido clorídrico e amoníaco, de modo que uma névoa densa e cinzenta de cloreto de amônio sempre pairava no laboratório, depositando-se nos vidros das janelas em minúsculos cristais cintilantes. Da câmara de ácido sulfúrico, com uma atmosfera mortal, se retiravam casais desejosos de intimidade e algum solitário que ia lanchar ali.

Através da neblina e do silêncio atarefado, ouviu-se uma voz piemontesa que dizia: "*Nuntio vobis gaudim magnum. Habemus ferrum*". Era março de 1939, e poucos dias antes, com um anúncio solene quase idêntico ("*Habemus papam*"), se dissolvera o conclave que havia alçado ao trono de Pedro o cardeal Eugenio Pacelli, no qual muitos tinham esperanças, porque de algum modo é preciso ter esperança em alguma coisa ou alguém. Quem pronunciou o sacrilégio foi Sandro, o taciturno.

Em nosso meio, Sandro era um isolado. Era um rapaz de estatura mediana, magro mas musculoso, que nunca usava casaco, nem nos dias mais frios. Ia para a aula com calças de veludo largas e surradas, meias de lã crua e às vezes um poncho preto que me fazia pensar em Renato Fucini. Tinha mãos grandes e calosas, um perfil anguloso e enxuto, o rosto queimado de sol, a testa baixa sob a linha do cabelo, que usava curtíssimo e cortado rente: caminhava com o passo largo e lento de um camponês.

As leis raciais tinham sido proclamadas fazia poucos meses, e eu também estava me tornando um isolado. Os colegas cristãos eram pessoas civilizadas, nenhum deles, nem entre os professores, me dirigira uma palavra ou gesto hostil, mas eu sentia que se distanciavam e, seguindo um comportamento antigo, eu também me afastava deles: cada olhar trocado entre nós era acompanhado de um lampejo minúsculo mas perceptível de desconfiança e de suspeita. O que você pensa de mim? O que eu sou para você? O mesmo de seis meses atrás, um seu igual que não vai à missa, ou o judeu que "de vós entre vós não ria"?*

Eu tinha notado com surpresa e alegria que, entre Sandro e mim, algo estava nascendo. Não era propriamente uma amizade entre dois afins, ao contrário: a diferença das origens nos tornava ricos em "mercadorias" a trocar, como dois mercadores que se encontrassem, vindos de regiões remotas e mutuamente desconhecidas. Também não era a confiança normal e portentosa dos vinte anos: nunca cheguei a alcançá-la com Sandro. Logo me dei conta de que ele era generoso, sutil, tenaz e corajoso, até com uma ponta de arrogância, mas possuía uma qualidade esquiva e selvagem que, embora estivéssemos nos anos em que se sente a necessidade, o instinto e o despudor de infligir-se reciprocamente tudo o que fervilha na cabeça e noutras partes (uma idade que pode até durar bastante, mas que termina com o primeiro compromisso), fazia com que nada transbordasse de seu invólucro de contenção, nada de seu mundo interior — que, no entanto, se

* Aqui Levi cita *Paraíso*, v, 81, de Dante Alighieri: "*sì che 'l Giudeo di voi tra voi non rida!*". É uma advertência para que os cristãos "sejam homens, e não ovelhas loucas" ("*uomini siate, e non pecore matte*", v. 80), e assim evitem o sarcasmo dos judeus. (N. T.)

pressentia denso e fértil — se mostrasse, salvo em raras alusões dramaticamente cortadas. Ele era como os gatos, com quem se convive por décadas sem que nunca nos permitam penetrar sua sagrada pele.

Tínhamos muita coisa a trocar entre nós. Disse a ele que éramos como um cátion e um ânion, mas Sandro não demonstrou captar a analogia. Tinha nascido na Serra de Ivrea, terra bela e avara: era filho de um pedreiro e passava os verões trabalhando como pastor. Não pastor de almas: pastor de ovelhas, e não por retórica arcádica ou bizarria, mas por contentamento, por amor à terra e ao pasto, e por abundância de coração. Tinha um curioso talento mimético e, quando falava de vacas, galinhas, ovelhas e cães, se transfigurava, imitava o olhar deles, os movimentos, os sons, ficava alegre e parecia virar bicho feito um feiticeiro. Ensinava-me sobre plantas e animais, mas pouco falava da família. O pai morrera quando ele era menino, eram gente simples e pobre, e, como o garoto era esperto, decidiram mandá-lo à escola para que levasse dinheiro para casa: ele aceitara a missão com seriedade piemontesa, mas sem entusiasmo. Tinha percorrido o longo itinerário do fundamental ao médio tirando o máximo proveito com o mínimo de esforço: não se importava com Catulo e com Descartes, queria mesmo era passar de ano e, aos domingos, esquiar ou escalar uma montanha. Havia escolhido química porque lhe parecera melhor que outros estudos: era uma atividade com coisas que se veem e que se tocam, um ganha-pão menos cansativo que o do carpinteiro ou do lavrador.

Começamos a estudar física juntos, e Sandro ficou espantado quando tentei explicar a ele algumas das ideias que naquela época eu cultivava de modo confuso. Que a nobreza do Homem, conquistada em cem séculos de tentativas e erros, consistiu em fazer-se senhor da matéria, e que eu me inscrevera em química porque queria me manter fiel a essa nobreza. Que vencer a matéria é compreendê-la, e que é preciso compreender a matéria para compreender o universo e a nós mesmos; e que a tabela periódica de Mendeleev, que justo naquelas semanas aprendíamos laboriosamente a desvendar, era portanto uma poesia, mais alta e mais solene que todas as poesias digeridas no colégio: pensando bem, nela havia até rimas! Que, se ele buscava a ponte, o elo faltante entre o mundo dos papéis e o mundo das coisas, não deveria procurar longe: estava ali, no Autenrieth, em nossos laboratórios esfumaçados, em nossa futura profissão.

Por fim, e fundamentalmente: ele, rapaz honesto e aberto, não sentia o mau cheiro das verdades fascistas que empesteava o céu, não percebia como uma ignomínia que um homem pensante fosse compelido a crer sem pensar? Não sentia repulsa por todos os dogmas, por todas as afirmações não demonstradas, por todos os imperativos? Sentia. Então, como podia não experimentar em nossos estudos uma dignidade e uma grandiosidade novas, como podia ignorar que a química e a física de que nos nutríamos, além de alimentos vitais *per se*, eram o antídoto ao fascismo que ele e eu procurávamos, porque eram claras e distintas e a cada passo verificáveis, e não tecidas de mentiras e vacuidades, como o rádio e os jornais?

Sandro me escutava com atenção irônica, sempre pronto a me desmontar com duas palavras gentis e secas quando eu beirava a retórica; mas algo maturava nele (com certeza não só por mérito meu: eram meses cheios de acontecimentos fatais), algo que o perturbava porque era simultaneamente novo e antigo. Ele, que até então só havia lido Salgari, London e Kipling, tornou-se de repente um leitor furioso: digeria e se lembrava de tudo, e tudo nele se ordenava espontaneamente em um sistema de vida; então começou a estudar, e suas médias saltaram de seis para nove. Ao mesmo tempo, por uma gratidão inconsciente, e talvez até por desejo de revanche, passou por sua vez a se ocupar de minha educação, me fazendo entender que era deficitária. Eu podia até ter razão: pode ser que a Matéria seja nossa mestra e quem sabe até, por falta de coisa melhor, nossa escola política; mas ele tinha outra matéria a me apresentar, outra educadora: não os pozinhos da Qualitativa, mas a verdadeira, a autêntica *Urstoff* sem tempo, a pedra e o gelo das montanhas próximas. Demonstrou-me sem esforço que eu não tinha as credenciais válidas para falar de matéria. Que trocas, que intimidade eu tinha tido até então com os quatro elementos de Empédocles? Sabia acender um fogareiro? Observar uma torrente? Conhecia a tempestade na altitude? O germinar das sementes? Não, portanto ele também tinha alguma coisa de vital a me ensinar.

Nasceu uma camaradagem, e começou para mim um período frenético. Sandro parecia feito de ferro, e era ligado ao ferro por um parentesco antigo: os pais de seus pais, me disse, tinham sido caldeireiros ("*magnín*") e ferreiros ("*fré*") nos vales canaveses, fabricavam pregos na forja a carvão, guarneciam as rodas das carroças com aros em brasa, batiam nas chapas até ficarem surdos: e ele mesmo, quando entrevia na rocha o veio vermelho do ferro, parecia ter reencontrado um amigo. No inverno, quando lhe dava na veneta, prendia os esquis na bicicleta enferrujada, saía bem cedo e pedalava até a neve, sem dinheiro, com uma alcachofra em um bolso e o outro cheio de salada: voltava para casa de noite, ou mesmo no dia seguinte, depois de dormir em celeiros, e quanto mais fome e ventania enfrentava, mais ficava contente e melhor de saúde.

No verão, quando partia sozinho, frequentemente levava o cachorro para lhe fazer companhia. Era um vira-lata amarelo, de aspecto humilhado: de fato, como Sandro me contara, imitando a seu modo o episódio animalesco, quando o cão ainda era um filhote, passou maus bocados com uma gata. Aproximou-se demais da ninhada de gatinhos recém-nascidos, a gata ficou brava, começou a chiar e se arrepiar, mas o filhote ainda não tinha aprendido o significado desses sinais e permaneceu ali, feito um bobo. A gata o atacou, perseguiu, alcançou e arranhou seu nariz: o cachorro ficou com um trauma permanente. Sentia-se desonrado; então Sandro lhe fez uma bola de retalhos, disse a ele que aquilo era um gato, e toda manhã dava a bola a ele para que se vingasse da ofensa e recuperasse sua honra canina. Pelo mesmo motivo terapêutico, Sandro o levava à montanha, para que se distraísse: o amarrava a uma ponta da corda, amarrava a outra ponta em si mesmo, deixava o cachorro bem acomodado em um pequeno patamar e depois subia; quando a corda terminava, ele o puxava com delicadeza, e o cão tinha aprendido e caminhava de focinho erguido sobre as quatro patas contra a parede quase vertical, ganindo em surdina como se sonhasse.

Sandro subia pela rocha se guiando mais pelo instinto que pela técnica, confiando na força das mãos e saudando irônico, no ponto de apoio em que se agarrava, o silício, o cálcio e o magnésio que aprendera a reconhecer no curso de mineralogia. Tinha a impressão de desperdiçar o dia se não esgotasse de algum modo suas reservas de energia, e então seu olhar ficava ainda mais vívido: ele me explicou que, ao se levar uma vida sedentária, forma-se um depósito de gordura atrás dos olhos que não é saudável; com o esforço, a gordura se consome, os olhos recuam para o fundo das órbitas e se tornam mais aguçados.

Falava muito parcamente de suas aventuras. Não era do tipo que faz coisas para poder contá-las (como eu): não gostava de grandes palavras; aliás, nem das palavras em si. Parecia que ninguém o tivesse ensinado a falar, nem a escalar; falava como ninguém fala, dizia apenas o cerne das coisas.

Quando necessário, carregava uma mochila de trinta quilos, mas quase sempre ia sem ela: bastavam-lhe os bolsos e dentro deles a verdura — como eu disse —, um pedaço de pão, uma faquinha, às vezes o guia do CAI [Clube Alpino Italiano] todo escangalhado e sempre um rolo de arame para os reparos de emergência. De resto, não levava o guia porque acreditasse nele, ao contrário: pela razão oposta. Rejeitava-o porque considerava o guia um vínculo; e mais, uma criatura bastarda, um híbrido detestável de neve e rocha com papel. Ele o levava à montanha para vilipendiá-lo, alegre quando o flagrava em um erro, às vezes em seu prejuízo e dos companheiros de escalada. Podia caminhar dois dias seguidos sem comer, ou comer três refeições de uma vez e depois partir. Para ele, todas as estações eram boas. No inverno, ia esquiar, mas não nos lugares bem equipados e da moda, que ele evitava com um sarcasmo lacônico: muito pobres para comprarmos peles de foca para as subidas, ele me mostrava como se costuram lonas de cânhamo cru, instrumentos espartanos que absorvem a água e depois congelam feito bacalhau, e na descida é preciso amarrá-los em torno da cintura. Arrastava-me em extenuantes expedições na neve fresca, para longe de qualquer vestígio humano, seguindo itinerários que ele parecia intuir como um selvagem. No verão, de refúgio em refúgio, nos embebedávamos de sol, de cansaço e de vento, limando a pele das panturrilhas em pedras nunca antes tocadas por mão humana: mas não nos picos famosos, nem em busca de um empreendimento memorável; ele não se importava absolutamente nada com isso. O que lhe importava era conhecer os próprios limites, medir-se e melhorar-se; mais obscuramente, sentia a necessidade de preparar-se (e de preparar-me) para um futuro de ferro, mais próximo a cada mês.

Ver Sandro na montanha era se reconciliar com o mundo, era esquecer o pesadelo que recaía sobre a Europa. Era o lugar dele, para o qual tinha sido feito, tal como as marmotas de quem imitava o assovio e a fuça: na montanha ficava feliz, de uma felicidade silenciosa e contagiante, como uma luz que se acende. Suscitava em mim uma comunhão nova com a terra e o céu, a que confluíam meu desejo de liberdade, a plenitude das forças e a fome de compreender as coisas que me haviam impelido à química. Saíamos na aurora pela portinha do bivaque Martinotti, esfregando os olhos, e lá estavam todas ao redor, tocadas ainda de leve pelo sol, as montanhas cândidas e pardas, novas como se geradas na noite recém-concluída, e inumeravelmente antigas. Eram uma ilha, um alhures.

De resto, nem sempre era preciso ir longe e alto. Nas meias-estações, o reino de Sandro eram as academias de pedra. Havia várias delas, a duas ou três horas de bicicleta de Turim, e eu teria curiosidade de saber se continuam sendo frequentadas: os Picos do Pagliaio com o Torrione Wolkmann, os Dentes de Cumiana, a Roca Patanüa (significa Rocha Nua), o Plô, o Sbarüa e outros, com nomes caseiros e modestos. Este último, o Sbarüa, acho que foi descoberto pelo próprio Sandro, ou por seu mítico irmão, que ele nunca me apresentou, mas que, por suas menções escassas, devia estar para ele como ele estava para o geral dos mortais. Sbarüa é deverbal de "*sbarüé*", que significa "amedrontar"; o Sbarüa é um prisma de granito que emerge por uns cem metros de uma modesta colina pontilhada de amoreiras-silvestres e de bosques de corte: assim como o Velho de Creta, ele é rachado da base até o topo por uma fenda que se torna mais estreita à medida que se sobe, até forçar o escalador a sair ao paredão, onde precisamente se amedronta, e onde havia um único grampo, deixado ali caridosamente pelo irmão de Sandro.

Esses locais curiosos eram frequentados por poucas dezenas de entusiastas do nosso tipo, todos conhecidos de nome ou de vista por Sandro: subíamos, não sem problemas técnicos, em meio ao incômodo zumbido de moscas bovinas atraídas por nosso suor, trepando por paredes de boa e sólida pedra interrompida por terraços gramados onde cresciam samambaias e morangos, ou amoras no outono; não raramente, usávamos como apoio os troncos de frágeis arbustos enraizados nas reentrâncias; depois de algumas horas chegávamos ao pico, que não era de fato um pico, mas quase sempre uma pastagem plácida, onde vacas nos miravam com olhos indiferentes. Então descíamos desembestados, em poucos minutos, por trilhas cobertas aqui e ali de esterco seco ou recente, para buscar nossas bicicletas.

Noutras vezes eram expedições mais árduas: nada de escapadas tranquilas, porque Sandro falava que, para apreciar os panoramas, teríamos todo o tempo aos quarenta anos. "*Dôma, neh?*", me disse um dia, em fevereiro: na linguagem dele, queria dizer que, se fizesse tempo bom, poderíamos partir de noite para a escalada de inverno do Dente de M., programada com semanas de antecedência. Dormimos em uma estalagem e partimos na manhã seguinte, não muito cedo, em uma hora indefinida (Sandro não gostava de relógios: sentia sua advertência tácita e contínua como uma intrusão arbitrária); enveredamos audaciosamente pela cerração e saímos dela por volta da uma, sob um sol esplêndido, e na crista de uma montanha que não era aquela prevista.

Então eu disse que poderíamos tornar a descer uns cem metros, atravessar a meia encosta e voltar a subir pelo costão seguinte; ou melhor ainda, já que estávamos ali, continuar subindo e nos contentarmos com aquele pico mesmo, que afinal de contas só tinha quarenta metros a menos que o outro; mas Sandro, com admirável má-fé, disse em poucas sílabas densas que concordava com minha última proposta, mas que de todo modo, "pela fácil vertente noroeste" (uma citação sarcástica do já mencionado guia do CAI), alcançaríamos igualmente, em meia hora, o Dente de M.; e que não valia a pena termos vinte anos de idade se não podíamos nos dar ao luxo de errar o caminho.

A fácil vertente devia ser bem fácil e até elementar no verão, mas nós a encontramos em condições incômodas. A rocha estava molhada no lado que dava para o sol e vitrificada e preta no da sombra; entre um espigão e outro havia bolsas de neve ensopada nas quais se afundava até a cintura. Chegamos ao pico às cinco: eu, ofegante de dar pena; Sandro, tomado de uma hilaridade sinistra que eu achava irritante.

— E para descer?

— Para descer, veremos — respondeu, acrescentando misteriosamente: — O pior que pode nos acontecer é provar carne de urso.

Bem, nós provamos carne de urso durante aquela noite, que nos pareceu bem longa. Descemos em duas horas, mal e mal ajudados pela corda, que estava congelada: transformara-se em um emaranhado rígido e maligno, que se enganchava em todos os esporões e soava na pedra como um cabo de teleférico. Às sete, estávamos à beira de um pequeno lago gelado, e estava escuro. Comemos o pouco que nos sobrava, erguemos uma inútil mureta de pedras no lado do vento e nos deitamos no chão para dormir, estreitados um ao outro. Era como se até o tempo estivesse congelado; de vez em quando ficávamos de pé para reativar a circulação, e era sempre a mesma hora: o vento soprava sempre, havia sempre o espectro da lua, sempre no mesmo ponto do céu, e diante da lua uma cavalgada fantástica de nuvens rasgadas, sempre as mesmas. Tínhamos tirado os sapatos, como descrito nos livros de Lammer que Sandro adorava, e mantínhamos os pés dentro das mochilas; à primeira luz funérea, que parecia vir da neve, e não do céu, nos levantamos com os membros dormentes e os olhos transtornados pela vigília, a fome e a dureza do catre, e encontramos os sapatos tão congelados que eles soavam como sinos, e, para calçá-los, tivemos que chocá-los como fazem as galinhas.

Mas voltamos ao vale com nossos próprios meios, e ao estalajadeiro — que nos perguntava com sorrisinhos como tínhamos passado a noite, enquanto de esguelha notava nossos olhos atordoados — respondemos arrogantes que tínhamos feito um ótimo passeio, pagamos a conta e fomos embora com dignidade. Isto era a carne de urso: e agora, que se passaram tantos anos, lamento por ter comido tão pouca, porque de tudo o que a vida me deu de bom, nada teve, nem de longe, o gosto daquela carne, que é o gosto de sermos fortes e livres, livres até para errar, e donos do próprio destino. Por isso sou grato a Sandro, por conscientemente me ter feito correr riscos, naquela e em outras aventuras insensatas só na aparência, e sei com certeza que elas me serviram mais tarde.

Não serviram a ele, ou não por muito tempo. Sandro era Sandro Delmastro, o primeiro caído do Comando Militar Piemontês do Partido de Ação. Após alguns meses de tensão extrema, em abril de 1944, foi capturado pelos fascistas, não se rendeu e tentou fugir da Casa Fascista de Cuneo. Foi assassinado com uma descarga de metralhadora na nuca por um monstruoso carrasco-menino, um daqueles capangas desgraçados de quinze anos que a república de Salò tinha alistado nos reformatórios. Seu corpo ficou abandonado por muito tempo na alameda, porque os fascistas proibiram a população de lhe dar uma sepultura.

Hoje sei que é um empreendimento sem esperança revestir um homem de palavras, fazê-lo reviver numa página escrita: especialmente um homem como Sandro. Não era homem de ser contado ou receber monumentos, ele, que ria dos monumentos: estava por inteiro nas ações, e, terminadas estas, dele não resta nada — nada a não ser palavras, precisamente.

Potássio

Em janeiro de 1941, o destino da Europa e do mundo parecia estar decidido. Apenas uns poucos iludidos ainda podiam pensar que a Alemanha não sairia vitoriosa; os estúpidos ingleses "não se deram conta de que tinham perdido a partida" e resistiam obstinadamente aos bombardeios, mas estavam sozinhos e sofriam reveses sangrentos em todas as frentes. Apenas um voluntarismo cego e surdo podia duvidar da sorte reservada aos judeus em uma Europa alemã: havíamos lido *Os irmãos Oppenheim*, de Feuchtwanger, importado às escondidas da França, e um livro branco dos britânicos, vindo da Palestina, em que se descreviam as "atrocidades nazistas" — acreditamos apenas em parte do que dizia, mas já bastava. Muitos refugiados da Polônia e da França tinham chegado à Itália, e pudemos conversar com eles: não conheciam os detalhes do massacre que estava sendo executado sob um monstruoso véu de silêncio, mas cada um deles era um mensageiro como aqueles que acorrem a Jó, para lhe dizer "apenas eu sobrevivi para contar".

No entanto, se se quisesse viver, se se quisesse de algum modo tirar proveito da juventude que corria em nossas veias, não restava outro recurso que não, justamente, a cegueira voluntária: assim como os ingleses, "não nos dávamos conta", rechaçávamos todas as ameaças para o limbo das coisas não percebidas ou imediatamente esquecidas. Podia-se até, em abstrato, jogar tudo fora e fugir, mudar-se para algum país distante, mítico, escolhido entre os poucos que continuavam com as fronteiras abertas — Madagascar, Honduras Britânicas —, mas para fazer isso era preciso ter muito dinheiro e uma fabulosa capacidade de iniciativa, e eu, minha família e meus amigos não tínhamos nem uma coisa nem outra. Por outro lado, vistos de perto e em detalhe, os fatos não pareciam tão desastrosos: a Itália à nossa volta, melhor dizendo (em um tempo em que se viajava pouco), o Piemonte e Turim não nos eram hostis. O Piemonte era nossa verdadeira pátria, aquela em que nos reconhecíamos; as montanhas ao redor de Turim, visíveis nos dias claros e ao alcance das bicicletas, eram nossas, insubstituíveis, e nos tinham ensinado o esforço, a tolerância e uma certa sabedoria. Ou seja, no Piemonte e em Turim estavam nossas raízes, pouco poderosas mas profundas, extensas e incrivelmente entrelaçadas.

Em nós, e de modo geral em nossa geração, "arianos" ou judeus que fôssemos, ainda não abrira caminho a ideia de que se devia e se podia resistir ao fascismo. Nossa resistência de então era passiva, limitava-se à recusa, ao isolamento, a não se deixar contaminar. A semente da luta ativa não sobrevivera até nós, havia sido sufocada poucos anos antes, com o último golpe de foice que relegou à prisão, ao ostracismo, ao exílio ou ao silêncio os últimos protagonistas e testemunhas turinenses, Einaudi, Ginzburg, Monti, Vittorio Foa, Zini, Carlo Levi. Esses nomes não nos diziam nada, não sabíamos quase nada sobre eles, o fascismo à nossa volta não tinha antagonistas. Era preciso recomeçar do zero, "inventar" um antifascismo nosso, criá-lo a partir do germe, das raízes, de nossas raízes. Procurávamos em torno de nós e tomávamos rumos que não levavam longe. A Bíblia, Croce, a geometria, a física nos pareciam fontes de certeza.

Costumávamos nos reunir no ginásio do "Talmúd Thorà", da Escola da Lei, como orgulhosamente se chamava a vetusta escola primária hebraica, e ensinávamos uns aos outros a reencontrar na Bíblia a justiça, a injustiça e a força que derrota a injustiça: a reconhecer em Assuero e em Nabucodonosor os novos opressores. Mas onde estava Kadosh Barukhú, "o Santo, Bendito seja Ele", aquele que rompe as correntes dos escravos e submerge os carros dos egípcios? Aquele que havia ditado a Lei a Moisés e inspirado os libertadores Esdras e Neemias não inspirava mais ninguém, o céu sobre nós estava silencioso e vazio: deixava exterminar os guetos poloneses, e lentamente, confusamente, infiltrava-se em nós a ideia de que estávamos sós, que não tínhamos aliados com quem contar, nem na terra nem no céu, que deveríamos encontrar a força de resistir em nós mesmos. Portanto não era de todo absurdo o impulso que na época nos impelia a conhecer nossos limites: a percorrer centenas de quilômetros numa bicicleta, a escalar com fúria e paciência paredões rochosos que mal conhecíamos, a nos submetermos voluntariamente à fome, ao frio e ao cansaço, a nos prepararmos para suportar e decidir. Um grampo entra ou não entra, a corda segura ou não segura: estas também eram fontes de certeza.

A química, para mim, havia deixado de ser uma certeza. Conduzia ao coração da Matéria, e a Matéria era nossa aliada justamente porque o Espírito, caro ao fascismo, nos era inimigo; porém, chegados ao quarto ano de química pura, eu não podia mais ignorar que a própria química, ou pelo menos aquela que nos era administrada, não respondia às minhas perguntas. Preparar o bromo-benzeno ou o violeta de metila segundo Gattermann era divertido, até hilariante, mas não muito diferente de seguir as receitas de Artusi. Por que daquele modo, e não de outro? Depois de ter sido entupido no Ensino Médio com as verdades reveladas pela Doutrina do Fascismo, qualquer verdade revelada, não demonstrada, me causava desalento ou suspeita. Existiam teoremas de química? Não: por isso era preciso ir além, não se contentar com o "*quia*", o porquê, remontar às origens, à matemática e à física. As origens da química eram ignóbeis, ou pelo menos equívocas: os antros dos alquimistas, sua abominável confusão de ideias e de linguagem, seu confessado interesse pelo ouro, seus imbróglios levantinos de charlatães ou magos; nas origens da física, ao contrário, estava a obstinada clareza do Ocidente, Arquimedes e Euclides. Eu me tornaria um físico, "*ruat coelum*": quem sabe sem diploma, já que Hitler e Mussolini me proibiam.

Fazia parte do programa do quarto ano de química um breve curso de experimentações de física: simples medições de viscosidade, tensão superficial, capacidade de rotação e assim por diante. O curso era ministrado por um jovem assistente, magro, alto, um tanto encurvado, gentil e extraordinariamente tímido, que se comportava de um modo com o qual não estávamos habituados. Nossos outros professores, quase sem exceção, se mostravam convencidos da importância e da excelência da disciplina que ensinavam; alguns o eram de boa-fé, para outros se tratava evidentemente de uma questão de supremacia pessoal, de território de caça. Aquele assistente, ao contrário, tinha o ar de quem quase se desculpa diante de nós, de quem se colocava do nosso lado: em seu sorriso meio contido, e aristocraticamente irônico, parecia ser possível ler: "Também sei que com estes aparelhos antiquados e gastos vocês não vão conseguir fazer nada de útil, que estas são futilidades marginais, e de resto o saber mora em outro lugar; mas trata-se de um ofício que vocês terão que fazer, e eu também; por isso, por favor, tentem não fazer muitos estragos e aprender o que puderem". Para resumir, todas as garotas do curso se apaixonaram por ele.

Durante aqueles meses, fiz desesperadas tentativas de ser admitido como estudante auxiliar por este ou aquele professor. Alguns, de boca torta ou às vezes com arrogância, me responderam que as leis raciais o proibiam; outros recorreram a pretextos vagos e inconsistentes. Recebida decorosamente a quarta ou a quinta recusa, num fim de tarde eu voltava para casa, de bicicleta, com um manto quase tangível de abatimento e amargura sobre mim. Subia sem vontade a Via Valperga Caluso, enquanto lufadas de névoa gélida vinham do Valentino e me ultrapassavam; já era noite, e a luz dos postes, mascaradas de violeta pelo blecaute, não conseguia prevalecer sobre a bruma e a escuridão. Os passantes eram raros e apressados: mas eis que um deles me atraiu a atenção. Avançava em minha direção a passos largos e lentos, vestia um casaco preto e comprido e estava com a cabeça descoberta, caminhando um tanto encurvado, e se parecia com o Assistente, era o Assistente. Passei por ele, inseguro sobre o que fazer; então tomei coragem, voltei atrás e, mais uma vez, não ousei interpelá-lo. O que é que eu sabia dele? Nada: podia ser um indiferente, um hipócrita, até um inimigo. Depois pensei que eu não arriscava nada senão mais uma recusa, e sem embaraço perguntei a ele se seria possível ser admitido em seu instituto para um trabalho experimental. O Assistente me olhou surpreso; em vez do longo discurso que eu já podia prever, me respondeu com duas palavras do Evangelho: "Venha comigo".

O interior do Instituto de Física Experimental estava cheio de poeira e de fantasmas seculares. Havia filas de armários envidraçados repletos de fascículos amarelados e comidos por ratos e traças: eram observações de eclipses, registros de terremotos, boletins meteorológicos do início do século passado. Ao longo da parede de um corredor, topei com uma trombeta extraordinária, mais de dez metros de comprimento, da qual ninguém sabia sequer a origem, o uso e a finalidade: talvez para anunciar o dia do Juízo, em que tudo o que se esconde se revelará. Havia uma eolípila estilo Secessão, uma fonte de Heron e toda uma fauna obsoleta e prolixa de engenhocas transmitidas por gerações para as demonstrações em sala de aula: uma forma patética e ingênua de física menor, em que conta mais a coreografia que o concerto. Não é ilusionismo nem prestidigitação, mas beira isso.

O Assistente me acolheu no cubículo térreo onde ele mesmo morava, lotado de aparelhos muito diferentes, empolgantes e desconhecidos. Algumas moléculas são portadoras de um dipolo elétrico, ou seja, se comportam em um campo elétrico como minúsculas agulhas de bússola: algumas se orientam mais preguiçosamente, outras menos. Segundo as condições, obedecem com maior ou menor respeito a certas leis, e aí está: aqueles aparelhos serviam para esclarecer essas condições e esse respeito tão lacunoso. Esperavam por alguém que os usasse: ele estava atarefado com outras questões (de astrofísica, especificou, e a notícia me percorreu a medula: então eu tinha diante de mim, em carne e osso, um astrofísico!), e além disso não tinha experiência em certas manipulações que considerava necessárias para purificar os produtos a serem submetidos às medições; para tanto era preciso um químico, e o químico bem-vindo era eu. Então me cedia de bom grado o campo e os instrumentos. O campo eram dois metros quadrados de mesa e escrivaninha; os instrumentos, uma pequena família, mas os mais importantes eram a balança de Westphal e o heteródino. A primeira eu já conhecia; com o segundo, fiz logo amizade. Era basicamente um aparelho radiorreceptor, construído de modo a acusar diferenças mínimas de frequência; de fato, saía brutalmente de sintonia e latia como um cão de guarda se o operador fizesse o mínimo movimento na cadeira, ou mexesse uma mão, ou até se alguém entrasse no cômodo.

De resto, em certas horas do dia, revelava todo um intrincado universo de mensagens misteriosas, tique-taques em Morse, sibilos modulados e vozes humanas deformadas ou truncadas que pronunciavam frases em línguas incompreensíveis, ou outras em italiano, mas eram frases insensatas, em código. Era a babel radiofônica da guerra, mensagens de morte transmitidas por navios ou aviões, de quem sabe quem a sabe-se lá quem, para lá das montanhas e do mar.

Para lá das montanhas e do mar, me explicou o Assistente, existia um sábio chamado Onsager, de quem ele não sabia nada, salvo que havia elaborado uma equação que pretendia descrever o comportamento das moléculas polares em todas as condições, contanto que se encontrassem em estado líquido. A equação funcionava bem para as soluções diluídas; não se tinha notícia de que alguém tivesse tentado verificá-la em soluções concentradas, em líquidos polares puros, e em misturas destes últimos. Este era o trabalho que me propunha, e que eu aceitei com indiscriminado entusiasmo: preparar uma série de líquidos complexos e verificar se obedeciam à equação de Onsager. Como primeiro passo, eu deveria fazer o que ele não era capaz: naquela época, não era fácil encontrar produtos puros para análise, e eu teria que me dedicar por algumas semanas a purificar benzenos, clorobenzenos, clorofenóis, aminofenóis, toluidinas e outros.

Bastaram poucas horas de contato para que a figura do Assistente se definisse. Tinha trinta anos, era recém-casado, vinha de Trieste, mas era de origem grega, sabia quatro línguas, amava a música, Huxley, Ibsen, Conrad e o Thomas Mann de quem eu tanto gostava. Amava também a física, mas suspeitava de qualquer atividade orientada a um escopo: por isso era nobremente preguiçoso e, naturalmente, detestava o fascismo.

Sua relação com a física me deixou perplexo. Não hesitou em abater meu último hipogrifo, confirmando com palavras explícitas aquela mensagem sobre as "futilidades marginais" que tínhamos lido em seus olhos no laboratório. Não apenas nossos humildes exercícios, mas também toda a física era marginal, por natureza, por vocação, na medida em que pretendia estabelecer normas ao universo das aparências, ao passo que a verdade, a realidade, a essência íntima das coisas e do homem estavam noutro lugar, ocultas atrás de um véu, ou sete véus (não me lembro com exatidão). Ele era um físico, e mais especificamente um astrofísico, diligente e dedicado, mas sem qualquer ilusão: a Verdade estava além, inacessível aos nossos telescópios, acessível aos iniciados; aquele era o longo caminho que ele estava percorrendo com esforço, assombro e uma alegria profunda. A física era prosa: elegante ginástica da mente, espelho da Criação, chave para o domínio do homem sobre o planeta; mas qual é a estatura da Criação, do homem e do planeta? Seu caminho era longo, e ele o havia apenas começado, mas eu era seu discípulo: queria segui-lo?

Tratava-se de uma pergunta terrível. Ser discípulo do Assistente era para mim um gozo de cada minuto, uma ligação jamais experimentada antes, livre de sombras, tornada mais intensa pela certeza de que aquela relação era mútua: eu, judeu excluído e cético após os últimos acontecimentos, inimigo da violência, mas não ainda tragado pela necessidade da violência oposta, deveria ser para ele o interlocutor ideal, uma folha em branco em que qualquer mensagem podia ser traçada.

Não montei no novo e gigantesco hipogrifo que o Assistente me oferecia. Naqueles meses, os alemães estavam destruindo Belgrado, quebrando a resistência grega, invadindo Creta pelo ar: aquela era a Verdade, aquela era a Realidade. Não havia escapatórias, ou pelo menos não para mim. Melhor permanecer na Terra, brincar com os dipolos na falta de coisa melhor, purificar o benzeno e se preparar para um futuro desconhecido, mas iminente e certamente trágico. De resto, purificar o benzeno naquelas condições em que a guerra e os bombardeios tinham reduzido o Instituto não era um empreendimento fácil: o Assistente deixou claro que eu tinha carta branca, podia vasculhar tudo, do porão ao sótão, me apossar de qualquer instrumento ou produto, mas não podia comprar nada: nem mesmo ele podia fazê-lo, era um regime de autarquia absoluta.

Encontrei no porão uma garrafa de benzeno técnico, com 95% de pureza: melhor que nada, mas os manuais prescreviam retificá-lo e depois submetê-lo a uma última destilação na presença de sódio, para liberá-lo dos últimos resquícios de umidade. Retificar significa destilar de modo fracionado, descartando as frações que fervem mais abaixo ou mais acima que o prescrito e recolhendo o "coração", que deveria ferver a uma temperatura constante: encontrei no inesgotável subsolo a vidraria necessária, inclusive uma daquelas coluninhas de Vigreux, graciosas como uma renda, obra da sobre-humana paciência e habilidade dos sopradores de vidro, mas (cá entre nós) de eficiência discutível; providenciei o banho-maria com uma panelinha de alumínio.

Destilar é bonito. Antes de tudo, porque é um trabalho lento, filosófico e silencioso, que nos ocupa, mas nos deixa tempo para pensar em outras coisas, um pouco como andar de bicicleta. Depois, porque implica uma metamorfose: de líquido a vapor (invisível), e deste novamente a líquido; mas nesse duplo percurso, para cima e para baixo, se alcança a pureza, condição ambígua e fascinante, que parte da química e chega muito longe. Finalmente, quando começamos a destilar, temos a consciência de estar repetindo um rito já consagrado por séculos, quase um ato religioso, em que de uma matéria imperfeita se obtém a essência, a "*ousia*", o espírito, e em primeiro lugar o álcool, que alegra o ânimo e aquece o coração. Demorei bem dois dias para obter uma fração de pureza satisfatória: para essa operação, visto que eu devia trabalhar com chama aberta, me recolhi voluntariamente em uma saleta vazia no primeiro andar, deserta e distante de qualquer presença humana.

Agora se tratava de destilar uma segunda vez, na presença do sódio. O sódio é um metal degenerado: aliás, é um metal apenas no significado químico da palavra, não certamente no da linguagem cotidiana. Não é nem rígido nem elástico, aliás é mole como a cera; não é reluzente, ou melhor, só é se conservado com uma atenção maníaca, já que, do contrário, reage em poucos instantes com o ar, cobrindo-se de uma crosta áspera e feia; reage com maior rapidez ainda na água, sobre a qual flutua (um metal que flutua!) dançando freneticamente e produzindo hidrogênio. Esquadrinhei em vão o ventre do Instituto: achei dezenas de ampolas etiquetadas, como Astolfo na Lua,* centenas de compostos abstrusos, alguns vagos sedimentos anônimos, aparentemente intocados por gerações, mas nada de sódio. No entanto encontrei uma garrafinha de potássio: o potássio é gêmeo do sódio, por isso me apossei dele e voltei ao meu retiro.

Coloquei no pequeno balão do benzeno uma bolinha de potássio "do tamanho de meia ervilha" (segundo o manual) e destilei diligentemente a mistura: por volta do final da operação, apaguei a chama como indicado, desmontei o aparelho, deixei esfriar por um tempo o pouco líquido que sobrara no balão e depois, com um ferro comprido e pontiagudo, espetei a "meia ervilha" de potássio e a extraí.

O potássio, como eu disse, é gêmeo do sódio, mas reage com o ar e a água com energia ainda maior: todos sabem (e eu também sabia) que, em contato com a água, não só produz hidrogênio, mas também se inflama. Por isso tratei minha meia ervilha como uma santa relíquia; pousei-a sobre um papel-filtro seco, fiz

* Referência ao canto XXXIV do poema *Orlando Furioso*, de Ludovico Ariosto. (N. T.)

um embrulhinho, desci até o pátio do Instituto, cavei um minúsculo túmulo e ali sepultei o pequeno cadáver endemoniado. Calquei bem a terra em cima e voltei ao trabalho.

Peguei o balão agora vazio, coloquei-o sob a torneira e abri o registro. Ouviu-se um rápido estalo, do pescoço do balão saiu uma labareda na direção da janela que estava próxima à pia, e as cortinas logo pegaram fogo. Enquanto eu me agitava em busca de algum meio rudimentar de apagá-lo, os painéis das venezianas começaram a chamuscar, e o local ficou cheio de fumaça. Consegui aproximar uma cadeira e arrancar as cortinas: joguei tudo no chão e pisoteei furiosamente, enquanto a fumaça já me cegava e o sangue latejava com violência nas têmporas.

No final, quando todos os farrapos incandescentes foram apagados, fiquei de pé por alguns minutos, atônito e quase estupidificado, com os joelhos bambos, contemplando os vestígios do desastre sem conseguir vê-los. Assim que recuperei o fôlego, desci ao andar de baixo e contei o episódio ao Assistente. Se é verdade que não há maior dor que recordar-se do tempo feliz na miséria,* também é verdade que evocar uma angústia com o ânimo tranquilo, sentado em paz numa escrivaninha, é fonte de profunda satisfação.

O Assistente ouviu meu relato com atenção educada, mas também com um ar curioso: quem me havia obrigado a embarcar naquela navegação e a destilar o benzeno com todos aqueles cuidados? No fundo, foi bom para mim: são essas coisas que acontecem aos profanos, aos que se demoram a brincar nas portas do templo em vez de entrar nele. Mas não falou nada; adotou para a ocasião (de mau grado, como sempre) um distanciamento hierárquico e me fez notar que um balão vazio não se incendeia:

* Referência à fala de Francesca da Rimini no canto v do *Inferno* de Dante. (N. T.)

vazio não devia estar. No mínimo devia conter o vapor do benzeno, além naturalmente do ar que penetrara pelo pescoço. Mas nunca se viu o vapor de benzeno, a frio, pegar fogo por si só: somente o potássio podia ter inflamado a mistura, e eu tinha retirado o potássio. Todo?

Todo, respondi: mas me veio a dúvida, tornei a subir ao local do acidente e encontrei ainda no piso os cacos do balão; observando bem, percebia-se em um deles, quase invisível, uma manchinha branca. Testei-a com a fenolftaleína: era básica, era hidróxido de potássio. Aí estava o culpado: aderente ao vidro do balão, deve ter restado um fragmento minúsculo de potássio, quanto bastou para reagir com a água que eu introduzira nele e incendiar os vapores de benzeno.

O Assistente me observava com um olhar divertido e vagamente irônico: melhor não fazer que fazer, melhor meditar que agir, melhor a sua astrofísica, limiar do Incognoscível, que a minha química atolada em fedores, estouros e pequenos mistérios fúteis. Eu pensava em outra moral, mais terrena e concreta, e creio que todo químico militante poderá confirmá-la: que é preciso desconfiar do quase-igual (o sódio é quase igual ao potássio, mas com o sódio nada teria acontecido), do praticamente idêntico, do mais ou menos, do ou então, de todos os sucedâneos e todos os remendos. As diferenças podem ser mínimas, mas levar a consequências radicalmente diversas, como as agulhas de trilho; o ofício do químico em boa parte consiste em precaver-se dessas diferenças, em conhecê-las de perto, em prever seus efeitos. Não só o ofício do químico.

Níquel

Eu guardava numa gaveta um pergaminho iluminado em que estava escrito em caracteres elegantes que Primo Levi, de raça judia, foi diplomado em química com nota máxima e louvor. Tratava-se, pois, de um documento bifronte, metade glória e metade escárnio, meio absolvição e meio condenação. Estava na gaveta desde julho de 1941, e novembro já havia terminado; o mundo mergulhava na catástrofe, e nada acontecia à minha volta. Os alemães tinham se alastrado na Polônia, na Noruega, na Holanda, na França, na Iugoslávia e agora avançavam nas planícies russas como faca na manteiga; os Estados Unidos não se moviam em socorro aos ingleses, que tinham ficado sozinhos. Eu não encontrava trabalho e me extenuava à procura de alguma atividade remunerada; no quarto ao lado, meu pai, prostrado por um tumor, vivia seus últimos meses.

A campainha tocou: era um jovem alto e magro, em uniforme de tenente do Exército Real, e não tardei em reconhecer nele a figura do mensageiro, do Mercúrio que guia as almas ou, se preferirmos, do anjo anunciador — enfim, daquele por quem cada um espera, quer o saiba, quer não, e que traz a mensagem celeste que lhe mudará a vida, para o bem ou para o mal, você ainda não sabe, até que ele por fim abra a boca.

Abriu a boca, e tinha um forte sotaque toscano, e perguntou pelo dr. Levi, que inacreditavelmente era eu (ainda não me habituara ao título); apresentou-se civilizadamente e me propôs um trabalho. Quem me indicou a ele? Um outro Mercúrio, Caselli, o guardião inflexível da fama alheia: o "louvor" em meu diploma pelo menos serviu para alguma coisa.

O Tenente demonstrava saber que eu era judeu (de resto, meu sobrenome não deixa muitas dúvidas), mas parecia não se importar com isso. Aliás, transparecia algo mais: que o caso de algum modo lhe agradasse, que sentisse um gosto acre e sutil em contrariar as leis da segregação, em suma, que em segredo fosse um aliado e buscasse em mim um aliado.

O trabalho que me propôs era misterioso e fascinante. "Em algum lugar" havia uma mina, da qual se extraíam 2% de alguma coisa útil (não me disse o que era) e 98% de matéria estéril, que era descarregada em um vale próximo. Nessa parte estéril havia níquel: pouquíssimo, mas seu preço era tão alto que a extração poderia ser levada em consideração. Ele tinha uma ideia, aliás, uma penca de ideias, mas estava prestando serviço militar e tinha pouco tempo livre: eu precisaria substituí-lo, testar em laboratório suas ideias e, se possível, em parceria com ele, executá-las em escala industrial. Era óbvio que eu precisaria me transferir para aquele "algum lugar", que me foi descrito sumariamente: a transferência ocorreria sob um duplo nível de sigilo. Antes de tudo, para minha segurança, ninguém deveria saber meu nome nem minha origem abominável, porque o algum lugar estava sob controle das autoridades militares; em segundo lugar, para a proteção de seu plano, eu deveria prometer por minha honra que não diria nada a ninguém. De resto, era claro que um sigilo consolidaria o outro, e que assim, em certa medida, minha condição de excluído lhe caía como uma luva.

Qual era a ideia dele, e onde ficava o algum lugar? O Tenente se desculpou: até que eu desse meu aceite definitivo, não podia me dizer muita coisa, era óbvio; de todo modo, a ideia consistia em tratar a matéria estéril em fase gasosa, e o algum lugar ficava a poucas horas de viagem de Turim. Aconselhei-me rapidamente com os meus. Estavam de acordo: com a enfermidade de meu pai, em casa havia uma necessidade urgente de recursos. Quanto a mim, não tinha a menor dúvida: estava muito abatido pela inércia, confiante em minha química e desejoso de colocá-la à prova. Além disso, o Tenente me deixava curioso e me agradava.

Via-se perfeitamente que ele usava o uniforme com aversão: sua escolha em relação a mim não devia ter sido ditada apenas por considerações utilitárias. Falava do fascismo e da guerra com reticência, e com um prazer sinistro que não demorei a interpretar. Era o prazer irônico de toda uma geração de italianos, bastante inteligentes e honestos para rejeitar o fascismo, céticos demais para se oporem a ele ativamente, jovens demais para aceitar passivamente a tragédia que se delineava e para perder as esperanças no futuro; uma geração à qual eu mesmo teria pertencido se as providenciais leis raciais não tivessem intercorrido, tornando-me precocemente maduro e guiando-me na escolha.

O Tenente acolheu meu aceite e, sem perda de tempo, marcou um encontro na estação, no dia seguinte. Preparativos? Não eram muitos: nenhum documento, claro (entraria incógnito em serviço, sem nome ou com um nome falso, se veria mais adiante); alguma roupa de frio (as de montanha podiam servir), um avental, livros, se eu quisesse; quanto ao resto, nenhuma dificuldade, haveria um quarto com aquecimento, um laboratório, refeições regulares com uma família de operários e colegas simpáticos, mas com quem ele me recomendava não entrar em muita intimidade, pelos motivos já conhecidos.

Partimos, descemos do trem e chegamos à mina depois de cinco quilômetros de subida em meio a um bosque reluzente de geada. O Tenente, que era um tipo despachado, me apresentou sumariamente ao Diretor, um jovem engenheiro alto e vigoroso, que era ainda mais despachado e que evidentemente já tinha sido informado sobre minha situação. Fui introduzido ao laboratório, onde uma singular criatura me aguardava: uma garota de seus dezoito anos, cabelos de fogo e olhos verdes, oblíquos, maliciosos e curiosos. Soube que ela seria minha ajudante.

Durante o almoço, que excepcionalmente me foi oferecido nos ambientes do escritório, o rádio deu a notícia do ataque japonês a Pearl Harbor e da declaração de guerra do Japão aos Estados Unidos. Meus comensais (alguns funcionários, além do Tenente) receberam o anúncio de várias maneiras: alguns, e entre estes o próprio Tenente, com reserva e cautelosos olhares para mim; outros, com comentários preocupados; outros ainda, defendendo belicosamente a invencibilidade já comprovada das forças japonesas e alemãs.

O "algum lugar" havia sido, pois, localizado no espaço, mas sem perder nada de sua magia. Todas as minas já são mágicas, desde sempre. As vísceras da terra fervilham de gnomos, *coboldi* (cobalto!) e *niccoli* (níquel!),* que podem ser generosos e fazer com que você encontre o tesouro sob a ponta da picareta, ou podem enganá-lo, ofuscá-lo, fazendo reluzir como ouro a modesta pirita, ou travestindo o zinco com as vestes do estanho: de fato, são muitos os minerais cujos nomes contêm raízes que significam "engano, fraude, ofuscamento".

Aquela mina também tinha sua magia, certo encanto selvagem. Numa colina atarracada e seca, toda de lascas e espinhei-

* *Coboldi* e *niccoli* são corruptelas, respectivamente, dos vocábulos alemães *Kobold* e *Nickel*, duendes do folclore germânico associados aos metais. (N. T.)

ros, se abismava uma ciclópica voragem cônica, uma cratera artificial com um diâmetro de quatrocentos metros: era em tudo semelhante às representações esquemáticas do Inferno, nas tabelas sinópticas da *Divina comédia*. Ao longo dos círculos, dia após dia, as laterais da cratera eram explodidas: a inclinação das paredes do cone era a mínima indispensável para que o material desprendido rolasse até o fundo, mas sem ganhar muito impulso. Ao fundo, no lugar de Lúcifer, havia um poderoso gradeado; debaixo dele, um breve poço vertical se conectava a um longo túnel horizontal; este, por sua vez, desembocava ao ar livre no flanco da colina, logo acima da sede da mina. Dentro do túnel, um trem blindado ia e vinha: uma locomotiva pequena mas potente puxava um a um os vagões para baixo do gradeado, até que se enchessem, e depois os levava para rever as estrelas.*

A sede era construída em cascata, ao longo da encosta da colina e abaixo da abertura do túnel: nela o mineral era triturado em um monstruoso moinho, que o Diretor me descreveu e mostrou com entusiasmo quase infantil: era um sino voltado para cima ou, se quisermos, uma corola de convolvulácea, com um diâmetro de quatro metros e de aço maciço: no centro, suspenso pelo alto e guiado por baixo, um gigantesco badalo oscilava. A oscilação era mínima, quase imperceptível, mas era o suficiente para rachar num piscar de olhos as rochas que choviam do vagão: elas se quebravam, se encaixavam mais abaixo, se quebravam novamente e saíam pelo fundo em fragmentos do tamanho de uma cabeça humana. A operação avançava em meio a um barulho apocalíptico, numa nuvem de pó que se avistava da planície. Depois o material era triturado mais uma vez até virar cascalho, secado e selecionado; e era bem fácil descobrir que o objetivo último daquele

* Alusão ao último verso do *Inferno* de Dante: "*e quindi uscimmo a riveder le stelle*". (N. T.)

trabalho de ciclopes era extrair míseros 2% de amianto da rocha em que ele estava encerrado. O resto, milhares de toneladas ao dia, era descarregado desordenadamente no vale.

Ano após ano, o vale ia se enchendo de uma lenta avalanche de pó e cascalho. O amianto que ainda restara ali tornava a massa levemente escorregadia, preguiçosamente pastosa, como uma geleira; a enorme língua cinzenta, pontilhada de pedras escuras, marchava para baixo laboriosamente, pesadamente, cerca de dez metros ao ano, exercendo nas paredes do vale tanta pressão que provocava profundas rachaduras transversais na rocha; a cada ano, deslocava em poucos centímetros alguns edifícios construídos muito embaixo. Em um destes, chamado justamente de "submarino" por sua silenciosa deriva, eu morava.

Havia amianto em toda parte, como uma neve cinzenta: caso um livro fosse deixado numa mesa por algumas horas, quando ele era retirado, se estampava ali seu perfil em negativo; os telhados eram cobertos por um espesso estrato de poeira, que nos dias de chuva se embebia como uma esponja e de repente deslizava violentamente para o chão. O chefe da pedreira, que se chamava Anteo e era um gigante obeso, com uma barba cerrada e preta, que de fato parecia extrair da mãe terra seu vigor,* me contou que, anos antes, uma chuva insistente havia erodido muitas toneladas de amianto das próprias paredes da pedreira; o amianto se acumulara no fundo do cone, sobre a válvula aberta, compactando-se secretamente numa tampa. Ninguém tinha dado peso à coisa, mas continuou a chover, o cone funcionou como um funil, sobre a tampa se formou um lago de 20 mil metros cúbicos de água, e mais uma vez ninguém deu peso à coisa. Ele, Anteo, percebeu o risco e pressionou o diretor da época para que encontrasse al-

* Alusão ao gigante Anteu, que extraía sua força da terra. Foi derrotado por Hércules e é personagem do canto XXXI do *Inferno* de Dante. (N. T.)

guma solução; como bom chefe de pedreira, ele era favorável a um belo explosivo submerso, que fizesse o fundo do lago brilhar sem perda de tempo; no entanto, discute daqui, discute dali, podia ser perigoso, a válvula podia ser danificada, era preciso ouvir o conselho administrativo, ninguém queria decidir, até que a própria pedreira decidiu com seu gênio maligno.

Enquanto os sábios deliberavam, ouviu-se um estrondo surdo: a tampa havia cedido, a água se precipitou no poço e no túnel, levou embora o trem com todos os vagões e devastou a sede da mina. Anteo me mostrou as marcas da inundação, uns dois metros acima do plano inclinado.

Os operários e os mineiros (que no jargão local eram "os menores") vinham de vilarejos próximos, fazendo às vezes duas horas de trilha na montanha: os funcionários moravam no local. A planície estava a apenas cinco quilômetros de distância, mas a mina era, para todos os efeitos, uma pequena república autônoma. Naqueles tempos de racionamento e de mercado paralelo, lá em cima não havia problemas de provisão: não se sabia como, mas todos tinham de tudo. Muitos funcionários tinham uma horta própria, cultivada em torno do prédio quadrado dos escritórios; alguns tinham até um galinheiro. Aconteceu várias vezes de as galinhas de um irem parar na horta do outro, fazendo o maior estrago, e disso nasceram controvérsias e contendas insuportáveis, que mal se harmonizavam com a serenidade do lugar e com a índole despachada do Diretor. Ele cortou o nó a seu jeito: mandou comprar uma espingarda Flobert e a pendurou em um prego, dentro de seu escritório. Qualquer um que visse da janela uma galinha estrangeira ciscando na própria horta tinha o direito de pegar a espingarda e atirar duas vezes: mas era preciso o flagrante. Se a galinha morresse no terreno, o cadáver pertencia ao atirador: essa era a lei. Nos primeiros dias após a providência, assistiu-se a muitas corridas rápidas até a espingarda e sons de disparo, enquanto todos os não interessados faziam apostas, mas depois não houve mais passagens de fronteira.

Outras histórias maravilhosas me foram relatadas, como a do cachorro do sr. Pistamiglio. Este sr. Pistamiglio, na minha época, já não estava lá fazia anos, mas sua memória continuava muito viva e, como costuma acontecer, ia se cobrindo de uma pátina dourada de lenda. O sr. Pistamiglio era, pois, um ótimo chefe de seção, não mais jovem, solteiro, cheio de bom senso, estimado por todos, e seu cachorro era um belíssimo lobo, igualmente probo e estimado.

Chegou um certo Natal, e quatro dos perus mais gordos do povoado do vale tinham desaparecido. Paciência: pensaram em ladrões, numa raposa, depois em nada. Mas veio outro inverno, e dessa vez desapareceram sete perus, entre novembro e dezembro. Houve uma denúncia na delegacia, mas nunca ninguém teria esclarecido o mistério se o próprio sr. Pistamiglio não tivesse deixado escapar uma palavra a mais, numa noite em que havia bebido um pouco. Os ladrões de perus eram eles dois, ele e o cachorro. No domingo, ele levava o cachorro ao vilarejo, circulava pelas granjas e lhe mostrava quais eram os perus mais bonitos e menos vigiados; explicava caso a caso a melhor estratégia; depois voltavam à mina, e de noite ele o soltava, e o cachorro chegava invisível, esgueirando-se ao longo dos muros como um verdadeiro lobo, pulava a cerca do galinheiro ou então escavava uma passagem por baixo, trucidava em silêncio o peru e o levava até seu cúmplice. Não se constatou que o sr. Pistamiglio vendesse os perus: segundo a versão mais aceita, ele os presenteava às suas amantes, que eram numerosas, feias, velhas e espalhadas em todos os Pré-Alpes do Piemonte.

Contaram-me uma grande quantidade de histórias: ao que parecia, todos os cinquenta habitantes da mina tinham reagido entre si, dois a dois, como no cálculo combinatório; quero dizer, cada um com todos os outros, e sobretudo cada homem com todas as mulheres, solteiras ou casadas, e cada mulher com todos os homens. Bastava escolher dois nomes ao acaso, melhor se de sexos diferentes, e perguntar a um terceiro: "O que aconteceu entre eles?", e logo me era revelada uma esplêndida história, porque cada um conhecia a história de todos. Não está claro por que esses acontecimentos, frequentemente intricados e sempre íntimos, foram contados com tanta facilidade justo a mim, que ao contrário não podia contar nada a ninguém, nem meu verdadeiro nome; mas parece que este é meu planeta (e não me queixo nem um pouco disso): sou alguém a quem muitas coisas são contadas.

Registrei em diversas variantes uma saga remota, que remontava a um tempo muito anterior ao próprio sr. Pistamiglio: houve uma época em que prevaleceu um regime de Gomorra nos escritórios da mina. Naquele período lendário, toda tarde, quando soava a sirene das cinco e meia, nenhum dos funcionários ia para casa. A esse sinal, por entre as escrivaninhas surgiam bebidas e colchões, e se desencadeava uma orgia que envolvia tudo e todos, de jovens datilógrafas em flor a contadores com entradas, começando pelo diretor de então e descendo até os contínuos civis e inválidos: o triste rondó das papeladas minerárias de repente dava lugar, todas as noites, a uma interminável fornicação interclassista, pública e variamente entrelaçada. Nenhum sobrevivente durou até nossos tempos, para trazer um testemunho direto: uma sequência de balanços desastrosos obrigou a matriz de Milão a fazer uma intervenção drástica e purificadora. Ninguém, exceto a sra. Bortolasso, que — me garantiram — sabia de tudo e tinha visto tudo, mas não falava do assunto por extremo pudor.

Além disso, a sra. Bortolasso nunca falava com ninguém, salvo por estritas necessidades de trabalho. Antes de ter esse nome, se chamava Gina delle Benne: aos dezenove anos, já datilógrafa nos escritórios, apaixonou-se por um jovem mineiro magro e ruivo, que, sem corresponder propriamente a esse amor, no entanto demonstrava aceitá-lo; mas "os parentes dela" foram irremovíveis. Tinham gastado dinheiro em seus estudos, e ela deveria mostrar gratidão, fazer um bom casamento e não se meter com o primeiro que aparecesse; aliás, como a garota não entendia dessas coisas, eles mesmos providenciariam; e que terminasse com aquele ruivo, ou então fora de casa e fora da mina.

Gina se dispôs a esperar os vinte e um anos (só lhe faltavam dois), mas o ruivo não fez o mesmo. Exibiu-se num domingo com outra mulher, depois com uma terceira, e acabou se casando com uma quarta. Gina então tomou uma decisão cruel: já que não pôde juntar-se ao homem de quem gostava, o único, pois bem, não seria de nenhum outro. Freira não — ela era de ideias modernas —, mas se recusaria para sempre ao matrimônio, de modo refinado e impiedoso, ou seja, casando-se. Àquela altura já era uma funcionária respeitada, necessária à Administração, dotada de uma memória férrea e de uma diligência proverbial: e comunicou a todos, aos pais e aos superiores, que pretendia se casar com Bortolasso, o idiota da mina.

Esse Bortolasso era um trabalhador braçal de meia-idade, forte que nem um mulo e sujo como um cachaço. Não devia ser totalmente idiota: é mais provável que pertencesse àquele tipo humano que no Piemonte se diz que se fazem de bestas para não pagar o sal; abrigado sob a imunidade que se concede aos fracos de entendimento, Bortolasso exercia com extrema negligência a função de jardineiro. Com tamanha negligência que beirava uma astúcia rudimentar: tudo bem, o mundo o declarara irresponsável, e agora devia suportá-lo como tal; aliás, sustentá-lo e cuidar dele.

O amianto molhado pela chuva é de difícil extração, por isso o pluviômetro era muito importante para a mina: ficava no meio de um canteiro de flores, e o próprio Diretor tomava nota de suas indicações. Bortolasso, que regava os canteiros todas as manhãs, pegou o hábito de também regar o pluviômetro, adulterando severamente os dados dos custos de extração; o Diretor (não imediatamente) se deu conta disso e o obrigou a parar. "Então ele gosta que fique seco", raciocinou Bortolasso: e, depois de cada chuva, ia abrir a válvula ao fundo do aparelho.

Na época de minha chegada, a situação se estabilizara havia tempo. Gina, agora sra. Bortolasso, tinha seus trinta e cinco anos: a modesta beleza de seu rosto enrijecera e se fixara numa máscara tensa e alerta, trazendo manifesto o estigma da prolongada virgindade. Porque permaneceu virgem: todos o sabiam, porque Bortolasso contava a todos. Esses foram os pactos na época do casamento; ele os havia aceitado, ainda que mais tarde, quase todas as noites, tenha tentado violar a cama da mulher. Mas ela se defendera furiosamente, e ainda se defendia: nunca, jamais um homem poderia tocá-la, e muito menos aquele.

Essas batalhas noturnas entre o triste casal se tornaram a fábula da mina, e uma de suas poucas atrações. Numa das primeiras noites tépidas, um grupo de aficionados me convidou a ir com eles ouvir o que estava acontecendo. Eu recusei, eles voltaram decepcionados pouco depois: ouvia-se apenas um trombone que tocava *Faccetta nera*. Explicaram-me que às vezes isso ocorria: ele era um idiota musical, e se desafogava assim.

Quanto ao meu trabalho, me apaixonei desde o primeiro dia, embora naquela fase só se tratasse de análises quantitativas a partir de amostragens de rocha: ataque com ácido fluorídrico, e sai ferro com amoníaco, e sai níquel (como é escasso, uma pitada de sedimento rosa!) com dimetilglioxima, e sai magnésio com fosfato, sempre igual, todo santo dia — em si, não era muito estimulante. Mas estimulante e nova era outra sensação: a amostra a ser analisada não era mais um pozinho anônimo manufaturado, um quiz materializado, e sim um fragmento de rocha, víscera da terra, arrancada à terra por força de explosivos; e sobre os dados diários das análises nascia pouco a pouco um mapa, o retrato dos veios subterrâneos. Pela primeira vez depois de dezessete anos de percurso escolar, de aoristos e de guerras do Peloponeso, as coisas aprendidas começavam afinal a me servir. A análise quantitativa, tão parca de emoções, pesada como o granito, se tornava viva, verdadeira, útil, inserida em uma obra séria e concreta. Servia: estava enquadrada em um plano, era a peça de um mosaico. O método analítico que eu seguia não era mais um dogma livresco, era reconfirmado a cada dia, podia ser afinado conforme nossos escopos, com um jogo sutil de razão, de testes e de erros. Errar não era mais um infortúnio vagamente cômico, que compromete sua prova ou abaixa sua nota: errar era como quando se sobe o rochedo, um medir-se, um aperceber-se, um degrau acima, que o torna mais valoroso e mais apto.

A moça do laboratório se chamava Alida. Assistia aos meus entusiasmos de neófito sem sentir o mesmo; aliás, se mostrava surpresa e um tanto chocada. A presença dela não era desagradável. Vinha do ensino médio, citava Píndaro e Safo, era filha de um chefete do fascismo local completamente inócuo, era esperta e dissimulada, não se importava com coisa nenhuma, menos ainda com a análise das rochas, que aprendera a executar com o Tenente de modo mecânico. Assim como todos lá de cima, ela também tinha interagido com várias pessoas e não fazia nenhum mistério comigo, graças àquela minha curiosa virtude confessional mencionada anteriormente. Tinha brigado com muitas mulheres por vagas rivalidades, se apaixonara um pouco por muitos, muito por um, e estava noiva de outro ainda, um bom homem melancólico e descuidado, funcionário do Departamento Técnico, da cidade dela, que seus pais tinham escolhido para ela: nem com isso ela se importava minimamente. O que fazer? Rebelar-

-se? Ir embora? Não, era uma moça de boa família, seu futuro eram os filhos e os fogões; Safo e Píndaro, coisas do passado; o níquel, uma inutilidade abstrusa. Trabalhava sem vontade no laboratório à espera daquelas núpcias pouco ansiadas, lavava desinteressadamente os precipitados, pesava o níquel-dimetilglioxima, e precisei me esforçar para convencê-la de que não era oportuno majorar o resultado das análises: algo que ela tendia a fazer, aliás, me confessou ter feito várias vezes, porque de todo modo — dizia — aquilo não custava nada a ninguém e agradava ao Diretor, ao Tenente e a mim.

Afinal de contas, o que era aquela química que fazia o Tenente e eu quebrarmos tanto a cabeça? Água e fogo, nada além disso, como na cozinha. Uma cozinha menos apetitosa, e só: com cheiros penetrantes ou repulsivos em vez dos odores domésticos; de resto, também ali o avental, misturar, queimar as mãos, organizar tudo ao final do dia. Nenhuma escapatória para Alida. Escutava com devoção compenetrada, e ao mesmo tempo com ceticismo italiano, meus relatos da vida em Turim: relatos bastante censurados, porque tanto ela quanto eu devíamos manter o jogo do meu anonimato, mas alguma coisa sempre acabava vindo à tona, inclusive por minhas próprias reticências. Depois de algumas semanas me dei conta de que eu não era mais um sem nome: era um dr. Levi que não devia ser chamado de Levi, nem ser tratado com a segunda ou terceira pessoas, por boas maneiras, para não causar imbróglios. Na atmosfera fofoqueira e tolerante da Pedreira, a defasagem entre minha indeterminada condição de excluído e minha visível gentileza nos costumes saltava aos olhos, e, como me confessou Alida, era longamente comentada e variamente interpretada: do agente da OVRA* ao indicado pelo escalão.

* Organização para a Vigilância e a Repressão do Antifascismo, a polícia secreta do regime fascista. (N. T.)

Descer ao vale era incômodo, e também pouco prudente para mim; como eu não podia frequentar ninguém, minhas noites na Pedreira eram intermináveis. Às vezes eu ficava no laboratório além do toque da sirene, ou voltava ali depois do jantar para estudar, ou para meditar sobre o problema do níquel; noutras vezes, me fechava e lia as *Histórias de Jacó* em meu quartinho monástico no Submarino. Em noites de lua, costumava dar longas caminhadas solitárias pela região selvagem da Pedreira, subindo até a borda da cratera, ou à meia encosta, sobre o dorso cinza e esfacelado da descarga, percorrido por misteriosos arrepios e estalidos, como se realmente ali se aninhassem os gnomos atarefados: o escuro era pontuado por uivos distantes de cães no fundo invisível do vale.

Essas perambulações me concediam uma trégua à consciência funesta de meu pai morrendo em Turim, dos americanos arrasados em Bataan, dos alemães vitoriosos na Crimeia, enfim, da armadilha aberta e pronta a disparar: faziam nascer em mim uma ligação nova e mais sincera da retórica da natureza aprendida na escola, com aqueles espinheiros e aquelas pedras que eram minha ilha, minha liberdade, uma liberdade que talvez eu logo perdesse. Sentia um afeto frágil e precário por aquele rochedo sem paz: tinha estabelecido com ele uma dupla ligação, primeiro nas aventuras com Sandro, depois aqui, testando-o como químico para arrancar seus tesouros. Desse amor pedregoso, dessas solidões de amianto nasceram, em outras noites longas como aquela, dois contos sobre ilhas e liberdades, os primeiros que tive ânimo de escrever após o tormento das redações escolares: em um deles, imaginava um remoto precursor, caçador de chumbo em vez de níquel; no outro, ambíguo e mercurial, aproveitei-me de uma referência à ilha de Tristão da Cunha, que me caiu nas mãos naquele período.

O Tenente, que prestava serviço militar em Turim, só subia à Pedreira uma vez por semana. Verificava meu trabalho, me dava indicações e conselhos para a semana seguinte, e se revelou um ótimo químico, além de pesquisador tenaz e agudo. Depois de um breve período de orientações, em paralelo à rotina das análises diárias, foi-se delineando um trabalho mais ambicioso.

Nas rochas da Pedreira havia, portanto, bem pouco níquel: de nossas análises, resultava um conteúdo médio de 0,2%. Risível, se comparado aos minerais extraídos por meus colegas-rivais antípodas, no Canadá e na Nova Caledônia. Mas será que a pedra bruta podia ser enriquecida? Sob as indicações do Tenente, tentei de tudo: separações magnéticas por flutuação, por levigação, por peneiramento, com líquidos pesados, por vibração. Não cheguei a nada: nada se concentrava, em todas as frações obtidas o percentual de níquel se mantinha obstinadamente o mesmo. A natureza não nos ajudava: concluímos que o níquel acompanhava o ferro bivalente, o substituía como um vicário, o seguia como uma sombra evanescente, um irmão minúsculo: 0,2% de níquel, 8% de ferro. Todos os reagentes iniciais possíveis para o níquel deveriam ser empregados em dosagem quarenta vezes superior, mesmo não levando em conta o magnésio. Uma empreitada economicamente inviável. Nos momentos de cansaço, eu percebia a rocha que me circundava, o serpentinito verde dos Pré-Alpes, em toda sua dureza sideral, inimiga, estranha: em contraste, as árvores do vale já vestidas de primavera eram como nós, gente também elas, que não fala, mas sente o calor e o frio, goza e sofre, nasce e morre, espalha seus pólens ao vento, segue obscuramente o sol em seu arco. A pedra, não: não acolhe energia em si, está apagada desde os primórdios, pura passividade hostil; uma fortaleza maciça que eu precisava desmantelar, bastião após bastião, para enfim capturar o duende oculto, o níquel-Nicolao que salta ora aqui ora ali, esquivo e maligno, com as longas orelhas tesas, sempre atento a fugir diante dos golpes da picareta indagadora, nos deixando de mãos abanando.

Mas já passou o tempo dos duendes, dos *niccoli* e dos *coboldi*. Somos químicos, isto é, caçadores: são nossas "as duas experiências da vida adulta" de que falava Pavese, o sucesso e o insucesso, matar a baleia branca ou destruir o navio; não devemos nos render à matéria incompreensível, não devemos ceder. Estamos aqui para isso, para errar e nos corrigir, para suportar golpes e infligi-los. Nunca devemos nos sentir desarmados: a natureza é imensa e complexa, mas não é impermeável à inteligência; é preciso rodar em torno dela, ferir, sondar, procurar a passagem ou abri-la. Minhas conversas semanais com o Tenente pareciam planos de guerra.

Entre as muitas tentativas que fizemos, também experimentamos reduzir a rocha com hidrogênio. Tínhamos posto o mineral finamente macerado em um barquinho de porcelana, este em um tubo de quartzo, e no tubo, aquecido por fora, fizemos passar uma corrente de hidrogênio, na esperança de que este último extraísse o oxigênio ligado ao níquel e o deixasse reduzido, ou seja, nu, em estado metálico. O níquel metálico é magnético tal como o ferro, e assim, segundo nossa hipótese, teria sido fácil separá-lo do resto, sozinho ou com o ferro, por meio simplesmente de um ímã. No entanto, depois do tratamento, agitamos em vão um potente ímã na suspensão aquosa do nosso pó: não conseguimos obter senão um resquício de ferro. Era claro e triste: naquelas condições, o hidrogênio não reduzia nada; o níquel, junto com o ferro, devia estar incrustado firmemente na estrutura do serpentinito, bem ligado à sílica e à água, contente (por assim dizer) com seu estado e avesso a assumir outro.

Mas e se tentássemos desmontar aquela estrutura? A ideia me ocorreu como quando uma lâmpada se acende, em um dia em que por acaso caiu em minhas mãos um velho diagrama todo empoeirado, obra de algum antecessor meu: registrava a perda de peso do amianto da Pedreira em função da temperatura. O amianto perdia um pouco de água a 150°C, depois permanecia aparentemente inalterado até cerca de 800°C; aí se notava uma brusca alteração, com um decréscimo de 12% de peso, e o autor anotara: "torna-se frágil". Ora, o serpentinito é o pai do amianto; se o amianto se decompõe a 800°C, o serpentinito também deveria fazer o mesmo; e como um químico não pensa, ou melhor, não vive sem modelos, eu me demorava imaginando e desenhando no papel as longas cadeias de silício, oxigênio, ferro e magnésio, com o pouco níquel enredado em suas malhas, e em seguida as mesmas cadeias após o terremoto, reduzidas a breves tocos, com o níquel arrancado de sua toca e exposto ao ataque; e não me sentia muito diferente do remoto caçador de Altamira, que pintava o antílope na parede de pedra para que a caçada do dia seguinte fosse auspiciosa.

As cerimônias propiciatórias não duraram muito: o Tenente não estava, mas podia chegar a qualquer momento, e eu temia que ele não aceitasse, ou não aceitasse de bom grado, aquela minha hipótese de trabalho tão pouco ortodoxa. Eu a sentia coçando em toda a pele; mas o que está feito, está feito: melhor começar logo o trabalho.

Não há nada mais vivificante que uma hipótese. Sob o olhar divertido e cético de Alida, que, sendo já final de tarde, olhava ostensivamente o relógio de pulso, pus as mãos à obra como um turbilhão. Num instante, o aparelho foi montado, o termostato ajustado a 800°C, o redutor de pressão do cilindro regulado, o fluxímetro instalado. Aqueci o material por meia hora, então reduzi a temperatura e fiz o hidrogênio passar por mais uma hora: já era noite, a garota tinha ido embora, tudo era silêncio contra o fundo do rumor cavo do Departamento de Seleção, que trabalhava também de noite. Eu me sentia meio conspirador e meio alquimista.

Quando deu o tempo, extraí o barquinho do tubo de quartzo, o deixei esfriar no vazio, depois dispersei o pozinho na água, que de esverdeada passou a amarelada: o que me pareceu de bom presságio. Peguei o ímã e me pus ao trabalho. Toda vez que tirava o ímã da água, ele trazia consigo um tufinho de um pó pardo; eu o retirava delicadamente com papel-filtro e o reservava à parte, talvez um miligrama a cada vez; para que a análise fosse confiável, era preciso pelo menos de meio grama de material, ou seja, muitas horas de trabalho. Decidi parar por volta da meia-noite, quer dizer, interromper a separação, porque eu não retardaria de modo nenhum o início da análise. Quanto a esta última, tratando-se de uma fração magnética (portanto presumivelmente pobre de silicatos) e condescendendo à minha pressa, estudei ali mesmo uma variante simplificada. Às três da manhã veio o resultado: não mais a habitual nuvenzinha rosa de níquel-dimetilglioxima, mas um precipitado visivelmente abundante. Filtrar, lavar, secar, pesar. O dado final me surgiu escrito em cifras de fogo na régua de cálculo: 6% de níquel, o resto de ferro. Uma vitória: mesmo sem uma separação ulterior, uma liga que podia ser mandada tal como estava ao forno elétrico. Retornei ao "Submarino" quando quase clareava, com uma vontade aguda de ir logo acordar o Diretor, de telefonar ao Tenente, de rolar pelos campos escuros e úmidos de orvalho. Pensava em muitas coisas insensatas, e não pensava em algumas tristemente sensatas.

Pensava ter aberto uma porta com uma chave, e possuir a chave de muitas portas, talvez de todas. Pensava ter pensado uma coisa que nenhum outro havia pensado antes, nem no Canadá, nem na Nova Caledônia, e me sentia invencível e inalcançável, mesmo diante dos inimigos próximos e a cada mês mais próximos. Pensava, enfim, que tinha alcançado uma revanche não desprezível contra quem me declarara biologicamente inferior.

Não pensava que, se o método de extração que eu vislumbrara fosse mesmo produzido em escala industrial, o níquel resultante acabaria inteiramente nos blindados e projéteis da Itália fascista e da Alemanha de Hitler. Não pensava que, naqueles mesmos meses, tinham sido descobertas na Albânia jazidas de minério de níquel diante das quais as nossas podiam sair de fininho e se esconder, e com elas qualquer projeto meu, do Diretor ou do Tenente. Não previa que minha interpretação da separabilidade magnética do níquel estava substancialmente errada, como me demonstrou o Tenente poucos dias depois, assim que lhe comuniquei meus resultados. Nem previa que o Diretor, após ter compartilhado meu entusiasmo por alguns dias, esfriou o meu e o dele tão logo se deu conta de que não havia no mercado nenhum seletor magnético capaz de separar um material em forma de pó fino, e que meu modelo não podia funcionar em pós mais grossos.

Todavia essa história não termina aqui. Apesar dos muitos anos passados, da liberação das trocas e da baixa no preço internacional do níquel, a notícia da enorme riqueza que jaz naquele vale sob a forma de detritos acessíveis a todos ainda acende as fantasias. Não distante da Pedreira, em porões e estábulos, no limite entre a química e a magia branca, ainda há gente que vai à noite até as descargas, volta com sacos de cascalho cinza, o tritura, cozinha e trata com reagentes os mais variados. O fascínio da riqueza enterrada, dos dois quilos de nobre metal prateado entranhados nos mil quilos da rocha estéril que se jogava fora, não se extinguiu ainda.

Nem desapareceram os dois contos minerais que escrevi na época. Tiveram um destino tortuoso, quase tanto quanto o meu: sofreram bombardeios e fugas, eu os tinha dado por perdidos, mas os reencontrei recentemente, ao reorganizar papéis esquecidos havia décadas. Não quis abandoná-los: o leitor os encontrará aqui em seguida, inseridos, como o sonho de evasão de um prisioneiro, entre estas histórias de química militante.

Chumbo

Meu nome é Rodmund, e venho de bem longe. Meu país se chama Thiuda; pelo menos nós o chamamos assim, mas nossos vizinhos, isto é, nossos inimigos, nos chamam por nomes diferentes, Saksa, Nemet, Alaman. Meu país é diferente deste: tem grandes florestas e rios, invernos prolongados, pântanos, névoas e chuvas. Os meus, quero dizer, aqueles que falam minha língua, são pastores, caçadores e guerreiros: não gostam de cultivar a terra, aliás, desprezam quem a cultiva; tangem os rebanhos para suas pastagens, saqueiam seus vilarejos e escravizam suas mulheres. Não sou nem pastor, nem guerreiro; tampouco sou um caçador, embora meu ofício não seja muito diferente da caça. Ele me liga à terra, mas sou livre: não sou um camponês.

Meu pai e todos os Rodmund de linhagem paterna exercemos desde sempre esse ofício, que consiste em conhecer uma certa pedra pesada, encontrá-la em países distantes, dar-lhe fogo de um certo modo que conhecemos e extrair dela o chumbo negro. Perto de meu vilarejo havia uma jazida grande: dizem que foi descoberta por um bisavô meu, que chamavam de Rodmund Dentes Azuis. É um vila-

rejo de artesãos do chumbo: todos sabem fundi-lo e trabalhá-lo, mas apenas nós, os Rodmund, sabemos encontrar a pedra e ter a certeza de que é a verdadeira pedra de chumbo, e não uma das tantas pedras pesadas que os Deuses semearam nas montanhas para enganar o homem. São os Deuses que fazem crescer sob a terra os veios dos metais, mas os mantêm em segredo, escondidos; quem os encontra é quase semelhante a eles, e por isso os Deuses não o amam e tentam confundi-lo. Não amam a nós, os Rodmund: mas não nos importamos com isso.

Ora, em cinco ou seis gerações a jazida se exauriu: alguns propuseram persegui-la sob a terra escavando túneis, e até o tentaram para seu próprio dano; por fim, o parecer dos mais prudentes prevaleceu. Todos os homens retomaram os antigos ofícios, mas eu não: assim como o chumbo, sem nós, não vê a luz, do mesmo modo nós, sem o chumbo, não podemos viver. A nossa é uma arte que produz riquezas, mas faz morrer cedo. Alguns dizem que isso acontece porque o metal entra no sangue e o afina pouco a pouco; outros ainda pensam que seja uma vingança dos Deuses, mas de todo modo nós, os Rodmund, pouco ligamos que nossa vida seja breve, porque somos ricos, respeitados e vemos o mundo. De fato, o caso daquele meu bisavô de dentes azuis é excepcional, porque era excepcionalmente rica a jazida que ele descobriu: em geral nós, garimpeiros, somos também viajantes. Ele mesmo — me contaram — vinha de muito longe, de uma nação onde o sol é frio e nunca se põe, onde as pessoas moram em construções de gelo e, no mar, nadam monstros marinhos de mil passos de comprimento.

Assim, após seis gerações de pausa, recomecei a viajar em busca de pedras para fundir, ou que fossem fundidas por outras gentes, ensinando-lhes a arte em troca de ouro; sim, nós Rodmund somos necromantes: transformamos o chumbo em ouro.

Parti sozinho, em direção ao sul, quando ainda era jovem. Viajei por quatro anos, de região em região, evitando as planícies, subindo os vales batendo com o martelo, achando pouco ou nada: no verão eu trabalhava nos campos, no inverno, trançava cestos ou gastava o ouro que tinha levado comigo. Sozinho, eu disse: para nós, as mulheres servem para nos dar filhos homens, de modo que a raça não se apague, mas não as levamos conosco. Serviriam para quê? Não aprendem a encontrar a pedra e, se a tocam quando estão nas regras, ela se dissolve em areia morta e em cinzas. Melhor as jovens que se encontram pelo caminho, boas para uma noite ou para um mês, com as quais se farreia sem pensar no amanhã, como ao contrário as esposas fazem. Nosso amanhã, melhor vivê-lo sozinhos: quando a carne começa a se tornar flácida e pálida, o ventre a doer, os cabelos e os dentes a cair, as gengivas a acinzentar, então é melhor estarmos sós.

Cheguei a um lugar de onde, em dias serenos, avistava-se ao sul uma cadeia de montanhas. Na primavera retomei o caminho, decidido a alcançá-las: ia cheio de incômodo por aquela terra pegajosa e mole, imprestável, boa apenas para fazer ocarinas de barro, sem nenhuma virtude ou segredo. Na montanha era diferente, as rochas, que são os ossos da terra, se mostram descobertas, ressoam debaixo dos sapatos com ferro nas solas, e é fácil distinguir suas diversas qualidades: as planícies não foram feitas para nós. Eu perguntava aqui e ali onde ficava a passagem mais praticável; também perguntava se tinham chumbo, onde o compravam, quanto pagavam: quanto mais caro pagavam, mais eu buscava nas vizinhanças. Às vezes nem mesmo sabiam o que era o chumbo: quando eu lhes mostrava o pedaço de chapa que levo sempre no alforje, riam ao senti-lo tão tenro e, por zombaria, me perguntavam se em minha terra também faziam arados e espadas de chumbo. Porém, na maioria das vezes, eu não conseguia entendê-los, nem eles a mim: pão, leite, um colchão de palha, uma garota, o rumo a seguir no dia seguinte, e só.

Atravessei uma larga passagem em pleno verão, com um sol

que ao meio-dia estava quase a pino sobre minha cabeça, e mesmo assim ainda havia manchas de neve nos campos. Pouco mais abaixo havia os rebanhos, pastores e trilhas: via-se o fundo do vale, tão profundo que ainda parecia imerso na noite. Então desci e encontrei vilarejos, aliás, um deles bem grande, à beira da torrente, aonde os montanheses desciam para trocar o gado, cavalos, queijo, couros e uma bebida vermelha que chamavam de vinho. Eu não conseguia prender o riso ao ouvi-los falar: sua linguagem era um balbucio rude e indistinto, um bar-bar animalesco, tanto que era espantoso constatar que tinham armas e ferramentas semelhantes às nossas, aliás, algumas até mais engenhosas e elaboradas. As mulheres fiavam, como em nossas terras; construíam casas de pedra não muito bonitas, mas sólidas: entretanto algumas eram de madeira, suspensas a alguns palmos do chão porque se apoiavam em quatro ou seis cepos de madeira arrematados por discos de pedra lisa; creio que estes últimos serviam para impedir a entrada de ratos, e isso me pareceu uma invenção inteligente. Os tetos não eram de palha, mas de pedras largas e chatas; não conheciam a cerveja.

Imediatamente vi que no alto, nas paredes do vale, havia furos na rocha e despejo de detritos: sinal de que naquelas bandas também havia quem procurava. Mas não perguntei nada para não despertar suspeitas; um forasteiro como eu já devia despertar muitas. Desci até a torrente, que era muito impetuosa (me lembro de que tinha uma água turva e esbranquiçada, como se estivesse misturada com leite, coisa que nunca se viu em minhas bandas), e comecei a examinar pacientemente as pedras: esta é uma de nossas astúcias, os seixos das torrentes vêm de longe e falam com clareza a quem sabe entender. Havia um pouco de tudo: pedras de fogo, seixos verdes, pedras de cal, granito, pedra de ferro, até um pouco da que nós chamamos de galmeida, tudo coisas que não me interessavam; no entanto eu tinha como um prego na cabeça me dizendo que em algum vale como aquele, com certas estrias brancas sobre a rocha vermelha, com tanto ferro por aí, as pedras de chumbo não deviam faltar.

Eu descia ao longo da torrente em parte caminhando sobre os seixos, em parte espreitando o que era possível, como um cão de caça, com os olhos pregados na terra, quando eis que, pouco abaixo da confluência de outra torrente menor, avistei um seixo em meio a milhões de outros, um seixo quase igual a todos os demais, um seixo esbranquiçado com uns grânulos pretos, que me fez parar, tenso e imóvel, justamente como um perdigueiro que aponta. Eu o peguei, era pesado, ao lado dele havia um parecido, mas menor. Nós dificilmente nos enganamos: mas de todo modo o quebrei, peguei um fragmento dele do tamanho de uma noz e o levei comigo para testá-lo. Um bom garimpeiro, alguém sério que não queira contar mentiras nem aos outros nem a si mesmo, não deve confiar nas aparências, porque a pedra, que parece morta, no entanto é cheia de manhas: às vezes muda de natureza até quando você está escavando, como certas serpentes que mudam de cor para não serem notadas. Então um bom garimpeiro leva tudo consigo: o cadinho de argila, o cisco, o pavio, o fuzil e um outro instrumento que é segredo e não posso lhes contar, e serve justamente para saber se uma pedra é boa ou não.

À noite achei um lugar fora de mão, fiz uma fogueira, coloquei em cima dela o cadinho bem estratificado, o deixei aquecendo por meia hora e esperei que esfriasse. Então o quebrei, e lá estava o pequeno disco pesado e reluzente, que se risca com a unha, aquele que nos alarga o coração e faz sumir das pernas o cansaço da estrada, e que nós chamamos de "o pequeno rei".

Nesse ponto, não é que já se chegou à meta, ao contrário: a maior parte do trabalho ainda está por ser feita. É preciso tornar a subir a torrente e, a cada bifurcação, perceber se a pedra boa continua à direita ou à esquerda. Subi por um bom tempo a torrente mais volumosa, e a pedra sempre estava lá, mas era sempre muito rara; depois o vale se estreitava em uma garganta tão profunda e íngreme que não se podia sequer pensar em subi-la. Perguntei aos pastores ali em torno, e eles me fizeram entender por gestos e grunhidos que não havia mesmo como contornar a ravina, mas que, tornando a descer ao vale grande, se topava com uma estradinha dessa largura, que atravessava uma passagem a que eles davam o nome de Tringo e descia margeando o desfiladeiro, até um local onde ficavam os animais chifrudos que mugiam, e, portanto (pensei), outras pastagens, pastores, pão e leite. Pus-me a caminho, achei facilmente a estradinha e o Tringo, e de lá desci a um lindo povoado.

Enquanto eu descia, bem à minha frente se avistava em linha reta um vale verde de lariços, e ao fundo montanhas todas brancas de neve em pleno verão: o vale terminava aos meus pés numa vasta pradaria pontilhada de cabanas e de rebanhos. Eu estava cansado, terminei de descer e parei entre os pastores. Eram desconfiados, mas conheciam (até muito bem) o valor do ouro, e me hospedaram por alguns dias sem me assediar. Aproveitei para aprender umas palavras da língua deles: chamam as montanhas de "pen", de "tza" os campos, de "roisa" a neve de verão, de "fea" as ovelhas, de "bait" suas casas, que são de pedra na parte baixa, onde mantêm os animais, e de madeira em cima, com apoios de pedra como já disse, onde moram e guardam o feno e as provisões. Eram gente intratável, de poucas palavras, mas não tinham armas e não me trataram mal.

Depois de descansar, retomei as buscas, sempre seguindo o sistema das torrentes, e acabei enveredando por um vale paralelo ao dos lariços; longo, estreito e deserto, sem pastagens nem floresta. A torrente que o percorria era rica de pedras boas: eu sentia estar perto daquilo que procurava. Demorei três dias ali, dormindo ao relento: aliás, sem pregar o olho, tamanha era minha impaciência; passava as noites perscrutando o céu, à espera do alvorecer.

A jazida estava muito fora de mão, em um barranco íngreme: a pedra branca aflorava da relva rala, ao alcance da mão, e bas-

tava escavar dois ou três palmos para encontrar a pedra negra, a mais rica de todas, que eu nunca tinha visto, mas meu pai me descrevera. Pedra compacta, sem escória, a ser trabalhada por cem homens durante cem anos. O que era estranho é que alguém já devia ter estado ali: semioculto atrás de uma pedra (que certamente tinha sido posta ali de propósito), via-se a entrada de um túnel que devia ser muito antigo, porque da abóboda pendiam estalactites do tamanho dos meus dedos. No chão havia estacas de madeira apodrecida e fragmentos de ossos, poucos e desgastados, o resto devia ter sido levado por raposas; de fato, havia rastros de raposas e talvez de lobos: mas um meio crânio que despontava da lama era certamente humano. Isso é algo difícil de explicar, mas já aconteceu mais de uma vez, ou seja: que alguém, sabe-se lá quando, vindo sabe-se lá de onde, quem sabe em um tempo anterior ao próprio dilúvio, encontra um veio, não fala nada a ninguém, tenta escavar a pedra sozinho, deixa ali seus ossos e depois séculos se passam. Meu pai me dizia que, em qualquer túnel que se escave, se encontram os ossos dos mortos.

Em resumo, a jazida existia: fiz meus testes, fabriquei como pude uma fornalha ali, ao ar livre, desci e voltei com a lenha, fundi o tanto de chumbo que podia levar nos ombros e retornei ao vale. Não disse nada às pessoas nos campos: retomei o Tringo e desci ao grande vilarejo que ficava do outro lado e se chamava Sales. Era dia de mercado, e me apresentei com minha peça de chumbo nas mãos. Alguns começaram a parar, a sopesar o metal e a me fazer perguntas que eu entendia pela metade: estava claro que queriam saber para que servia, quanto custava, de onde vinha. Depois um sujeito de ar expedito se aproximou com um gorro de lã trançada, e nos entendemos bastante bem. Mostrei a ele que aquela coisa deve ser batida com um martelo; aliás, encontrei um martelo ali mesmo e um bloco de pedra, e lhe mostrei como é fácil reduzi-lo a placas e folhas; em seguida, expliquei que com as folhas, soldando-as de um lado com um ferro incandescente, é possível fazer tubos; disse a ele que os tubos de madeira — por exemplo, as calhas do vilarejo de Sales — se perdem e apodrecem, expliquei que os tubos de bronze são difíceis de fazer e que, quando são usados para beber, causam dor de barriga, e que os tubos de chumbo, ao contrário, duram para sempre e se soldam uns aos outros com facilidade. Um pouco ao acaso, e assumindo uma expressão solene, me arrisquei a explicar que, com uma folha de chumbo, também é possível revestir os caixões dos mortos, de modo que eles não produzam vermes, mas se tornem secos e finos, e assim também a alma não se disperde, o que é uma bela vantagem; e com o chumbo ainda é possível fundir estatuetas funerárias, não reluzentes como o bronze, mas um pouco mais foscas e veladas, como justamente se espera de objetos de luto. Como percebi que essas questões lhe interessavam muito, expliquei que, quando se vai além das aparências, o chumbo é por excelência o metal da morte: porque leva à morte, porque seu peso é um desejo de cair, e cair é próprio dos cadáveres, porque até sua cor é mortiça, porque é o metal do planeta Tuisto, que é o mais lento dos planetas, isto é, o planeta dos mortos. Disse também que, na minha opinião, o chumbo é uma matéria diferente de todas as outras matérias, um metal que você percebe estar cansado, talvez cansado de transformar-se, e por isso não queira mais se transformar: a cinza de quem sabe que outros elementos cheios de vida, que milhares e milhares de anos atrás arderam no mesmo fogo que ele. Estas são coisas em que eu realmente penso, não é que as inventei para fechar o negócio. Aquele homem, que se chamava Borvio, ficou ouvindo boquiaberto e depois me falou que devia ser exatamente como eu dizia, e que aquele planeta é sagrado a um deus que, em seu povoado, se chama Saturno e é pintado com uma foice. Era o momento de ir ao ponto, e, enquanto ele ainda estava ruminando meu falatório de vendedor, pedi trinta libras de ouro pela cessão da jazida, a tecnologia da fu-

são e informações precisas sobre os principais usos do metal. Ele me contraofertou algumas moedas de bronze com a figura de um javali, cunhadas sabe-se lá onde, mas eu fiz uma expressão de quem cuspia naquilo: ouro, e nada de histórias. Por outro lado, trinta libras são muita coisa para alguém que viaja a pé, todos sabiam, e eu sabia que Borvio sabia disso: então fechamos por vinte libras. Pediu que eu o acompanhasse até a jazida, o que era justo. Quando regressamos ao vale, ele me entregou o dinheiro: verifiquei os vinte pequenos lingotes, vi que eram genuínos e de bom peso, e fizemos uma bela esbórnia de vinho para celebrar o contrato.

Era também uma esbórnia de despedida. Não que aquele povoado não me agradasse, mas muitos motivos me impeliam a retomar o caminho. Primeiro: queria ver os países quentes, onde se diz que crescem as oliveiras e os limões. Segundo: queria ver o mar, não aquele tempestuoso, de onde vinha meu antepassado de dentes azuis, mas o mar tépido, de onde vem o sal. Terceiro: de nada adianta ter ouro e levá-lo na corcunda com o medo contínuo de que, durante a noite ou numa esbórnia, levem tudo embora. Quarto e último: queria gastar o ouro em uma viagem por mar, para conhecer o mar e os marinheiros, porque os marinheiros precisam de chumbo, ainda que não saibam.

E assim fui embora: caminhei durante dois meses, descendo por um grande vale triste, até que ele desembocou numa planície. Havia prados e campos de trigo, e um cheiro áspero de espinheiros queimados que me deu saudades de minha terra: o outono, em todos os países do mundo, tem o mesmo cheiro de folhas mortas, de terra que descansa, de feixes de gravetos que queimam, enfim, de coisas que terminam, e você pensa "para sempre". Encontrei uma cidade fortificada, grande como não há igual entre nós, na confluência de dois rios; havia um mercado de escravos, carne, vinho, garotas sujas, estúpidas e desgrenhadas, uma estalagem com boa lareira, e ali passei o inverno: nevava como em nosso país. Tornei a partir em março e, após um mês de caminhada, encontrei o mar, que não era azul, mas cinzento, mugia como um bisonte e se lançava contra a terra como se quisesse devorá-la: ao pensamento de que ele nunca tinha descanso, nunca teve desde que o mundo é mundo, sentia a coragem me faltar. Mas mesmo assim peguei a estrada rumo ao levante, ao longo da praia, porque o mar me fascinava e eu não podia me afastar dele.

Encontrei uma outra cidade e ali parei, até porque meu ouro se aproximava do fim. Eram pescadores e gente estranha, que vinha por navio de vários países muito distantes: compravam e vendiam, de noite brigavam pelas mulheres e se esfaqueavam nos becos; então comprei também uma faca, de bronze, robusta, com bainha de couro, para levar na cintura, debaixo das roupas. Conheciam o vidro, mas não os espelhos, quer dizer: tinham apenas espelhinhos de bronze polido, de quatro tostões, desses que logo ficam riscados e falseiam as cores. Caso se tenha chumbo, não é muito difícil fazer um espelho de vidro, mas eu lhes revelava o segredo muito por alto, contei que é uma arte que apenas nós, os Rodmund, conhecíamos, que nos foi ensinada por uma deusa chamada Frigga, e outras bobagens que eles engoliram feito água.

Eu precisava de dinheiro: olhei ao redor, achei perto do porto um vidraceiro que tinha um ar bastante inteligente e entrei em acordo com ele.

Aprendi várias coisas com ele, antes de tudo que o vidro pode ser soprado: eu gostava tanto daquele sistema que até lhe pedi que me ensinasse, e mais cedo ou mais tarde também vou tentar soprar o chumbo ou o bronze fundido (mas são líquidos demais, é difícil conseguir). Já eu ensinei a ele que, sobre a lâmina de vidro ainda quente, é possível derramar o chumbo fundido e obter espelhos não muito grandes, mas luminosos, sem defeitos, que duram por muitos anos. De resto, ele era muito habilidoso, tinha um segredo sobre os vidros coloridos e moldava lâminas variegadas de um aspec-

to maravilhoso. Eu estava cheio de entusiasmo com a colaboração e inventei de fazer espelhos até com as calotas de vidro soprado, derramando o chumbo por dentro ou espalhando-o do lado de fora: ao se espelhar nelas, nos vemos muito grandes ou muito pequenos, ou também deformados; as mulheres não gostam desses espelhos, mas todas as crianças pedem para comprá-los. Durante todo o verão e o outono vendemos espelhos aos mercadores, que nos pagavam bem; mas enquanto isso eu conversava com eles e buscava recolher a maior quantidade de notícias que podia sobre uma terra que muitos deles conheciam.

Era espantoso observar como aquela gente, que no entanto passava metade da vida no mar, tinha ideias tão confusas a respeito dos pontos cardeais e das distâncias; mas sobre um ponto todos concordavam, ou seja, que navegando em direção ao sul — uns diziam mil milhas, outros, dez vezes mais distante — se achava uma terra que o sol queimara até virar pó, rica em árvores e animais nunca vistos, habitada por homens ferozes de pele preta. Mas muitos davam por certo que, no meio do caminho, se encontrava uma grande ilha chamada Icnusa, que era a ilha dos metais; sobre essa ilha se contavam as histórias mais estranhas: que ela era habitada por gigantes, mas que, ao contrário, os cavalos, os bois e até coelhos e frangos eram minúsculos; que quem mandava e guerreava eram as mulheres, enquanto os homens cuidavam dos animais e fiavam a lã; que esses gigantes eram devoradores de homens, especialmente os estrangeiros; que era uma terra de prostituição, em que os maridos trocavam suas mulheres e até os animais copulavam entre si a esmo, lobos com gatas, ursos com vacas; em que a gravidez das mulheres não durava mais que três dias, e depois elas pariam e logo diziam aos recém-nascidos: "Levante-se, traga-me a*

* Antigo nome grego da Sardenha. (N. T.)

tesoura e acenda a luz para que eu corte seu cordão". Outros ainda contavam que, ao longo de suas costas, há fortalezas de pedra do tamanho de montanhas; que tudo naquela ilha é feito de pedra, as pontas das lanças, as rodas dos carros, até os pentes das mulheres e as agulhas de costura; também as panelas para cozinhar, e que têm inclusive pedras que queimam, e as acendem sob as tais panelas; que ao longo de suas ruas, vigiando os cruzamentos, há monstros petrificados e assustadores de ver. Eu escutava essas coisas compenetrado, mas dentro de mim ria às gargalhadas, porque a essa altura já havia rodado muito pelo mundo e sabia que todo o mundo é aldeia; de resto, quando retorno e relato os países em que estive, eu também me divirto inventando estranhezas; e aqui se narram coisas fantásticas sobre meu país, por exemplo, que nossos búfalos não têm joelhos, e que para abatê-los basta serrar pela base as árvores onde se apoiam de noite para repousar; sob seu peso, a árvore se quebra, eles caem estendidos e não podem mais levantar.

No entanto, quanto à questão dos metais, todos estavam de acordo: muitos mercadores e capitães do mar tinham trazido da ilha para a terra cargas de metal bruto ou trabalhado, mas eram gente rude, e pelo que falavam era difícil entender de que metal se tratava; até porque eles não falavam a mesma língua, e nenhum falava a minha, e havia uma grande confusão de termos. Diziam por exemplo "kalibe", e não tinha jeito de saber se se referiam ao ferro, à prata ou ao bronze. Outros chamavam "sider" tanto o ferro quanto o gelo, e eram tão ignorantes a ponto de afirmar que o gelo das montanhas, com o passar dos séculos e sob o peso da rocha, se endurece e primeiro se torna cristal de rocha, depois, pedra de ferro.

Enfim, eu estava cansado de atividades femininas e queria ir para essa Icnusa. Cedi ao vidraceiro minha cota na empresa e, com esse dinheiro mais aquele que eu tinha ganhado com os espelhos, consegui uma passagem a bordo de um navio de carga: mas não se zarpa no inverno, é tempo da tramontana, ou do mistral, ou do noto, ou do euro; enfim, parece que nenhum vento era bom, e que até abril o melhor a fazer era permanecer em terra, embebedar-se, apostar a camisa nos dados e engravidar as garotas do porto.

Partimos em abril. O navio estava carregado de ânforas de vinho; além do proprietário, havia um chefe de tripulação, quatro marinheiros e vinte remadores acorrentados aos bancos. O comandante vinha de Kriti e era um tremendo mentiroso: falava de um país onde vivem homens chamados Orelhões, que têm orelhas tão desmesuradas que os tais se envolvem dentro delas para dormir no inverno, e de animais com caudas na parte da frente chamados Alfil, que entendem a linguagem dos homens.

Devo confessar que foi difícil me acostumar a viver no navio: ele dança sob nossos pés, pende um pouco à direita e um pouco à esquerda, é complicado comer e dormir, e pisamos nos pés uns dos outros por falta de espaço; além disso, os remadores acorrentados nos miram com olhos tão ferozes que nos fazem pensar que, se justamente não estivessem acorrentados, nos fariam em pedaços num piscar de olhos — e o proprietário me disse que isso às vezes acontecia. Por outro lado, quando o vento é favorável, a vela se infla, os remadores levantam os remos, e parece que realmente voamos em um silêncio encantado; veem-se os golfinhos saltando para fora da água, e os marinheiros juram que entendem, pela expressão de sua cara, o tempo que fará no dia seguinte. O navio era bem recoberto de piche, no entanto era possível ver toda a carena cheia de furos — por causa dos gusanos, me explicaram. No porto, também já tinha percebido que todos os navios ancorados estavam corroídos: não há nada a fazer, me falou o proprietário, que também era o capitão. Quando um navio está velho, ele é desmanchado e queimado; mas eu tinha uma ideia sobre isso, inclusive para a âncora. É uma estupidez fazê-la de ferro: é toda comida pela ferrugem, não dura dois anos. E as redes de pesca? Quando o vento era bom, os marujos baixavam uma rede que tinha boias de madeira e pedras como lastro. Pedras! Se fossem de chumbo, poderiam ser quatro vezes menos volumosas. É claro que não falei uma palavra a ninguém sobre o assunto, mas, como vocês também podem entender, eu já pensava no chumbo que escavaria do ventre de Icnusa e via a pele do urso antes de tê-lo matado.

Avistamos a ilha após onze dias de mar. Entramos em um pequeno porto levados pelos remos: ao redor havia deslizamentos de granito, e escravos esculpiam colunas. Não eram gigantes e não dormiam nas próprias orelhas; eram feitos como nós e se entendiam bastante bem com os marinheiros, mas seus capatazes não os deixavam falar. Era uma terra de rocha e de vento, que me conquistou imediatamente: o ar era cheio de perfumes de ervas, amargos e selvagens, e as pessoas pareciam fortes e simples.

A terra dos metais ficava a dois dias de caminhada: aluguei um burro com seu condutor, e isso de fato é verdade, são asnos pequenos (mas não como gatos, como se dizia no continente), mas robustos e resistentes; enfim, algo de verdadeiro pode haver nos boatos, quem sabe uma verdade oculta sob véus de palavras, como uma adivinha. Por exemplo, vi também que aquela história das fortalezas de pedra fazia sentido: não são exatamente do tamanho de montanhas, mas sólidas, de forma regular, com cantarias assentadas com precisão: e o curioso é que todos afirmam que elas "sempre estiveram ali", mas ninguém sabe por quem, como, por que e quando foram construídas. Por outro lado, que os ilhéus devorem os estrangeiros é uma grande mentira; de etapa em etapa, me conduziram às minas sem fazer caso nem mistérios, como se a terra deles fosse de todos.

A terra dos metais é de deixar tonto: como quando um cão de caça entra em um bosque cheio de animais silvestres e salta de rastro em rastro, treme todo e para com ar atônito. Fica perto do mar, uma fileira de colinas que no alto se tornam escarpas, e os penachos de fumaça das fundições com gente atarefada ao redor, livres e escravos, despontam próximos e distantes, até a linha do horizonte; e a história da pedra que queima também é verdadeira, eu não acreditava em meus olhos. Demora um pouco a acender, mas depois produz muito calor e dura bastante. Era trazida não sei de onde, em cestos nos lombos dos burros: é preta, untuosa, frágil, não muito pesada.

Então eu dizia que há pedras maravilhosas, certamente carregadas de metais nunca vistos, que afloram em traços brancos, roxos, celestes: sob aquela terra deve haver um fabuloso emaranhado de veios. Eu me perderia ali com prazer, batendo, escavando, experimentando: mas sou um Rodmund, e minha pedra é o chumbo. Imediatamente comecei o trabalho.

Encontrei uma jazida na margem oeste do local, onde imagino que ninguém jamais tenha procurado; de fato, não havia poços nem túneis nem descargas, não havia sequer sinais aparentes na superfície; as pedras que afloravam eram como todas as outras pedras. Mas pouco abaixo havia chumbo: e isso é uma coisa em que eu frequentemente pensava, isto é, que nós, garimpeiros, acreditamos que achamos o metal com os olhos, a experiência e o engenho, mas na realidade o que nos guia é algo de mais profundo, uma força como a que leva os salmões a subir nossos rios, ou as andorinhas a retornar ao ninho. Talvez aconteça conosco o mesmo que ocorre com os rabdomantes, que não sabem o que os guia até a água, mas alguma coisa os guia e move a varinha entre seus dedos.

Não sei dizer como, mas o chumbo estava justamente ali, eu o sentia sob meus pés turvo, venenoso e pesado, por duas milhas ao longo de um riacho em um bosque onde abelhas selvagens se aninham nos troncos fulminados. Em pouco tempo comprei escravos que escavavam para mim e, assim que guardei algum dinheiro, comprei também uma mulher. Não para farrearmos juntos: a escolhi com zelo, sem olhar tanto a beleza, mas que fosse saudável, de quadris largos, jovem e alegre. Fiz essa escolha para que me desse *um Rodmund, para que nossa arte não morresse; e não perdi tempo, porque minhas mãos e joelhos começaram a tremer, e meus dentes vacilaram nas gengivas e se tornaram azuis, como os de meu antepassado que veio do mar. Este Rodmund nascerá no fim do próximo inverno, nesta terra onde crescem palmeiras e o sal se condensa, e de noite se escutam os cães selvagens ladrando no rastro do urso; neste vilarejo que fundei perto do riacho de abelhas selvagens, ao qual gostaria de dar um nome em minha língua, que estou esquecendo, Bak der Binnen, que significa justamente "Rio das abelhas": mas a gente daqui aceitou o nome só em parte, e entre eles, em sua língua que agora é a minha, o chamam de "Bacu Abis".*

Mercúrio

Eu, o subscrito cabo Abrahams, moro nesta ilha há catorze anos com Maggie, minha mulher. Fui mandado para cá como guarnição: parece que numa ilha próxima (quero dizer "a mais próxima", situada a nordeste desta, a não menos de 1200 milhas, e chamada Santa Helena), haviam exilado uma pessoa importante e perigosa, e tinham medo de que seus defensores o ajudassem a fugir e se refugiar aqui. Uma história em que nunca acreditei: minha ilha se chama "Desolação", e nunca um nome de ilha foi tão apropriado, de modo que jamais entendi o que uma pessoa importante como aquela viria buscar aqui.

Correu o boato de que se tratava de um renegado, adúltero, papista, agitador de povos e fanfarrão. Enquanto ele viveu, outros doze soldados ficaram conosco, gente jovem e alegre, de Gales e de Surrey; também eram bons lavradores e nos davam uma mão no trabalho. Depois o agitador morreu, e então uma canhoneira veio nos buscar e levar todos para casa: mas Maggie e eu pensamos em antigas dívidas e preferimos continuar aqui, cuidando dos nossos porcos. Nossa ilha tem a forma que se vê representada na página seguinte.

É a ilha mais solitária que existe no mundo. Foi descoberta mais de uma vez, por portugueses, holandeses e antes deles por povos selvagens, que esculpiram sinais e ídolos nas rochas do monte Snowdon; mas ninguém jamais se fixou nela, porque aqui chove metade do ano e a terra só é boa para o sorgo e as batatas. No entanto quem se contenta certamente não morrerá de fome, porque durante cinco meses do ano a costa norte fervilha de focas, e as duas ilhotas ao sul estão cheias de ninhos de gaivota: basta pegar um barquinho e a pessoa encontra ovos à vontade. Têm gosto de peixe, mas são nutritivos e tiram a fome; de resto, tudo aqui tem gosto de peixe, até as batatas e os porcos, que se alimentam delas.

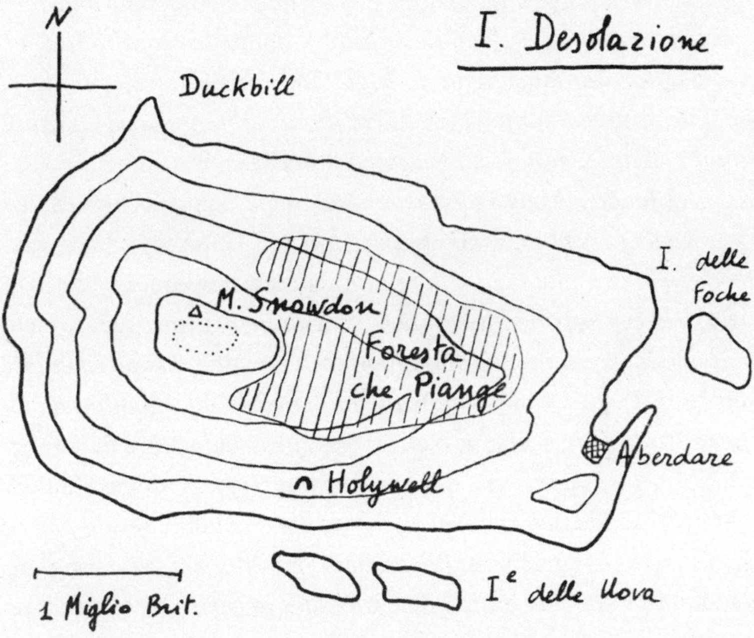

Nas encostas orientais do Snowdon crescem azinheiras e outras plantas cujos nomes desconheço: no outono elas dão flores

celestes, carnosas, com um cheiro de gente suja; no inverno, bagas duras, ácidas, ruins de comer. São plantas estranhas: sugam a água da terra profunda e a dispensam em chuva do topo dos ramos; mesmo nos dias secos, o terreno abaixo da floresta é úmido. A água que chove dos ramos é boa de beber, aliás, faz bem para as fluxões, apesar do gosto de musgo: nós a recolhemos com um sistema de calhas e tinas. Essa floresta, que de resto é a única da ilha, nós a chamamos de "Floresta que Chora".

Nós moramos em Aberdare. Não é uma cidade, são apenas quatro barracos de madeira, dos quais dois arruinados; mas um dos galeses, que era justamente de Aberdare, insistiu para chamá-la assim. O Duckbill é o extremo norte da ilha: o soldado Cochrane, que sofria de saudade, ia lá com frequência e passava os dias em meio à neblina salgada e ao vento, porque assim tinha a impressão de estar mais perto da Inglaterra. Até construiu um farol ali, que ninguém nunca pensou em iluminar. Chama-se Duckbill porque, visto do leste, tem mesmo a forma de um bico de pato.

A Ilha das Focas é rasa e arenosa: as focas aparecem no inverno para ter seus filhotes. A gruta de Holywell, ou seja, do Poço Santo, quem a chamou assim foi minha mulher, que não sei o que viu nela. Em certos períodos, quando estávamos sozinhos, ela ia até lá quase todas as noites, levando uma tocha, e olha que de Aberdare são quase duas milhas. Sentava-se ali para fiar ou trabalhar a malha, esperando não se sabe o quê. Perguntei a ela mais de uma vez: me disse coisas confusas, que ouvia vozes e via sombras, e que lá embaixo, aonde não chega nem o barulho do mar, se sentia menos sozinha e mais protegida. Já eu temia que Maggie pendesse para a idolatria. Naquela gruta havia rochedos que pareciam figuras de homens e de animais: uma delas, bem ao fundo, era um crânio com chifres. Com certeza aquelas formas não saíram de mãos humanas: então quem as fez? Quanto a mim, preferia me manter à distância; até porque nas grutas às vezes se escutavam uns rumores surdos, co-

mo de cólicas nas vísceras da terra, e o piso era quente sob os pés, e de certas fendas no fundo saíam sopros com um cheiro de enxofre. Enfim, eu teria dado um nome bem diferente àquela gruta; mas Maggie dizia que aquela voz, que ela supunha escutar, um dia pronunciaria nosso destino, e o da ilha, e o de toda a humanidade.

Maggie e eu ficamos sós por vários anos: todo ano, na Páscoa, passava o baleeiro de Burton trazendo notícias do mundo e provisões, e carregando a pouca banha defumada que produzíamos; mas depois tudo mudou. Há três anos Burton desembarcou dois holandeses aqui: Willem ainda era quase um menino, um louro tímido e rosado; tinha na testa uma chaga prateada que parecia lepra, e nenhum navio o queria a bordo. Hendrik era mais velho, magro, de cabelo grisalho e a fronte enrugada: contou uma história pouco clara, de uma briga em que ele teria rachado a cabeça de seu contramestre, de modo que a forca o aguardava na Holanda; mas não falava como um marujo e tinha as mãos de um nobre, não de alguém que arrebenta cabeças. Poucos meses depois, numa manhã, vimos subir fumaça de uma das Ilhas dos Ovos. Peguei o barco e fui lá ver: encontrei dois náufragos italianos, Gaetano de Amalfi e Andrea de Noli. O navio deles se rompeu nos escolhos do Arado, e eles se salvaram nadando; não sabiam que a ilha grande fosse habitada; acenderam uma fogueira de gravetos e guano para se secar. Disse a eles que dali a poucos meses Burton passaria de novo e poderia desembarcá-los na Europa, mas os dois recusaram com horror: depois do que tinham visto naquela noite, nunca mais botariam os pés em um navio; e precisei me esforçar muito para convencê-los a entrar em meu pequeno barco e atravessar as cem braças de mar que nos separavam da Desolação. Por eles, teriam permanecido naquele escolho miserável, comendo ovos de gaivota até sua morte natural.

Não é que falte espaço em Desolação. Instalei os quatro em um dos barracos abandonados pelos galeses, e ficaram com folga ali dentro, até porque a bagagem deles era modesta. Somente Hendrik tinha um baú de madeira fechado com um cadeado. De resto, a ferida de Willem não era lepra de modo nenhum: Maggie a curou em poucas semanas, com emplastos de uma erva que ela conhece; não é propriamente agrião, é uma erva grossa que cresce às margens da floresta e é boa de comer, ainda que depois provoque sonhos estranhos — de todo modo, nós a chamamos de agrião. Na verdade, não o curou apenas com os emplastos: fechava-se com ele no quarto e lhe cantava umas canções de ninar, com pausas que me pareceram longas demais. Fiquei contente e mais tranquilo quando Willem se curou, mas logo em seguida começou outra história chata com Hendrik. Ele e Maggie faziam longos passeios juntos, e os ouvi falar das sete chaves, de Hermes Trismegisto, da união dos contrários e de outras coisas pouco claras. Hendrik construiu para si uma cabana robusta, sem janelas, levou o baú para lá e passava ali dias inteiros, às vezes com Maggie: via-se a fumaça sair da chaminé. Também iam à gruta e voltavam com pedras coloridas, que Hendrik chamava de "cinabres".

Os dois italianos me davam menos preocupações. Eles também observavam Maggie com olhos brilhantes, mas não sabiam inglês e não podiam conversar com ela; além disso, tinham ciúmes um do outro e passavam o dia se vigiando mutuamente. Andrea era devoto, e em pouco tempo encheu a ilha de santos de madeira e de terracota: chegou a dar de presente uma virgem de barro a Maggie, que, no entanto, não sabia o que fazer com ela e a colocou em um canto da cozinha. Em suma, era claro para qualquer um que, para aqueles quatro homens, seriam necessárias quatro mulheres, e sem tantos rodeios lhes disse que, se algum deles tocasse em Maggie, iria parar no fogo do inferno, porque não se deve cobiçar a mulher dos outros: mas que eu mesmo os mandaria ao inferno, ainda que eu também acabasse indo para lá. Quando Burton tornou a passar com as estivas lotadas de óleo de baleia, todos em comum acordo o encarregamos solenemente de encontrar as quatro mulheres, mas ele riu na nossa cara: o que a gente pensava? Que era fácil encontrar mulheres dispostas a se estabelecer no meio das focas, nesta ilha esquecida, para se casarem com quatro inúteis? Talvez se pagássemos a elas: mas com o quê? Certamente não com nossas salsichas metade porco, metade foca, que fediam mais a peixe que seu baleeiro. Então foi embora e logo içou as velas.

Naquela mesma tarde, pouco antes de anoitecer, ouviu-se um grande trovão, como se a própria ilha se agitasse sobre suas raízes. O céu ficou escuro em poucos minutos, e a nuvem preta que o cobria estava iluminada por baixo, como por um fogo. Do topo do Snowdon começaram a sair primeiro rápidos clarões vermelhos que subiam até o céu, depois um fluxo largo e lento de lava acesa: não descia em nossa direção, mas à esquerda, rumo ao sul, escorrendo de barranco em barranco com chiados e crepitações. Depois de uma hora, chegou até o mar, e ali se apagava rugindo e erguendo uma coluna de vapor. Nenhum de nós nunca pensou que o Snowdon pudesse ser um vulcão; no entanto, pela forma de seu cume, com uma cavidade redonda e funda de pelo menos duzentos metros, não era difícil supor.

O espetáculo prosseguiu por toda a noite, acalmando-se de vez em quando, e então recuperando o vigor com uma nova série de explosões: dava a impressão de que não acabaria nunca. Todavia, por volta do alvorecer, soprou um vento quente do leste, o céu voltou a ficar limpo e o barulho se tornou cada vez menos intenso, até reduzir-se a um murmúrio e por fim ao silêncio. O manto de lava, de amarelo e luminoso que era, ficou avermelhado como brasa e durante o dia se apagou.

Minha preocupação eram os porcos. Disse a Maggie que fosse dormir, e aos quatro, que viessem comigo: queria ver o que tinha mudado na ilha.

Não tinha acontecido nada com os porcos, mas eles correram até nós como se fôssemos irmãos (não suporto quem fala mal dos porcos: são animais que têm entendimento, me dá pena quando preciso abatê-los). Várias rachaduras se abriram na encosta noroeste, duas tão grandes que nem se enxerga o fundo. A banda sudoeste da Floresta que Chora foi soterrada, e a faixa ao lado, por uma largura de duzentos pés, secou e pegou fogo; a terra devia estar mais quente que o céu, porque o fogo perseguiu os troncos até dentro das raízes, escavando os canais onde elas estavam. O manto de lava está todo constelado de bolhas estouradas, de margens cortantes como estilhaços de vidro, semelhante a um grande ralador de queijo; ele sai da margem sul da cratera, que desmoronou, ao passo que a margem norte, que forma o topo da montanha, agora é uma crista arredondada que parece muito mais alta que antes.

Quando chegamos à gruta do Poço Santo, ficamos petrificados de espanto. Era outra gruta, muito diferente, como quando se embaralha um maço de cartas: estreita onde antes era larga, alta onde era baixa; parte da abóbada havia desabado, e as estalactites, em vez de estarem voltadas para baixo, agora apontavam para o lado, como bicos de cegonha. No fundo, onde antes ficava o Crânio do Diabo, agora havia uma enorme câmara, como a cúpula de uma igreja, ainda cheia de fumaça e de estalidos, tanto que Andrea e Gaetano queriam sair dali a todo custo. Mandei que fossem chamar Maggie, para que ela também viesse ver sua caverna, e, como eu previa, Maggie chegou ofegante pela corrida e pela emoção, enquanto os dois permaneceram do lado de fora, provavelmente rezando a seus santos e entoando ladainhas. Dentro da gruta, Maggie corria para cima e para baixo como um cão de caça, como se aquelas vozes que ela dizia escutar a estivessem chamando: de repente, soltou um grito que nos deixou arrepiados. No céu da cúpula havia uma fenda de onde saíam gotas, mas não de água: gotas reluzentes e pesadas, que tombavam no piso de pedra e explodiam em mil gotículas que rolavam para longe. Um pouco mais embaixo se formara uma poça, e então compreendemos que aquilo era mercúrio: Hendrik o tocou, e depois eu também; era uma matéria fria e viva, que se movia em pequenas ondas, como irritadas e frenéticas.

Hendrik parecia transfigurado. Trocava com Maggie olhares rápidos cujo sentido eu não entendia, e nos dizia coisas obscuras e confusas, mas que ela parecia compreender: que era chegado o momento de iniciar a Grande Obra; que, assim como o céu, a terra também tem seu orvalho; que a caverna estava repleta do spiritus mundi. Depois se dirigiu abertamente a Maggie e lhe disse: "Venha aqui esta noite, faremos a besta de duas costas". Tirou do pescoço uma correntinha com uma cruz de bronze e a mostrou a ela: sobre a cruz estava crucificada uma serpente, e ele lançou a cruz no mercúrio da poça, e a cruz flutuava.

Olhando bem ao redor, o mercúrio gemia por todas as fendas da nova gruta, como a cerveja pelos barris novos. Ao apurar os ouvidos, se escutava uma espécie de murmúrio sonoro, produzido pelos milhares de gotas metálicas que se desprendiam da abóbada para se espatifarem no solo, e pelo som dos fios d'água que escorriam vibrando, como prata fundida, e afundavam nas rachaduras do piso.

Para ser sincero, nunca gostei de Hendrik: dos quatro, era o que menos me agradava; mas naqueles momentos também me dava medo, raiva e repugnância. Tinha nos olhos uma luz oblíqua e móvel, como a do próprio mercúrio; parecia transformado em mercúrio, que lhe corria pelas veias e transbordava dos olhos. Andava pela caverna como um furão, arrastando Maggie pelo pulso, e mergulhava as mãos nas poças de mercúrio, o borrifava sobre si e o derramava sobre a cabeça, como um sedento faria com a água: faltou pouco para que o bebesse. Maggie o acompanhava como enfeitiçada. Eu resisti um pouco, então abri o canivete, o agarrei pelo peito e o prensei contra a parede de pedra: sou muito mais forte que ele, que se afrouxou como as velas quando o vento cai. Queria saber quem era, o que queria de nós e da ilha, e aquela história de besta de duas costas.

Parecia alguém que acorda de um sonho, e não esperou duas vezes. Confessou que a história do contramestre assassinado era mentira, mas não a da forca que o aguardava na Holanda: tinha proposto aos Estados Gerais transformar a areia das dunas em ouro, obteve um financiamento de 100 mil florins, gastou uma pequena parte em experimentos e o resto em esbórnias, então foi convidado a executar diante dos conselheiros aquilo que ele chamava de experimentum crucis; mas de mil libras de areia não conseguiu extrair senão dois fiapos de ouro, e então pulou da janela, se escondeu na casa de sua amante e depois embarcou furtivamente no primeiro navio de partida para o Cabo: levava no baú todos os seus apetrechos de alquimista. Quanto à besta, me disse que não é algo que se possa explicar em poucas palavras. Para sua obra, o mercúrio seria indispensável, porque é espírito fixo e volátil, ou seja, princípio feminino, e combinado com o enxofre, que é terra ardente masculina, permite obter o Ovo Filosófico, que é justamente a Besta de Dois Dorsos, porque nela estão unidos e misturados o macho e a fêmea. Um belo discurso, não é verdade? Uma fala límpida e direta, autenticamente de alquimista, da qual não acreditei em uma palavra. Os dois, ele e Maggie, eram a besta de dois dorsos: ele, grisalho e peludo, ela, branca e lisa, dentro da caverna ou quem sabe onde, ou até em nossa própria cama, enquanto eu cuidava dos porcos, se preparavam para fabricá-la, embriagados de mercúrio como estavam, se é que já não tinham fabricado.

Talvez o mercúrio também já circulasse em minhas veias, porque naquele momento eu realmente via tudo vermelho. Depois de vinte anos de casamento, já não me importava tanto com Maggie, mas naquele instante eu ardia de desejo por ela e teria cometido um massacre. No entanto me controlei; aliás, ainda estava segurando Hendrik bem forte contra a parede quando me ocorreu uma ideia, e perguntei a ele quanto custava o mercúrio: pelo seu ofício, ele deveria saber.

— Doze esterlinas por libra — me respondeu com um fio de voz.

— Jura!

— Juro! — respondeu ele, erguendo os dois polegares enquanto cuspia no chão; talvez fosse o juramento deles, dos transformadores de metais: mas minha faca estava tão rente a seu pescoço que com certeza ele falava a verdade. Deixei para lá, e ele, ainda todo apavorado, me explicou que o mercúrio bruto, como o nosso, não vale muito, mas que é possível purificá-lo por destilação, como o uísque, em retortas de ferro fundido ou de terracota: depois se quebra a retorta e no resíduo se encontra chumbo, muitas vezes prata, e às vezes ouro; que isso era um segredo deles, mas que o faria por mim, se eu prometesse salvar sua vida.

Não prometi absolutamente nada e lhe disse que, com o mercúrio, queria pagar pelas quatro mulheres. Fazer retortas e vasos de barro devia ser mais fácil que transformar em ouro a areia da Holanda; então que ele começasse a trabalhar, a Páscoa estava próxima e também a visita de Burton; para a Páscoa eu queria prontas quarenta vasilhas de um quartilho de mercúrio purificado, todas iguais, com uma bela tampa em cima, lisas e redondas, porque o olho também quer sua parte. Que ele pedisse ajuda aos outros três, e eu também daria uma mão. Quanto ao forno para fazer as retortas e vasilhas, não precisava se preocupar: já havia a fornalha onde Andrea queimava seus santos.

Aprendi rapidamente a destilar, e em dez dias as vasilhas estavam prontas: eram de apenas um quartilho, mas nelas cabiam com folga dezessete libras de mercúrio, tanto que era difícil levantá-las com o braço esticado e, ao balançá-las, parecia que dentro delas se debatia um animal vivo. Quanto a encontrar o mercúrio bruto, não era preciso fazer nada: na caverna se chafurdava em mercúrio, que gotejava na cabeça e nas costas, e ao voltarmos para casa ele estava nos bolsos, nas botas, até na cama, e fazia a cabeça de todos girar um pouco, tanto que começava a parecer natural que ele fosse trocado por mulheres. Trata-se realmente de uma substância bizarra: é frio e fugidio, sempre inquieto; porém, quando está bem firme, é possível espelhar-se nele melhor que em um espelho. Se você o fizer girar numa tigela, ele continua girando por quase meia hora. Não só o crucifixo sacrílego de Hendrik boia sobre ele, mas também as pedras e até o chumbo. O ouro não: Maggie testou com seu anel, mas ele submergiu logo, e, quando o pescamos de volta, tinha se tornado de estanho. Enfim, é uma matéria que não me agrada, e eu tinha pressa de fechar o negócio e me livrar daquilo.

Na Páscoa, Burton chegou, embarcou as quarenta vasilhas bem lacradas com cera e argila e tornou a partir sem fazer promessas. Certa noite, por volta do final do outono, avistamos sua vela delinear-se na chuva, aumentar de tamanho e depois desaparecer no ar fosco e na escuridão. Pensamos que estivesse esperando a luz para entrar no pequeno porto, como fazia habitualmente, mas de manhã não havia mais rastro de Burton nem de seu baleeiro. No entanto estavam na praia, de pé, encharcadas e tiritando, as quatro mulheres e ainda duas crianças, apertadas entre si pelo frio e pela timidez; uma delas me estendeu em silêncio uma carta de Burton. Eram poucas linhas: que, para encontrar quatro mulheres para quatro desconhecidos em uma ilha desolada, ele teve que ceder todo o mercúrio e não lhe sobrou nada pela intermediação; que ele a cobraria em mercúrio ou em banha, na proporção de 10%, em sua próxima visita; que não eram mulheres de primeira linha, mas não tinha achado nada melhor; que preferiu desembarcá-las logo e voltar às suas baleias para não assistir a rixas lamentáveis, e porque não era alcoviteiro nem rufião, muito menos padre para celebrar casamentos; que, no entanto, nos aconselhava a celebrá-los nós mesmos, da melhor maneira que podíamos, pela saúde de nossa alma, que de todo modo já considerava um tanto comprometida.

Chamei os quatro para fora e queria propor a eles que tirassem a sorte, mas logo percebi que não seria preciso. Havia uma mulata de meia-idade, gordinha, com uma cicatriz na testa, que olhava Willem com insistência, e Willem a observava com curiosidade: a mulher poderia ser sua mãe. Falei a Willem: "Você a quer? Fique com ela!"; ele ficou, e eu os casei do jeito que pude, isto é, perguntei a ela se o aceitava e a ele se a aceitava, mas não me lembrava muito bem da fala "na riqueza e na pobreza, na saúde e na doença", e então inventei ali na hora, terminando com "até que a morte os separe", que me parecia soar bem. Estava justamente terminando com esses dois quando notei que Gaetano tinha escolhido uma jovenzinha caolha, ou talvez ela o tenha escolhido, e já estavam saindo às pressas no meio da chuva, de mãos dadas, tanto que também tive que correr e persegui-los e casá-los de longe. Das duas que restavam, Andrea ficou com uma negra de seus trinta anos, graciosa e até elegante, com um chapéu de plumas e um cachecol de avestruz encharcado, mas com um ar bastante equívoco, e os casei também, embora ainda estivesse sem fôlego pela corrida que tinha dado.

Sobravam Hendrik e uma garota miúda e magra, que era justamente a mãe das duas crianças: tinha olhos cinzentos e olhava em torno como se a cena não lhe dissesse respeito, mas a divertisse. Não olhava Hendrik, olhava para mim; Hendrik olhava Maggie, que tinha acabado de sair do barraco ainda com os bobes, e Maggie olhava Hendrik. Então me ocorreu que os dois meninos poderiam me ajudar a cuidar dos porcos; que Maggie certamente não me daria filhos; que Hendrik e Maggie ficariam muito bem juntos, fazendo suas bestas de dois dorsos e suas destilações; e que a garota de olhos cinzentos não me desagradava, embora fosse muito mais jovem que eu; aliás, me dava uma impressão alegre e suave, como uma cócega, e me fazia cogitar a hipótese de agarrá-la no ar como uma borboleta. Então indaguei como se chamava e depois perguntei a mim mesmo, em voz alta e na presença das testemunhas: "Cabo Daniel K. Abrahams, o senhor aceita como sua esposa a aqui presente Rebecca Johnson?", respondi que sim e, como a garota também estava de acordo, nos casamos.

Fósforo

Em junho de 1942, falei francamente com o Tenente e o Diretor: eu me dava conta de que minha atividade estava se tornando inútil, eles também se davam conta disso, e me aconselharam a procurar outro trabalho, em um dos muitos nichos que a lei ainda me concedia.

Estava procurando em vão quando, numa manhã — coisa raríssima —, fui chamado ao telefone da Pedreira; do outro lado da linha uma voz milanesa, que me pareceu rude e enérgica e que dizia pertencer a um tal dr. Martini, me convocava para a manhã seguinte no Hotel Suisse de Turim, sem me conceder o luxo de algum detalhe. Tinha dito exatamente "Hotel Suisse", e não "Albergo Svizzera", como deveria fazer um cidadão patriótico: naqueles tempos, que eram o tempo de Starace,* estava-se muito atento a essas minúcias, e os ouvidos eram treinados a captar certas nuances.

* Achille Starace (1889-1945) foi chefe do estado-maior do regime fascista. (N. T.)

No hall (desculpem: no vestíbulo) do Hotel Suisse, anacrônico oásis de veludos, penumbras e cortinas, me aguardava o dr. Martini, que era sobretudo Comendador, como fiquei sabendo pouco antes pelo porteiro. Era um homem atarracado, de seus sessenta anos, estatura mediana, bronzeado, quase calvo; o rosto tinha traços pesados, mas os olhos eram pequenos e astutos, e a boca, um pouco torta à esquerda como numa expressão de desprezo, era fina como um corte. O Comendador também se revelou já nas primeiras frases um tipo despachado; e então compreendi que essa curiosa pressa de muitos italianos "arianos" no trato com os judeus não era casual. Fosse intuição ou cálculo, respondia a um objetivo: em tempos de Defesa da Raça, era possível ser gentil com um judeu, era possível, quem sabe, ajudá-lo e até se vangloriar (discretamente) de tê-lo ajudado, mas era aconselhável não estabelecer relações humanas com ele, não se comprometer demais, para depois não ser forçado a demonstrar compreensão ou compaixão.

O Comendador me fez poucas perguntas, respondeu evasivamente às minhas várias, e se mostrou um homem concreto em dois pontos fundamentais. O salário inicial que me propôs chegava a um montante que eu jamais teria ousado pedir, e que me deixou atônito; sua indústria era suíça, aliás, ele mesmo era suíço (pronunciava "suiss"), portanto, não havia dificuldades em minha eventual contratação. Achei estranho, aliás, francamente cômico seu "suicismo" expresso com um sotaque milanês tão violento; por outro lado, achei suas reticências muito justificáveis.

A fábrica, da qual ele era proprietário e diretor, ficava nos arredores de Milão, e eu precisaria me mudar para lá. Produzia extratos hormonais: mas eu deveria cuidar de um problema bem específico, ou seja, da pesquisa de um remédio contra o diabetes que fosse eficaz por via oral. Eu sabia algo sobre o diabetes? Pouco, respondi, mas meu avô materno era muito diabético, e também do lado materno vários tios meus, lendários devoradores de espaguete, mostraram sintomas da doença na velhice. Ao ouvir isso, o Comendador ficou mais atento, e seus olhos, mais miúdos: mais tarde compreendi que, sendo hereditária a tendência ao diabetes, não lhe desagradaria ter à disposição um autêntico diabético, de raça substancialmente humana, em quem testar certas ideias e preparados seus. Ele me disse que o salário proposto poderia ter rápidos aumentos; que o laboratório era moderno, bem equipado, espaçoso; que na fábrica havia uma biblioteca com mais de 10 mil volumes; por fim, como quando o mágico saca o coelho da cartola, acrescentou que talvez eu não soubesse (e de fato não sabia), mas já trabalhava em seu laboratório, e no mesmo projeto, uma pessoa que eu conhecia bem, uma colega minha de estudos, uma amiga minha, que aliás lhe havia falado de mim: Giulia Vineis. Que eu decidisse com calma: podia procurá-lo no Hotel Suisse dois domingos depois.

Já no dia seguinte me demiti da Pedreira e me mudei para Milão com as poucas coisas que me eram indispensáveis: a bicicleta, Rabelais, as *Macaroneae*, *Moby Dick* traduzido por Pavese e mais uns poucos livros, a picareta, a corda de alpinismo, a régua logarítmica e uma flauta doce.

O laboratório do Comendador não era inferior à descrição: um palácio, se comparado ao da Pedreira. Encontrei já preparados para minha chegada uma bancada, uma coifa, uma escrivaninha, um armário de vidraria, e um silêncio e uma ordem desumanos. A "minha" vidraria estava assinalada com um pontinho de esmalte azul, para que eu não a confundisse com a de outros armários, e porque "aqui quebrou, pagou". Aliás, esta era apenas uma das prescrições que o Comendador me transmitiu assim que entrei: sem meios-termos, ele quis me fazer entender que eram "prescrições suíças", alma do laboratório e de toda a fábrica, mas a mim pareciam um emaranhado de obstáculos insípidos, no limite da mania de perseguição.

O Comendador me explicou que as atividades da fábrica, sobretudo o problema que ele iria me confiar, deviam ser atentamente protegidas de possíveis espiões industriais. Esses espiões podiam ser estranhos, mas também funcionários e operários da própria fábrica, a despeito das cautelas que ele tomava nas contratações. Por isso eu não deveria falar com ninguém sobre o tema que me foi proposto, nem de seus eventuais desenvolvimentos: nem com meus colegas; aliás, sobretudo com eles. Por essa razão, cada funcionário tinha um horário específico, que coincidia com uma única dupla de corridas do trem que vinha da cidade: A devia entrar às oito horas, B às 8h04, C às 8h08 e assim por diante, valendo o mesmo para a saída, de modo que dois colegas nunca tivessem a ocasião de viajar no mesmo trem. Para entradas atrasadas e saídas antecipadas, havia pesadas multas.

A última hora da jornada de trabalho devia ser dedicada, não importava se o mundo desabasse, a lavar e guardar a vidraria, de maneira que ninguém, entrando fora do horário, pudesse reconstituir o trabalho que havia sido feito ao longo do dia. A cada noite um relatório diário devia ser redigido e entregue pessoalmente a ele, em um envelope lacrado, ou à sra. Loredana, que era sua secretária.

Eu poderia almoçar onde achasse melhor: ele não queria sequestrar os funcionários na fábrica durante o intervalo do meio-dia. Porém, me advertiu (e aqui a boca entortou mais que de hábito, tornando-se ainda mais fina), não havia boas tratorias nas redondezas, e seu conselho era que eu me organizasse para almoçar no laboratório: podia trazer de casa os ingredientes e uma empregada cozinharia para mim.

Quanto à biblioteca, as normas a serem respeitadas eram especialmente severas. Por nenhum motivo admitia-se levar livros para fora da fábrica: eles só podiam ser consultados com a permissão da bibliotecária, a srta. Paglietta. Sublinhar uma palavra, ou mesmo fazer uma marcação a caneta ou lápis, era uma infração muito grave: Paglietta estava encarregada de verificar cada volume página por página, no momento da devolução, e, se encontrasse algum sinal, o volume deveria ser destruído e substituído às custas do infrator. Também era proibido deixar entre as folhas um marcador que fosse ou dobrar a ponta de uma página: "alguém" poderia deduzir indícios sobre os interesses e as atividades da fábrica e, enfim, violar seus segredos. Dentro desse sistema, é lógico que as chaves eram fundamentais: de noite, tudo devia estar trancado à chave, até a balança analítica, e as chaves, depositadas pelo porteiro. O Comendador tinha uma chave que abria todas as fechaduras.

Esse viático de preceitos e proibições teria me deixado permanentemente infeliz se, ao entrar no laboratório, eu não tivesse encontrado Giulia Vineis toda tranquila, sentada ao lado de sua bancada. Não estava trabalhando, mas remendando as meias, e parecia estar à minha espera. Ela me acolheu com familiaridade afetuosa e um sorrisinho cheio de subentendidos.

Tínhamos sido colegas na universidade por quatro anos e tínhamos frequentado juntos todos os cursos de laboratório, que são fantásticos casamenteiros, sem nunca termos estabelecido uma amizade específica. Giulia era uma jovem morena, miúda e expedita; suas sobrancelhas formavam um arco elegante, um rosto liso e agudo, movimentos vivazes mas precisos. Era mais propensa à prática que à teoria, cheia de calor humano, católica sem rigidez, generosa e desordenada; falava com voz velada e distraída, como se estivesse definitivamente cansada de viver, o que não era de modo nenhum. Estava lá fazia quase um ano; sim, foi ela quem mencionou meu nome ao Comendador: sabia vagamente de minha situação precária na Pedreira e achava que eu seria bom para aquele trabalho de pesquisa, e além disso — por que não dizer? — estava cansada de ficar sozinha. Mas que eu não me iludisse: estava noiva, noivíssima, um negócio complicado e tortuoso que me explicaria depois. E eu? Não? Nada de garotas? Muito mal: ela tentaria me dar uma mão, com ou sem leis raciais; tudo bobagem, que importância podiam ter?

Recomendou que eu não levasse tão a sério os caprichos do Comendador. Giulia era uma dessas pessoas que, aparentemente sem fazer perguntas ou se incomodar, logo ficam sabendo tudo de todos, coisa que comigo — sabe-se lá por quê — nunca acontece; por isso mesmo ela foi para mim uma guia turística e uma intérprete excelente. Em uma única sessão me ensinou o essencial, as roldanas ocultas por trás do cenário da fábrica e os papéis das principais personagens. O Comendador era o dono, embora estivesse submetido a outros donos obscuros da Basileia; mas quem mandava mesmo era Loredana (e a apontou para mim da janela, no pátio: alta, morena, curvilínea, um tanto vulgar e desbotada), que era sua secretária e amante. Tinham uma *villa* no lago, e ele, "que era velho mas safado", a levava para passear de barco no lago: havia umas fotos na Direção, eu não tinha visto? O sr. Grasso, do departamento de pessoal, também estava atrás de Loredana, mas até o momento ela, Giulia, não tinha sido capaz de saber se os dois já tinham ido para a cama ou não: ela me manteria informado. Viver naquela fábrica não era difícil, o que era difícil era trabalhar ali, por causa de todos aqueles empecilhos. A solução era simples, bastava não trabalhar; ela logo se deu conta disso, e em um ano — modéstia à parte — não tinha feito quase nada, apenas montava os aparelhos de manhã, só para satisfazer os olhos, e os desmontava à tarde segundo as prescrições; e redigia os relatórios diários só de fantasia. Afora isso, preparava o enxoval, dormia bastante, escrevia cartas torrenciais ao noivo e, contrariando as recomendações, puxava conversa com todos que aparecessem. Com Ambrogio, um sujeito meio tonto que cuidava dos coelhos para os experimentos; com Michela, que guardava todas as chaves e provavelmente era uma espiã dos fascistas; com a Varisco, a empregada que, segundo o Comendador, poderia preparar o almoço para mim; com Maiocchi, legionário da Espanha, mulherengo e cheio de brilhantina; e, sem fazer julgamentos, com Moioli, pálido e gelatinoso, que tinha nove filhos, foi do Partido Popular e teve as costas arrebentadas pelos fascistas.

Varisco, me esclareceu, era uma cupincha dela: lhe era afeiçoada e devotada, fazia tudo o que ela mandava, inclusive incursões nos setores de produção de organoterápicos (proibidos aos não especialistas), de onde voltava com fígados, cérebros, glândulas suprarrenais e outros miúdos finos. Varisco também estava noiva, e entre as duas havia uma profunda solidariedade e uma troca intensa de confidências íntimas. Por meio de Varisco — que, sendo encarregada da limpeza, tinha acesso a todos os setores —, ela soube que a produção também se dava sob um cerrado aparato antiespionagem: todas as tubulações de água, vapor, vácuo, gás, nafta etc. corriam por túneis ou eram embutidas nas paredes, e somente as válvulas eram acessíveis; as máquinas eram cobertas por cárteres complicados e fechadas à chave. Os quadrantes dos termômetros e manômetros não eram graduados: traziam apenas as marcas coloridas convencionais.

Resumindo, se eu tivesse vontade de trabalhar, e se a pesquisa sobre o diabetes me interessava de verdade, que eu fosse em frente, de todo modo estaríamos do mesmo lado; mas que eu não contasse com a colaboração dela, porque tinha outras coisas em mente. No entanto eu podia contar com ela e com Varisco em relação à cozinha. As duas precisavam treinar para o casamento e preparariam manjares que me fariam esquecer os cartões de racionamento. Eu não achava muito correto que se fizessem pratos complicados em um laboratório, mas Giulia me disse que nunca entrava vivalma naquele laboratório, com a exceção de um misterioso consultor da Basileia que parecia embalsamado e que vinha uma vez ao mês (de resto, sua visita era anunciada com bastante antecedência), olhava ao redor como se estivesse em um museu e depois ia embora sem abrir a boca, de modo que era possível fazer qualquer coisa lá dentro, contanto que não houvesse rastros. Aliás, pelo que se sabia, o Comendador jamais pisara ali.

Dias depois de minha contratação, o Comendador me chamou à Direção, e naquela oportunidade notei que as fotos do barco à vela, aliás já bem desbotadas, estavam ali mesmo. Ele me disse que já era a hora de ir ao ponto. A primeira coisa que eu tinha que fazer era ir à biblioteca e pedir à Paglietta o Kerrn, um tratado sobre o diabetes: eu sabia alemão, não é? Ótimo, assim eu poderia ler no texto original, e não na péssima tradução francesa que os colegas da Basileia tinham mandado fazer. Ele admitia que só havia lido esta última, sem entender grande coisa, mas ficou convencido de que o Doktor Kerrn era alguém que sabia muito, e que seria bom sermos os primeiros a traduzir de fato as suas ideias: é verdade, ele escrevia de modo um tanto tortuoso, mas o pessoal da Basileia, especialmente o consultor embalsamado, tinha grande interesse naquela história do antidiabético de via oral. Então eu já podia pegar o Kerrn e começar a lê-lo com atenção, depois voltaríamos a conversar sobre o assunto. Enquanto isso, para não perder tempo, eu já podia iniciar os trabalhos. Suas muitas atribuições não lhe permitiam dedicar a atenção que o texto merecia, mas ele havia tirado pelo menos duas ideias fundamentais do livro, e seria o caso de tentar testá-las na prática.

A primeira ideia dizia respeito aos antocianos. Os antocianos, como o senhor sabe perfeitamente, são os pigmentos das flores vermelhas e azuis: substâncias fáceis de oxidar e desoxidar, assim como a glicose, e o diabetes é uma anomalia na oxidação da glicose; "portanto" era possível tentar restabelecer com os antocianos uma oxidação normal da glicose. As pétalas das flores-

-de-lis são muito ricas em antocianos; pensando no problema, ele havia mandado plantar um campo inteiro de flores-de-lis, recolher suas pétalas e secá-las ao sol: eu poderia fazer extratos delas, administrá-los aos coelhos e verificar sua glicemia.

A segunda ideia era igualmente vaga, ao mesmo tempo simplista e destrambelhada. Ainda segundo o Doktor Kerrn, sempre na interpretação lombarda do Comendador, o ácido fosfórico tinha importância fundamental na reposição dos carboidratos, e até aqui não havia o que objetar; menos convincente era a hipótese, elaborada pelo próprio Comendador sobre os fundamentos vaporosos de Kerrn, de que bastava administrar ao diabético um pouco de fósforo de origem vegetal para ajustar seu metabolismo desregulado. Naquela época, eu era tão jovem que ainda pensava ser possível fazer um superior mudar de ideia; por isso arrisquei duas ou três objeções, mas logo vi que, sob meus golpes, o Comendador recrudescia como uma chapa de cobre sob o martelo. Cortou a conversa e, com um tom peremptório que transformava propostas em ordens, me aconselhou a analisar um bom número de plantas, escolher as mais ricas em fósforo orgânico, produzir os extratos de costume e injetá-los nos coelhos de sempre. Bom trabalho e boa noite.

Quando mencionei essa conversa a Giulia, seu juízo foi imediato e irritado: o velho é doido. Mas fui eu que o provoquei, ao topar entrar em campo e mostrar desde o início que o levava a sério: bem feito para mim, que agora teria de me virar com as flores-de-lis, o fósforo e os coelhos. Na opinião dela, aquela minha ânsia de trabalhar, que me fazia chegar a ponto de prostituir-me diante das fábulas senis do Comendador, derivava do fato de que eu não tinha uma namorada; se tivesse uma, estaria pensando nela, e não nos antocianos. Era realmente uma pena que ela, Giulia, não estivesse disponível, porque se dava conta do tipo de homem que eu era, um desses que não tomam iniciativas, ao contrário, se esquivam e são conduzidos pela mão, desatando pouco a pouco seus nós. Pois bem, ela daria um jeito de me fazer encontrar em Milão uma prima sua, também um pouco tímida. Mas eu também devia me mexer, diacho; lhe dava um aperto no coração ver alguém como eu desperdiçando em coelhos os melhores anos da juventude. Essa Giulia era meio bruxa, lia a mão, frequentava cartomantes, sempre tinha sonhos premonitórios, e às vezes cheguei a pensar que essa sua pressa de me livrar de uma antiga angústia, de me conseguir logo uma porção modesta de alegria, derivasse de uma intuição obscura sobre o que o destino estava preparando para mim, e ela buscasse inconscientemente desviá-lo.

Juntos fomos assistir ao *Cais das sombras*, achamos o filme maravilhoso e confessamos mutuamente termos nos identificado com os protagonistas: Giulia, esguia e morena, com a etérea Michele Morgan dos olhos de gelo; eu, gentil e reservado, com Jean Gabin, desertor, sedutor, árido e morto assassinado: absurdo — e no fim das contas aqueles dois se amavam, e a gente não, não é?

Quando o filme estava para terminar, Giulia me anunciou que eu a acompanharia até sua casa. Eu precisava ir ao dentista, mas ela disse: "Se não me acompanhar, eu grito: 'Tire as mãos de mim, seu porco!'". Tentei objetar. Mas Giulia tomou fôlego e, no escuro da sala, começou: "Tire as…"; então liguei para o dentista e a acompanhei até a casa.

Giulia era uma leoa, capaz de viajar dez horas em pé nos trens dos refugiados só para passar duas com seu homem, feliz e radiante quando podia encetar um violento duelo verbal com o Comendador ou com Loredana, mas tinha medo de insetos e de trovão. Chamava-me para enxotar uma aranhinha de sua bancada de trabalho (mas sem matá-la, bastava pôr em um filtro e levar para fora, até o canteiro), e isso me fazia sentir forte e virtuoso como Hércules diante da Hidra de Lerna, e ao mesmo tempo tentado, porque percebia a intensa carga feminina do pedido. Veio um furioso temporal, Giulia resistiu a dois raios, no terceiro buscou refúgio em mim. Eu sentia o calor de seu corpo contra o meu, vertiginoso e novo, conhecido nos sonhos, mas não retribuí o abraço; se o tivesse feito, talvez seu destino e o meu tivessem saído fragorosamente dos trilhos, rumo a um futuro comum e totalmente imprevisível.

A bibliotecária, que eu ainda não conhecia, vigiava a biblioteca como um cão de guarda, um desses pobres cachorros que se tornam deliberadamente maus à força de correntes e da fome; ou melhor, como a velha cobra desdentada, pálida pelos séculos de trevas, que custodia o tesouro do rei no *Livro da selva*. Paglietta, coitada, era pouco menos que um *lusus naturae*: era pequena, sem seios e sem quadris, cor de cera, sem viço e monstruosamente míope; usava óculos de lentes tão grossas e côncavas que, ao olhá-la de frente, seus olhos de um azul quase branco pareciam muito distantes, grudados no fundo do crânio. Dava a impressão de nunca ter sido jovem, apesar de certamente não ter mais de trinta anos e de ter nascido ali mesmo, na sombra, em meio àquele vago cheiro de mofo e de lugar fechado. Ninguém sabia nada a seu respeito, o próprio Comendador falava dela com uma impaciência irritada, e Giulia admitia odiá-la por instinto, sem saber por que, sem piedade, como a raposa odeia o cão. Dizia que fedia a naftalina e que tinha uma cara de constipada. Paglietta me perguntou por que eu queria justamente o Kerrn, quis ver minha carteira de identidade, a perscrutou com ar maligno, me fez assinar um registro e me cedeu o volume com relutância.

Era um livro estranho: dificilmente poderia ter sido escrito e impresso em outro lugar que não o Terceiro Reich. O autor não devia ser um despreparado, mas cada página sua transpirava a arrogância de quem sabe que suas afirmações não serão contestadas. Escrevia, ou melhor, perorava como um profeta possuído, como se o metabolismo da glicose no diabético e no saudável lhe houvesse sido revelado por Javé no Sinai, ou por Wotan no Valhala. Talvez me equivocando, experimentei de pronto uma desconfiança rancorosa pelas teorias de Kerrn, mas não me consta que os trinta anos passados desde então tenham conduzido à sua revalorização.

A aventura dos antocianos acabou depressa. Tinha começado com uma pitoresca invasão de flores-de-lis, sacos e sacos de delicadas pétalas celestes, secas e frágeis como minúsculas batatas fritas. Produziam extratos de cores mutáveis, elas também pitorescas, mas extremamente instáveis: depois de poucos dias de tentativas, antes mesmo de recorrer aos coelhos, recebi do Comendador a autorização para arquivar o caso. Eu continuava achando estranho que o homem, um suíço com os pés no chão, tivesse deixado convencer-se por aquele visionário fanático, e na ocasião acenei cautelosamente meu parecer a ele, mas me respondeu de modo brutal que não era de minha alçada criticar os professores. Deu a entender que eu não era pago para isso, convidando-me a não perder tempo e a começar imediatamente os testes com o fósforo: estava convencido de que o fósforo nos levaria a uma brilhante conclusão. Vamos ao fósforo.

Pus mãos à obra bem pouco convicto, aliás, convicto de que o Comendador, e quem sabe o próprio Kerrn, tivessem sucumbido ao fascínio fácil dos nomes e dos lugares-comuns: de fato, o fósforo tem um nome muito bonito (quer dizer "portador de luz"), é fosforescente, está presente no cérebro e também nos peixes, e *por isso* comer peixe nos faz inteligentes; sem fósforo as plantas não crescem; fosfatina Falières, glicerofosfatos para as crianças anêmicas de cem anos atrás; está presente ainda nas cabeças dos fósforos, e as jovens desesperadas de amor as devoravam em busca da morte; está nos fogos-fátuos, chamas pútridas diante do *passageiro*. Não, não se trata de um elemento emotivamente neutro: era compreensível que um professor Kerrn, meio bioquímico e meio bruxo, no ambiente impregnado de magia negra da corte nazista, o tivesse designado como *medicamentum*.

Mãos desconhecidas deixavam em minha bancada, toda noite, plantas e mais plantas, uma espécie por dia; eram plantas singularmente domésticas, e não sei como eram escolhidas: cebola, alho, cenoura, bardana, mirtilo, mil-folhas, salgueiro, sálvia, alecrim, rosa-canina, zimbro. A cada dia eu determinava o fósforo inorgânico e total de todas elas, e me sentia como um asno amarrado ao moinho. Tudo o que, em minha encarnação anterior, me animara na análise do níquel extraído da rocha agora me humilhava na dosagem cotidiana do fósforo, porque fazer um trabalho em que não se acredita é muito aflitivo; o que me alegrava um pouco era a presença de Giulia na sala vizinha, cantando com voz velada "é primavera, acordem, meninas", enquanto cozinhava com o termômetro nos béqueres de vidro Pyrex. De vez em quando vinha contemplar meu trabalho, provocadora e gaiata.

Giulia e eu tínhamos notado que as mesmas mãos desconhecidas deixavam, em nossa ausência, rastros quase imperceptíveis no laboratório. Um armário que, à noite, estava trancado à chave, aparecia aberto de manhã. Um microscópio fora do lugar. Uma tampa deixada aberta amanhecia fechada. Numa manhã de chuva, como Robinson, encontramos no piso as pegadas de uma sola de borracha: o Comendador usava sapatos daquele tipo. "Ele vem de noite transar com Loredana", decretou Giulia; eu, no entanto, pensava que aquele laboratório, tão obsessivamente organizado, devia servir para algum outro trabalho suíço, impalpável e secreto. Pusemos com cuidado uns palitos na parte interna das portas, sempre trancadas à chave, que interligavam a Produção ao laboratório: de manhã, os palitos estavam invariavelmente caídos.

Depois de dois meses, eu já tinha umas quarenta análises: as plantas com nível de fósforo mais elevado eram a sálvia, o quelidônio e a salsinha. Pensava que nessa altura seria oportuno determinar de que forma o fósforo estava ligado e tentar isolar o componente fosforado, mas o Comendador ligou para a Basileia e depois me disse que não havia tempo para essas sutilezas: adiante com os extratos, feitos sem complicações, com água quente e prensa, e depois concentrados a vácuo: metê-los no esôfago dos coelhos e medir a glicemia deles.

Os coelhos não são animais simpáticos. Estão entre os mamíferos mais distantes dos humanos, talvez porque suas qualidades sejam as da humanidade degradada e rejeitada: são tímidos, silenciosos e fugidios, e só conhecem a comida e o sexo. Com a exceção de alguns gatos do campo em minha infância mais remota, eu nunca havia tocado em um animal, e sentia repulsa diante dos coelhos; o mesmo acontecia com Giulia. Por sorte, Varisco tinha grande intimidade tanto com os bichos quanto com Ambrogio, que os criava. Ela nos mostrou uma gaveta onde havia um pequeno estoque de instrumentos adequados. Havia uma caixa estreita e alta, sem tampa: ela nos explicou que os coelhos gostam de se entocar, e se alguém os segura pelas orelhas (que são seu pegador natural) e os enfia na caixa, eles se sentem mais seguros e ficam imóveis. Havia uma sonda de borracha e um pequeno fuso de madeira com um furo transversal: era preciso forçá-lo entre os dentes do animal e então, através do furo, enfiar a sonda na garganta sem tantos cuidados, empurrando-a para baixo até sentir que tocou o fundo do estômago — caso não se coloque a madeira, o coelho corta a sonda com os dentes, a engole e morre. Pela sonda, é fácil introduzir os extratos no estômago deles com uma seringa comum.

Depois é preciso medir a glicemia. Também neste caso, o que para os ratos é a cauda, para os coelhos são as orelhas: têm veias grossas e saltadas, que se congestionam imediatamente quando se esfrega a orelha. Dessas veias perfuradas com uma agulha se extrai uma gota de sangue e, sem se perguntar o porquê das várias manipulações, depois se procede segundo Crecelius-Seifert. Os coelhos ou são estoicos, ou são pouco sensíveis à dor: nenhum desses abusos parecia fazê-los sofrer, e, tão logo eram deixados livres e recolocados na gaiola, recomeçavam a mastigar o feno tranquilamente, e na vez seguinte não demonstravam nenhum medo. Depois de um mês, eu já podia fazer exames de glicemia de olhos fechados, mas não parecia que nosso fósforo surtisse algum efeito; apenas um dos coelhos reagia ao extrato de quelidônio com um rebaixamento da glicemia, mas depois de poucas semanas surgiu um grande tumor em seu pescoço. O Comendador me disse que o operasse, eu o operei com um agudo sentimento de culpa e enorme repulsa, e ele morreu.

Por ordem do Comendador, cada um daqueles coelhos vivia em sua gaiola, machos e fêmeas, em rigoroso celibato. Mas houve um bombardeio noturno que, sem causar muitos danos, arrebentou todas as gaiolas, e de manhã encontramos os coelhos concentrados em uma meticulosa e ampla campanha copuladora: as bombas não o assustaram nem um pouco. Assim que se viram livres, cavaram imediatamente nos canteiros os cunículos dos quais seus nomes derivam e, ao mínimo alarme, interrompiam no meio suas fornicações e se refugiavam neles. Ambrogio teve pena de recuperá-los e trancafiá-los nas novas gaiolas; o trabalho com as glicemias tinha que ser interrompido, porque apenas as gaiolas estavam marcadas, não os animais, e depois da dispersão dos bichos não foi mais possível identificá-los.

Entre um coelho e outro, Giulia apareceu e me disse à queima-roupa que precisava de mim. Eu tinha ido para a fábrica de bicicleta, não é? Então, ela tinha que ir naquela mesma noite a Porta Genova, teria que pegar três bondes, ela estava com pressa, era uma coisa importante: por favor, tudo bem se eu a levasse na barra da bicicleta? Eu, que segundo o horário maniacamente escalonado do Comendador saía doze minutos antes dela, a esperei dobrando a esquina, a coloquei na barra e fomos embora.

Na época, circular por Milão de bicicleta não tinha nada de temerário, e levar um passageiro na barra em tempos de bombas e evacuações era pouco menos que normal: às vezes, em especial à noite, acontecia de estranhos solicitarem aquele serviço e, para um transporte de um lado ao outro da cidade, pagarem quatro ou cinco liras. Mas Giulia, que já costumava ser bastante inquieta, naquela noite estava comprometendo a estabilidade da tripulação: apertava convulsivamente o guidão desviando o caminho, mudava de repente de posição, ilustrava sua fala com gestos violentos das mãos e da cabeça que deslocavam nosso baricentro comum de modo imprevisível. A princípio sua fala era um tanto genérica, mas Giulia não era do tipo que envenenava o próprio corpo com segredos; na metade da Via Imbonati, já saiu do discurso vago, e na Porta Volta falou abertamente: estava furiosa porque os pais dele não tinham dado o consentimento, e estava voando para o contra-ataque. Por que tinham negado?

— Para eles, não sou bonita o suficiente, entendeu? — rosnou, sacudindo o guidão com raiva.

— Que imbecis. Para mim, você é muito bonita — falei com seriedade.

— Fique na sua. Você não está entendendo.

— Só queria lhe fazer um elogio; de resto, é isso mesmo que eu penso.

— Não é o momento. Se você quer me dar uma cantada agora, eu te derrubo no chão.

— Você também vai cair.

— Não seja idiota. Vamos, pedale enquanto é tempo.

No Largo Cairoli eu já sabia de tudo, ou melhor, já dispunha de todos os elementos necessários; mas eles estavam tão embaralhados e deslocados na sequência cronológica que eu tinha dificuldades de deduzir o todo.

Acima de tudo, não conseguia entender como a vontade daquele outro não era suficiente para cortar o nó: era inconcebível, escandaloso. De um lado havia aquele homem, que Giulia me descrevera noutras vezes como generoso, sólido, apaixonado e sério; de outro ele tinha aquela garota, desgrenhada e esplêndida em sua ira, que se debatia entre meus braços enquanto eu me esforçava em guiar; e, em vez de vir a Milão e fazer valer suas razões, ele ficava entocado em não sei que quartel de fronteira, defendendo a pátria — porque, sendo um "*gòi*", obviamente cumpria o serviço militar. Enquanto eu pensava nisso, e enquanto Giulia continuava brigando comigo como se eu fosse seu dom Rodrigo,* me sentia invadir por um ódio absurdo contra o rival desconhecido. Um *gòi*, e ela uma *gôià*, segundo a terminologia atávica: e poderiam se casar. Talvez pela primeira vez senti crescer dentro de mim uma sensação nauseante de vazio: então isto queria dizer ser outro, este o preço de ser o sal da terra. Levar na barra uma garota que a gente deseja e estar tão distante dela que nem podia se apaixonar; levá-la na barra até o Viale Gorizia para ajudá-la a ser de um outro e a desaparecer de minha vida.

Em frente ao número 40 do Viale Gorizia havia um banco: Giulia me pediu que a esperasse e entrou pelo portão como um vento. Eu me sentei e aguardei, acabado e dolorido, dando velas soltas aos pensamentos. Pensava que devia ter sido menos cavalheiro, ou melhor, menos inibido e tolo, e que por toda a vida

* Dom Rodrigo é o personagem vilão do romance *Os noivos*, de Alessandro Manzoni. (N. T.)

me arrependeria de não ter tido com ela nada mais do que uma lembrança de estudos e de fábrica; e que talvez não fosse tarde demais, que talvez o não daqueles pais de opereta fosse inabalável, que Giulia desceria aos prantos, e eu então poderia consolá-la; e que tudo isso eram esperanças infames, um proveito torpe das desgraças alheias. Finalmente, como um náufrago que está cansado de se debater e se deixa ir a pique, eu recaía em meu pensamento dominante daqueles anos: que o noivo de fato e as leis de segregação não passavam de álibis insossos, e que minha incapacidade de me aproximar de uma mulher era uma condenação sem saída, que me acompanharia até a morte, restringindo-me a uma vida intoxicada por invejas e desejos abstratos, estéril e sem escopo.

Giulia saiu depois de duas horas, ou melhor, irrompeu do portão como o projétil de um obus. Não era preciso perguntar nada para saber como tinha ido:

— Eu os deixei dessa altura — me disse com o rosto todo vermelho e ainda ofegante. Fiz meu melhor para congratular-me com ela de modo aceitável, mas não era possível convencer Giulia de coisas que não se pensam, nem ocultar coisas que se pensam. Agora que ela estava aliviada de seu peso e alegre com a vitória, me olhou direto nos olhos, percebeu a nuvem e perguntou:

— Estava pensando em quê?

— No fósforo — respondi.

Giulia se casou poucos meses depois, despedindo-se de mim com lágrimas no rosto e dando minuciosas instruções de receitas a Varisco. Passou por muitas tormentas e teve muitos filhos; ficamos amigos, nos vemos de vez em quando em Milão e conversamos sobre química e coisas sábias. Não estamos descontentes com nossas escolhas e com o que a vida nos deu, mas, quando nos encontramos, ambos temos a curiosa e não desagradável impressão (que várias vezes descrevemos um para o outro) de que um véu, um lance de dados, nos desviou para duas estradas divergentes que não eram as nossas.

Ouro

É mais que sabido que os turinenses transplantados em Milão não se enraízam, ou se enraízam mal. No outono de 1942, éramos sete amigos de Turim em Milão, rapazes e moças chegados por diferentes motivos à grande cidade que a guerra tornava inóspita; nossos pais — quem ainda os tinha — haviam se refugiado em áreas rurais para escapar aos bombardeios, enquanto nós levávamos uma vida amplamente compartilhada. Euge era arquiteto, queria refazer Milão e dizia que o melhor urbanista tinha sido Frederico Barbarossa. Silvio era formado em direito, mas escrevia um tratado de filosofia em minúsculos folhetos de papel de seda e era funcionário de uma empresa de transportes e expedições. Ettore era engenheiro na Olivetti. Lina fazia amor com Euge e se ocupava vagamente de galerias de arte. Vanda era química como eu, mas não encontrava trabalho e estava permanentemente irritada com esse fato, porque era feminista. Ada era minha prima e trabalhava na Edições Corbaccio: Silvio a chamava de bidoutora porque tinha dois diplomas, e Euge a chamava de primima, porque era prima de Primo, o que a chateava um pouco. Depois do casamento de Giulia, fiquei sozinho com meus coelhos, me sentindo viúvo e órfão, e sonhava em escrever a saga de um átomo de carbono, para que as pessoas entendessem a poesia solene, acessível apenas aos químicos, da fotossíntese clorofiliana: e de fato depois a escrevi, mas muitos anos mais tarde, e é a história que conclui este livro.

Se não me engano, todos escrevíamos poesia, salvo Ettore, que dizia não ser algo dignificante para um engenheiro. Escrever poemas tristes e crepusculares, e nem tão bonitos, enquanto o mundo estava em chamas não nos parecia estranho nem vergonhoso: nós nos proclamávamos inimigos do fascismo, mas de fato o fascismo tinha agido sobre nós — como sobre quase todos os italianos — nos alienando e fazendo que nos tornássemos superficiais, passivos e cínicos.

Suportávamos com alegria maligna o racionamento e o frio nas casas sem carvão, e aceitávamos sem consciência os bombardeios noturnos dos ingleses; não eram para nós, eram uma brutal demonstração de força dos nossos distantes aliados: pois que o fizessem. Pensávamos o que todos os italianos humilhados de então pensavam: que os alemães e os japoneses eram imbatíveis, mas os americanos também, e que a guerra seguiria em frente assim por mais vinte ou trinta anos, um impasse sangrento e interminável, mas distante, conhecido apenas por meio dos boletins de guerra adulterados e às vezes, em certas famílias dos meus contemporâneos, pelas cartas fúnebres e burocráticas em que se dizia "heroicamente, no cumprimento de seu dever". A dança macabra acima e abaixo na costa da Líbia, para a frente e para trás nas estepes ucranianas, não terminaria nunca.

Cada um de nós fazia o próprio trabalho todos os dias, desanimadamente, sem acreditar nele, como ocorre a quem sabe não estar agindo por seu amanhã. Íamos ao teatro e aos concertos, que às vezes eram interrompidos no meio porque as sirenes do alarme antiaéreo tocavam, e isso nos parecia um incidente ridículo e gratificante; os aliados eram senhores do céu, talvez no final saíssem vitoriosos e o fascismo enfim acabasse: mas era assunto deles, eles eram ricos e poderosos, tinham os porta-aviões e os "Liberators". Nós, não, havíamos sido declarados "outros", e outros continuaríamos sendo; torcíamos, mas nos mantínhamos alheios aos jogos estúpidos e cruéis dos arianos, discutindo os dramas de O'Neill ou de Thornton Wilder, escalando as Grignas, nos apaixonando um pouco uns pelos outros, inventando brincadeiras intelectuais e cantando lindas canções que Silvio tinha aprendido com alguns amigos do Vaud. De tudo o que acontecia naqueles mesmos meses em toda a Europa ocupada pelos alemães, na casa de Anne Frank em Amsterdam, na fossa de Babi Yar perto de Kiev, no Gueto de Varsóvia, em Tessalônica, em Paris, em Lídice; dessa pestilência que estava prestes a nos submergir não nos chegara sequer uma notícia exata, somente acenos vagos e sinistros trazidos por militares que voltavam da Grécia ou das retaguardas do front russo, e que nós tendíamos a censurar. Nossa ignorância nos permitia viver, como quando se está na montanha e sua corda está gasta e a ponto de se romper, mas você não toma conhecimento e avança seguro.

Mas em novembro veio o desembarque aliado no norte da África, veio em dezembro a resistência e depois a vitória russa em Stalingrado, e entendemos que a guerra se aproximara e que a história havia retomado seu curso. No intervalo de poucas semanas, cada um de nós amadureceu — mais que em todos os vinte anos precedentes. Saíram das sombras homens que o fascismo não tinha conseguido dobrar, advogados, professores e operários, e reconhecemos neles os nossos mestres, aqueles cuja doutrina havíamos até então buscado inutilmente na Bíblia, na química, na montanha. O fascismo os havia reduzido ao silêncio por vinte anos, e eles nos explicaram que o fascismo não era apenas um mau governo bufão e temerário, mas também o negador da justiça; não só havia arrastado a Itália a uma guerra iníqua e infausta, mas também surgira e se consolidara como guardião de uma legalidade e de uma ordem detestáveis, fundadas no cerceamento de quem trabalha, no lucro descontrolado de quem explora o trabalho alheio, no silêncio imposto a quem pensa e não quer ser servo, na mentira sistemática e calculada. Disseram a nós que nossa impaciência sarcástica não bastava, era preciso transformá-la em cólera, e a cólera, canalizada em uma revolta orgânica e tempestiva: mas não nos ensinaram como se fabrica uma bomba, nem como se dispara um fuzil.

Falavam-nos de desconhecidos: Gramsci, Salvemini, Gobetti, os Rosselli — quem eram eles? Então existia uma segunda história, uma história paralela à que o colégio nos ensinara de cima para baixo? Naqueles poucos meses tumultuosos, tentamos em vão reconstruir e repovoar o vazio histórico do último vintênio, mas aqueles novos personagens continuavam sendo "heróis", como Garibaldi e Nazario Sauro, sem ter espessura ou consistência humana. Não tivemos tempo de consolidar nossa preparação: em março vieram as greves de Turim, indicando que a crise estava próxima; com o 25 de julho veio o colapso interno do fascismo, as praças lotadas de uma multidão fraterna, a alegria extemporânea e precária de um país onde a liberdade tinha sido concedida por um conchavo palaciano; e veio o 8 de setembro, a serpente verde-cinza das divisões nazistas pelas ruas de Milão e de Turim, o despertar brutal: a comédia tinha acabado, a Itália era um país ocupado, assim como a Polônia, a Iugoslávia e a Noruega.

Desse modo, após a longa embriaguez de palavras, convictos do acerto de nossa escolha, extremamente inseguros sobre nossos meios, com o coração bem mais desesperado que esperançoso, e tendo como fundo um país desfeito e dividido, descemos a campo para nos medir. E nos separamos para seguir nossos destinos, cada um em um vale diverso.

* * *

Tínhamos frio e fome, éramos os *partigiani* mais desarmados do Piemonte e também, provavelmente, os mais despreparados. Acreditávamos estar seguros porque ainda não tínhamos saído de nosso refúgio, sepultado por um metro de neve: mas alguém nos traiu, e no alvorecer de 13 de dezembro de 1943 acordamos cercados pelos republicanos: eles eram trezentos, e nós, apenas onze, com metralhadoras sem munição e uns revólveres. Oito conseguiram fugir e se dispersaram nas montanhas: nós não conseguimos. Os milicianos capturaram a nós três, Aldo, Guido e eu, todos ainda sonolentos. Enquanto eles entravam, tive tempo de esconder nas cinzas da estufa o revólver que guardava sob o travesseiro, e que aliás não tinha certeza de saber usar: era minúsculo, todo decorado de madrepérolas, desses que nos filmes as senhoras desesperadas usam para se matar. Aldo, que era médico, se levantou, acendeu estoicamente um cigarro e disse: "Lamento pelos meus cromossomos".

Eles nos deram umas bordoadas, nos alertaram para "não fazermos atos imprudentes", nos prometeram que depois seríamos interrogados segundo seus métodos convincentes e nos fuzilariam logo em seguida, se postaram com grande pompa à nossa volta e tomamos o caminho em direção ao vale. Durante a marcha, que se prolongou por várias horas, consegui fazer duas coisas que eu desejava: comi pedaço por pedaço a carteira de identidade totalmente falsa que tinha dentro da carteira (a foto era sobretudo lamentável) e, fingindo tropeçar, enfiei na neve a agenda cheia de endereços que levava no bolso. Os milicianos entoavam orgulhosas canções de guerra, disparavam suas metralhadoras contra as lebres, jogavam bombas nas torrentes para matar as trutas. Lá no vale nos esperavam vários ônibus. Mandaram-nos subir, nos sentarmos separados, e eu tinha muitos milicianos ao redor, sentados e de pé, que continuavam cantando sem se importar conosco. Um deles estava de costas para mim, bem na minha frente, e de seu cinto pendia uma dessas granadas de mão alemãs com empunhadura de madeira, que explodem em segundos: eu poderia perfeitamente soltar sua trava, puxar o detonador e levar comigo alguns deles, mas me faltou coragem. Fomos conduzidos à caserna, que ficava na periferia de Aosta. O centurião deles se chamava Fossa, e é estranho, absurdo e sinistramente cômico, dada a situação de então, que ele esteja há décadas enterrado em algum cemitério de guerra perdido e eu esteja aqui, vivo e substancialmente incólume, escrevendo esta história. Fossa era um legalista e logo se empenhou em organizar, a nosso favor, um regime carcerário conforme os regulamentos; assim nos colocou nos porões da caserna, um por cela, com catre e balde, rancho às onze, banho de sol e proibição de nos comunicar entre nós. Essa proibição era dolorosa, porque em cada um de nós, em nossa mente, pesava um horrível segredo: o mesmo segredo que nos expusera à captura, extinguindo em nós, poucos dias antes, toda vontade de resistir, aliás, de viver. Tínhamos sido obrigados por nossa consciência a cumprir uma condenação, e a cumprimos, mas tínhamos saído destruídos, destituídos, desejosos de que tudo acabasse e de que nós mesmos acabássemos; mas também desejosos de nos vermos, nos falarmos, nos ajudarmos mutuamente a exorcizar aquela memória ainda recente. Agora estávamos acabados, sabíamos disso: estávamos numa armadilha, cada um em sua armadilha, não havia saída senão para baixo. Examinando minha cela palmo a palmo, não demorei a me convencer dessa alternativa, já que os romances que me alimentaram anos antes eram cheios de fugas mirabolantes: mas ali os muros tinham meio metro de espessura, a porta era maciça e vigiada do lado de fora, a janelinha era munida de barras. Eu tinha uma lima de unha, poderia serrar uma delas, talvez até todas; estava tão magro que talvez pudesse sair: mas descobri que, contra a janelinha, havia um bloco robusto de concreto para proteção dos estilhaços dos bombardeios aéreos.

De vez em quando vinham nos chamar para os interrogatórios. Quando era Fossa quem interrogava, as coisas iam bastante bem: Fossa era um exemplar humano que eu nunca havia encontrado, um fascista de manual, estúpido e corajoso, que o ofício das armas (tinha combatido na África e na Espanha, e se gabava disso com a gente) havia cercado de sólida ignorância e obtusidade, mas não corrompido nem tornado desumano. Havia acreditado e obedecido durante a vida inteira, e estava candidamente convencido de que os culpados pela catástrofe eram apenas dois, o rei e Galeazzo Ciano, que justo naqueles dias tinha sido fuzilado em Verona; Badoglio não: ele também era um soldado, tinha jurado ao rei e devia ser fiel ao juramento. Se não fosse pelo rei e por Ciano, que haviam sabotado a guerra fascista desde o início, tudo teria corrido bem e a Itália teria vencido. Considerava-me um avoado, estragado pelas más companhias; no âmago de sua alma classista, estava convencido de que um diplomado não podia realmente ser um "subversivo". Ele me interrogava por tédio, para me doutrinar e para posar de importante, sem nenhuma intenção inquisitorial séria: era um soldado, não um policial. Nunca me fez perguntas embaraçosas, nem me perguntou se eu era judeu.

Por outro lado, os interrogatórios de Cagni eram temíveis. Cagni era o espião que nos entregou: espião integral, em cada grama de sua carne, espião mais por natureza e tendência que por convicção fascista ou por interesse — espião para ferir, por sadismo esportivo, como quem vai à caça para abater animais livres. Era um homem hábil: com boas credenciais, tinha alcançado uma formação *partigiana* contígua à nossa, se fizera passar por depositário de importantes segredos militares alemães, os havia revelado, e depois eles se mostraram artificiosamente falsos e fabricados pela Gestapo. Organizou as defesas de nossa formação, desenvolveu minuciosos exercícios de tiro (nos quais teve a ocasião de consumir boa parte das munições), depois fugiu para o vale e reapareceu à frente das esquadras fascistas designadas para a varredura. Tinha uns trinta anos e era de compleição pálida e flácida: começava os interrogatórios pondo bem à vista a Luger sobre a escrivaninha, insistia por horas sem descanso, queria saber tudo. Ameaçava continuamente a tortura e o fuzilamento, mas, para minha sorte, eu não sabia quase nada, e os poucos nomes que conhecia, os guardei para mim. Alternava momentos de simulada cordialidade com ataques de fúria igualmente simulados; me disse (provavelmente blefando) que sabia que eu era judeu, mas que isso era bom para mim: ou era judeu, ou era *partigiano*; se *partigiano*, me botava no paredão; se judeu, bem, havia um campo de concentração em Carpi, eles não eram sanguinários, eu ficaria ali até a vitória final. Admiti que era judeu: em parte pelo cansaço, em parte também por uma irracional ponta de orgulho, mas não acreditava nem um pouco em suas palavras. Ele mesmo não dissera que a direção daquela caserna passaria à SS dentro de poucos dias?

Em minha cela havia apenas uma luminária fraca, que ficava acesa mesmo de noite; mas dava para ler, e mesmo assim eu lia muito, porque achava que o tempo que me restava era escasso. No quarto dia, durante o banho de sol, meti no bolso às escondidas uma pedra grande, porque queria tentar me comunicar com Guido e Aldo, que estavam em duas celas contíguas. Consegui, mas era extenuante: gastava uma hora para transmitir uma frase, dando batidas em código na parede divisória, como os mineiros de *Germinal* enterrados na mina.* Com os ouvidos

* Referência ao romance *Germinal*, de Émile Zola. (N. T.)

colados no muro para colher a resposta, em vez disso se escutavam os cantos alegres e vigorosos dos milicianos sentados à mesa sobre nossa cabeça: "a visão de... Alighieri", ou "eu não largo minha metralhadora", ou, o mais dilacerante de todos, "venha, há um caminho no bosque".

Em minha cela também havia um rato. Ele me fazia companhia, mas à noite roía meu pão. Havia duas camas de campanha: desmontei uma e fiz dela uma trave, comprida e lisa; a coloquei na vertical e, de noite, prendia o pão na ponta, mas deixava algumas migalhas no chão para o rato. Eu me sentia mais rato que ele: pensava nos caminhos dos bosques, na neve lá fora, nas montanhas indiferentes, nas centenas de coisas esplêndidas que poderia fazer se voltasse à liberdade, e a garganta se apertava como em um nó.

Fazia muito frio. Bati na porta até que veio o miliciano que fazias as vezes de carcereiro e pedi a ele que me pusesse em contato com Fossa; o carcereiro era justamente o que me espancara no momento da captura, mas, quando soube que eu era um "doutor", me pediu desculpa: a Itália é um país estranho. Não me pôs em contato, mas conseguiu um cobertor para mim e para os outros, e a permissão de nos esquentarmos por meia hora toda noite, antes do toque de recolher, perto da caldeira do aquecedor.

O novo regime começou naquela mesma noite. O miliciano veio me buscar, e não estava sozinho: com ele havia outro prisioneiro, que eu nem conhecia. Uma pena, se fosse Guido ou Aldo, teria sido bem melhor; de todo modo, era um ser humano com quem eu podia trocar uma palavra. Ele nos conduziu ao local da caldeira, que era fosco de fuligem, esmagado pelo teto baixo, tomado quase todo pela caldeira, mas quente: um alívio. O miliciano nos fez sentar em um banco e ele mesmo tomou assento em uma cadeira no vão da porta, de modo a bloqueá-la: segurava a metralhadora na vertical, entre os joelhos, mas poucos minutos depois já cochilava e se desinteressava de nós.

O prisioneiro me olhava curioso:

— Vocês são os rebeldes? — me perguntou. Tinha talvez 35 anos, era magro e um tanto curvo, cabelos crespos em desordem, a barba malfeita, um grande nariz aquilino, a boca sem lábios e os olhos furtivos. Suas mãos eram desproporcionalmente grandes, nodosas, como cozidas pelo sol e pelo vento, e nunca ficavam paradas: ora se coçava, ora as esfregava uma na outra como se as lavasse, ora tamborilava no banco ou numa coxa; notei que tremiam levemente. Sua respiração cheirava a vinho, e deduzi que tinha sido capturado havia pouco; o sotaque era do vale, mas não parecia camponês. Respondi de forma genérica, mas ele insistiu:

— De todo modo, aquele ali está dormindo: pode falar, se quiser. Posso levar notícias, talvez eu saia daqui em breve.

Não me parecia um tipo muito confiável.

— Por que você veio parar aqui? — perguntei.

— Contrabando: não quis dividir com eles, essa é a questão. Vamos acabar chegando a um acordo, mas até lá me mantêm aqui dentro: para o trabalho que faço, é ruim.

— É ruim para qualquer trabalho!

— Mas eu tenho um trabalho especial. Também sou contrabandista, mas somente no inverno, quando o Dora congela; enfim, faço vários trabalhos, mas não tenho nenhum patrão. Somos gente livre: meu pai também era assim, e meu avô, e todos os bisavós até o princípio dos tempos, desde quando vieram os romanos.

Eu não tinha entendido aquela menção ao Dora gelado e pedi explicações a ele: por acaso era algum pescador?

— Sabe por que se chama Dora? — me respondeu. — Porque é de ouro. Não todo, é claro, mas tem ouro e, quando congela, não se pode mais tirá-lo.

— Tem ouro no fundo?

— Sim, na areia: não em todo lugar, mas em muitos trechos.

É a água que o arrasta da montanha e o deposita ao acaso, em um remanso sim, em outro nada. Nosso remanso, que passamos de pai para filho, é o mais rico de todos: fica bem escondido, bem fora de mão, mas mesmo assim é melhor ir de noite, para que ninguém venha bisbilhotar. Por isso, quando faz muito frio — como, por exemplo, no ano passado —, não se pode trabalhar, porque assim que você fura o gelo, logo se forma outro, e além disso as mãos não resistem. Se eu estivesse em seu lugar e você no meu, palavra de honra, até lhe explicaria onde fica nosso lugar.

Senti-me ferido por aquela frase. Eu tinha plena consciência de minha situação, mas não era nada bom ouvi-la de um estranho. O outro, que tinha percebido a questão, tentou remediar desajeitadamente:

— Eu só queria dizer que são coisas reservadas, que não se contam nem para os amigos. Vivo disso, não tenho mais nada no mundo, mas não trocaria de lugar com um banqueiro. Veja, não é que haja tanto ouro assim: ao contrário, há bem pouco, se lava uma noite inteira e só se extrai um ou dois gramas, mas não acaba nunca. Você pode voltar quando quiser, na noite seguinte ou depois de um mês, como lhe der na telha, e o ouro tornou a crescer; é assim desde sempre e para sempre, do mesmo modo que a relva renasce nos campos. Por isso é que não há gente mais livre que nós: e é por isso que fico louco aqui dentro.

"Além disso, é preciso entender que lavar a areia não é para qualquer um, e isso nos dá satisfação. Quem me ensinou a fazer foi justamente meu pai; mas só a mim, que era o mais esperto: os outros irmãos trabalham na fábrica. E deixou a bateia apenas para mim", e, com a enorme direita ligeiramente curvada em copa, acenou ao movimento rotatório do ofício.

— Nem todos os dias são bons: é melhor quando o céu está limpo, e a lua, no quarto minguante. Não saberia lhe dizer o motivo, mas é exatamente assim, caso um dia você resolvesse tentar.

Apreciei o augúrio em silêncio. É claro que eu tentaria: o que eu não teria tentado? Naqueles dias em que esperava a morte com bastante coragem, eu nutria uma lancinante vontade de tudo, de todas as experiências humanas pensáveis, e imprecava contra minha vida anterior, que me parecia ter desfrutado pouco e mal, e sentia o tempo escapar por meus dedos, fugir do corpo minuto a minuto, como uma hemorragia inestancável. É claro que eu buscaria o ouro: não para enriquecer, mas para experimentar uma arte nova, para revisitar a terra, o ar e a água, dos quais me separava uma voragem cada dia mais larga; e para reencontrar meu ofício de químico em sua forma essencial e primordial, precisamente a "*Scheidekunst*", a arte de separar o metal da ganga.

— Mas eu não vendo tudo — continuava o outro —, sou muito afeiçoado a ele. Separo uma parte e derreto, duas vezes ao ano, e trabalho nele: não sou um artista, mas gosto de segurá-lo nas mãos, batê-lo com o martelo, gravá-lo, arranhá-lo. Não me interessa ficar rico: o que me importa é viver livre, não ter uma coleira como os cachorros, trabalhar assim, quando quero, sem ninguém que me venha dizer "vamos, em frente". Por isso me dói ficar trancado aqui dentro; de resto, ainda por cima, perde-se o dia.

O miliciano se sacudiu no sono, e a metralhadora que mantinha entre os joelhos caiu no chão com estrondo. O desconhecido e eu trocamos um rápido olhar, nos entendemos num instante e saltamos do banco: mas nem tivemos tempo de dar um passo, e o miliciano já havia recolhido a arma. Ele se recompôs, conferiu a hora, praguejou em vêneto e nos disse bruscamente que já era hora de voltar para a cela. No corredor, encontramos Guido e Aldo, que, escoltados por outro guarda, se encaminhavam para tomar nosso lugar no abafamento empoeirado da caldeira: me cumprimentaram com um gesto de cabeça.

Na cela, voltou a me acolher a solidão, o sopro gelado e puro das montanhas que penetrava pela janelinha, a angústia do dia seguinte. Apurando os ouvidos, no silêncio do toque de recolher se escutava o murmúrio do Dora, amigo perdido, e todos os amigos estavam perdidos, e a juventude, e a alegria, e talvez a vida: corria próximo, mas indiferente, arrastando o ouro em seu regaço de gelo fundido. Eu me sentia tomado de uma inveja dolorosa por meu companheiro ambíguo, que logo voltaria à sua vida precária mas monstruosamente livre, ao seu inexaurível riacho de ouro, a uma fileira de dias sem fim.

Cério

Que eu, um químico concentrado em escrever aqui minhas coisas de químico, tenha vivido uma temporada diversa já foi narrado em outro lugar.

À distância de trinta anos, para mim é difícil reconstruir que tipo de exemplar humano correspondia, em novembro de 1944, ao meu nome, ou melhor, ao meu número, 174517. Eu já devia ter superado a crise mais dura, a da inserção na ordem do Lager, e devia ter desenvolvido uma estranha calosidade, já que na época consegui não apenas sobreviver, mas também pensar, registrar o mundo à minha volta e até desenvolver um trabalho bastante delicado, em um ambiente infectado pela presença cotidiana da morte, e ao mesmo tempo cada vez mais frenético pela aproximação dos libertadores russos, que agora estavam a oitenta quilômetros de nós. O desespero e a esperança se alternavam com um ritmo que teria aniquilado em uma hora qualquer indivíduo normal.

Nós não éramos normais porque tínhamos fome. Nossa fome de então não tinha nada em comum com a sensação bem conhecida (e não de todo desagradável) de quem pulou uma refeição e tem a certeza de que a seguinte não lhe faltará: era uma necessidade, uma falta, um *yearning* que já nos acompanhava havia um ano, deitando raízes profundas e permanentes em nós, habitando todas as nossas células e condicionando nosso comportamento. Comer, arranjar comida, era o estímulo número um; depois dele, a muita distância, vinham todos os outros problemas de sobrevivência, e mais distantes ainda as lembranças de casa e o próprio medo da morte.

Eu era químico em um estabelecimento químico, em um laboratório de química (isso também já foi contado), e roubava para comer. Quando não se começa desde criança, aprender a roubar não é fácil; precisei de vários meses para reprimir os mandamentos morais e assimilar as técnicas necessárias, e a certa altura me dei conta (com um lampejo de riso e uma pitada de ambição satisfeita) de que estava revivendo — eu, doutorzinho bem-comportado — a involução-evolução de um famoso cachorro bem-comportado, um cão vitoriano e darwiniano que é deportado e se torna ladrão para viver em seu "Lager" do Klondike, o grande Buck de *O chamado selvagem*.* Eu roubava como ele e como as raposas: em cada ocasião favorável, mas com astúcia marota e sem me expor. Roubava de tudo, exceto o pão dos meus companheiros.

Portanto, sob o aspecto das substâncias que podiam ser roubadas com proveito, aquele laboratório era terreno virgem, inteiramente a ser explorado. Havia gasolina e álcool, presas banais e incômodas: muitos os roubavam em vários pontos da fábrica, a oferta era alta e alto também era o risco, porque os líquidos precisam de recipientes. É o grande problema da embalagem, que todo químico experiente conhece, e também o conhecia bem o

* Romance de Jack London. (N. T.)

Pai Eterno, que por sua vez o resolveu brilhantemente com as membranas celulares, a casca dos ovos, a casca múltipla das laranjas e a nossa pele, porque afinal de conta nós também somos líquidos. Ora, naquele tempo não existia o polietileno, que me seria útil porque é flexível, leve e esplendidamente impermeável: mas também é corruptível demais, e não por acaso o próprio Pai Eterno, que aliás é mestre em polimerizações, se absteve de patenteá-lo — Ele não gosta das coisas corruptíveis.

Na falta de embalagens e invólucros adequados, os produtos ideais deveriam ser, portanto, sólidos, não perecíveis, portáteis e sobretudo novos. Deviam ter alto valor unitário, isto é, não serem volumosos, porque muitas vezes éramos revistados na entrada do campo depois do trabalho; e por fim deviam ser úteis ou desejados por pelo menos uma das categorias sociais que compunham o complicado universo do Lager.

Eu tinha feito várias tentativas no laboratório. Roubei algumas centenas de gramas de ácidos graxos, obtidos exaustivamente pela oxidação da parafina de algum colega meu do outro lado da barricada: comi uma metade do estoque, e realmente eles saciavam a fome, mas tinham um sabor tão desagradável que desisti de vender o resto. Tentei fazer umas panquecas com algodão hidrófilo, que eu mantinha prensado contra a chapa de um forno elétrico; tinham um leve sabor de açúcar queimado, mas a aparência era tão ruim que não as considerei comerciáveis; quanto a vender o algodão diretamente à enfermaria do Lager, tentei uma vez, mas era volumoso demais e pouco valioso. Também me esforcei para ingerir e digerir glicerina, baseando-me no simples raciocínio de que, sendo ela um produto da cisão dos graxos, devia também de algum modo ser metabolizada e produzir calorias — e talvez produzisse, mas à custa de desagradáveis efeitos secundários.

Sobre uma prateleira havia um pote misterioso. Continha uns vinte pequenos cilindros cinzentos, rígidos, incolores, insípidos, e não tinha etiqueta. Aquilo era muito estranho, em se tratando de um laboratório alemão. Sim, claro, os russos estavam a poucos quilômetros, a catástrofe pairava no ar, quase visível; havia bombardeios todos os dias; todos sabiam que a guerra estava para terminar: mas afinal algumas constantes deviam subsistir, e entre estas estava nossa fome, e o fato de que aquele laboratório era alemão, e que os alemães nunca se esquecem das etiquetas. Com efeito, todos os outros potes e frascos do laboratório tinham etiquetas nítidas, escritas à máquina ou à mão, em belos caracteres góticos: somente aquele não tinha.

Naquela situação, eu obviamente não dispunha dos instrumentos nem do sossego necessários para identificar a natureza dos pequenos cilindros. No fim das contas, escondi três deles no bolso e os levei à noite para o campo. Tinham talvez uns 25 milímetros de comprimento, com um diâmetro de quatro ou cinco.

Mostrei-os ao meu amigo Alberto. Alberto tirou uma faquinha do bolso e experimentou cortar um deles: era duro, resistia à lâmina. Tentou raspá-lo: ouviu-se um pequeno estalo, e dele saiu um feixe de centelhas amarelas. Àquela altura o diagnóstico era fácil: tratava-se de ferrocério, a liga de que são feitas as pedrinhas comuns dos isqueiros. Por que eram tão grandes? Alberto, que tinha trabalhado por algumas semanas como operário numa equipe de soldadores, me explicou que eles são montados na ponta dos canos de oxiacetileno, para acender a chama. Nessa altura eu já estava cético quanto às possibilidades comerciais do meu produto: talvez pudesse servir para acender o fogo, mas, no Lager, os fósforos (ilegais) não eram certamente raros.

Alberto me retrucou. Para ele a renúncia, o pessimismo e o desconforto eram abomináveis e culpáveis: não aceitava o universo concentracionário, o recusava com o instinto e com a razão, não se deixava poluir por ele. Era um homem de uma vontade boa e forte, e havia milagrosamente permanecido livre, e livres eram suas palavras e seus atos: não tinha baixado a cabeça, não tinha se curvado. Um gesto seu, uma palavra, uma linha tinham virtudes libertadoras, eram um buraco no tecido rígido do Lager, e todos os que se aproximavam dele se davam conta disso, até os que não compreendiam sua língua. Acho que, naquele lugar, ninguém foi tão amado quanto ele.

Alberto me retrucou: não se deve nunca desanimar, porque é nocivo e, portanto, imoral, quase indecente. Eu tinha roubado o cério: pois bem, agora se tratava de vendê-lo, de lançá-lo. Ele mesmo cuidaria disso, tornaria o produto uma novidade, um artigo de alto valor comercial. Prometeu tinha sido tolo ao doar o fogo aos homens em vez de vendê-lo: teria feito dinheiro, aplacado Zeus e evitado o problema do abutre.

Nós devíamos ser mais astutos. Essa conversa sobre a necessidade de sermos mais astutos não era nova entre nós: Alberto me falava disso com frequência, e, antes dele, outros no mundo livre, e depois muitos mais me repetiram o mesmo, infinitas vezes até hoje, com escassos resultados; aliás, com o resultado paradoxal de desenvolver em mim uma perigosa tendência à simbiose com um autêntico astuto, que obtivesse (ou pensasse obter) da convivência comigo vantagens temporais ou espirituais. Alberto era um simbionte ideal, porque se abstinha de exercitar sua astúcia em meu prejuízo. Eu não sabia, mas ele sim (sempre estava a par de tudo e de todos, mesmo sem saber alemão ou polonês, e pouco de francês), que no campo existia uma indústria clandestina de isqueiros: nos retalhos de tempo, artesãos anônimos os fabricavam para pessoas importantes e para os operários civis. Ora, os isqueiros precisavam de pedras, e pedras de uma determinada medida: portanto era necessário afinar as que eu tinha nas mãos. Afinar quanto, e como? "Não crie dificuldades", me disse, "eu penso nisso. E você pense em roubar o resto."

No dia seguinte, não demorei a seguir o conselho de Alberto. Por volta das dez da manhã, soaram as sirenes do *Fliegeralarm*, o alarme aéreo. Não era uma novidade para ninguém, mas toda vez que isso acontecia nos sentíamos, todos nós, tomados de angústia até o fundo da medula. Não parecia um som da terra, não era uma sirene como as das fábricas, era um som de enorme volume que simultânea e ritmicamente, em toda aquela área, subia até um agudo espasmódico e tornava a descer a um murmúrio de trovão. Não era um artefato casual, porque nada na Alemanha era casual, e além disso se adequava demais à finalidade e ao contexto: frequentemente pensei que tinha sido elaborado por um músico maligno, que encerrara nele furor e pranto, o uivo do lobo para a lua e o sopro do tufão: assim devia soar a trombeta de Astolfo.* Provocava o pânico não só porque prenunciava as bombas, mas também por seu horror intrínseco, quase o grande lamento de um animal ferido se propagando até o horizonte.

Diante dos ataques aéreos, os alemães tinham mais medo que nós: irracionalmente não os temíamos porque sabíamos que não eram dirigidos a nós, mas contra os nossos inimigos. Em poucos segundos me vi sozinho no laboratório, embolsei todo o cério e saí ao ar livre para me juntar ao meu *Kommando*: o céu já estava tomado pelo ronco dos bombardeiros, e dele desciam volteando molemente folhetinhos amarelos que traziam palavras atrozes de escárnio:

Im Bauch kein Fett,	*Nenhuma gordura na pança,*
Acht Uhr ins Bett;	*Às oito na cama sem tardança;*
Der Arsch kaum warm,	*Mal se aquece o traseiro,*
Fliegeralarm!	*Alerta de ataque aéreo!*

* Referência ao personagem do longo poema narrativo *Orlando Furioso*, de Ludovico Ariosto. (N. T.)

Não tínhamos acesso aos abrigos antiaéreos: nos recolhíamos nas amplas áreas ainda não construídas, nos entornos do canteiro de obras. Enquanto as bombas começavam a cair, deitado no lodo congelado e na relva rala, eu apalpava os pequenos cilindros no bolso e meditava sobre a estranheza de meu destino, dos nossos destinos de folhas no galho, e dos destinos humanos em geral. Segundo Alberto, uma pedrinha de isqueiro estava cotada a uma ração de pão, isto é, um dia de vida; eu tinha roubado pelo menos quarenta cilindros, e de cada um deles era possível extrair três pedrinhas acabadas. No total, 120 pedrinhas, dois meses de vida para mim, dois para Alberto, e em dois meses os russos já teriam chegado e nos libertado; e no final o cério nos libertaria, elemento do qual eu não sabia nada, salvo aquela sua única aplicação prática, e que ele pertence à equívoca e herética família das Terras Raras, e que seu nome não tem nada a ver com a cera, nem recorda seu descobridor; no entanto recorda (grande modéstia dos químicos de outros tempos!) o planetinha Ceres, tendo sido o metal e o astro descobertos no mesmo ano de 1801; e quem sabe essa fosse uma homenagem afetuosa-irônica aos acoplamentos alquímicos: tal como o Sol era o ouro, e Marte, o ferro, assim Ceres devia ser o cério.

À noite levei os pequenos cilindros para o campo, e Alberto, um pedaço de chapa com um furo redondo: era o calibre prescrito, segundo o qual afinaríamos os cilindros para transformá-los em pedrinhas e depois em pão.

O que houve em seguida deve ser julgado com cautela. Alberto disse que os cilindros deviam ser reduzidos raspando-os com uma faca, às escondidas, para que nenhum concorrente nos roubasse o segredo. Quando? De noite. Onde? No barracão de madeira, debaixo das cobertas e sobre o saco cheio de aparas, ou seja, correndo o risco de provocar um incêndio e, de modo realista, correndo o risco da forca, porque essa era a pena para quem, entre outras coisas, acendesse um fósforo no barracão.

Sempre se hesita em julgar as ações temerárias, próprias ou alheias, depois que elas terminam bem: talvez não fossem tão temerárias assim? Ou será que é verdade que existe um Deus que protege as crianças, os idiotas e os bêbados? Ou quem sabe estas tenham mais peso e mais calor que as outras, inumeráveis, que terminaram mal, e por isso se narram com mais prazer? Mas na época não nos fizemos essas perguntas: o Lager nos tinha dado uma alucinada familiaridade com o perigo e com a morte, e arriscar o pescoço para comer mais um pouco nos parecia uma escolha lógica, aliás, óbvia.

Enquanto os companheiros dormiam, trabalhamos com a faca noite após noite. O cenário era de uma esqualidez de chorar: apenas uma pequena lâmpada elétrica iluminava debilmente o grande barracão de madeira, e mal se distinguiam na penumbra, como numa vasta caverna, os rostos dos companheiros desfigurados no sono e pelos sonhos: tingidos de morte, movimentavam as mandíbulas sonhando que comiam. Muitos deixavam pender para fora do catre um braço ou uma perna nus e esqueléticos, outros gemiam ou falavam dormindo.

Mas nós dois estávamos vivos e não cedíamos ao sono. Mantínhamos a coberta erguida com os joelhos e, sob aquela tenda improvisada, raspávamos os cilindros às cegas, tateando: a cada golpe se ouvia um estalo sutil e se via surgir um feixe de estrelinhas amarelas. A intervalos, testávamos se os cilindros passavam no furo-modelo: se não, continuávamos raspando; se sim, quebrávamos o pedaço desbastado e o botávamos cuidadosamente à parte.

Trabalhamos três noites: não aconteceu nada, ninguém percebeu nossos movimentos, nem as cobertas nem os sacos de palha pegaram fogo, e desse modo conseguimos o pão que nos manteve vivos até a chegada dos russos e nos confortamos na confiança e na amizade que nos unia. O que ocorreu comigo está escrito em outro lugar. Alberto partiu a pé com a maioria dos outros quando a linha de frente estava próxima: os alemães os obrigaram a caminhar por dias e noites na neve e no gelo, abatendo todos os que não podiam prosseguir; depois os carregaram em vagões descobertos, que levaram os poucos sobreviventes para um novo capítulo de escravidão, em Buchenwald e em Mauthausen. Não mais que um quarto dos que partiram sobreviveu à marcha.

Alberto não retornou, e dele não resta vestígio: um conterrâneo seu, meio visionário e meio espertalhão, viveu por alguns anos depois da guerra enviando para a mãe dele, sob pagamento, falsas notícias consoladoras.

Cromo

O segundo prato era peixe, mas o vinho era tinto. Versino, o chefete da manutenção, disse que era tudo bobagem, contanto que o vinho e o peixe fossem bons: ele tinha certeza de que a maior parte dos defensores da ortodoxia não distinguiria de olhos fechados uma taça de branco de uma de tinto. Bruni, da seção de Nitro, perguntou se alguém sabia por que o peixe é acompanhado de branco: ouviram-se vários comentários zombeteiros, mas ninguém soube responder de modo cabal. O velho Cometto acrescentou que a vida é cheia de costumes cujas raízes se perderam no tempo: a cor do papel de açúcar, a abotoadura diferente para homens e mulheres, a forma da proa das gôndolas e as inumeráveis compatibilidades e incompatibilidades alimentares, das quais justamente aquela em questão era um caso específico: de resto, por que obrigatoriamente o pé de porco com lentilhas e o queijo ralado no macarrão?

Fiz um rápido retrospecto mental para ter certeza de que nenhum dos presentes já havia escutado minha história e então comecei a contar o caso da cebola no óleo de linhaça fervido. De fato, estávamos em uma mesa de fazedores de verniz, e sabe-se que o óleo de linhaça fervido (*ölidlinköit*) constituiu por muitos séculos a matéria-prima fundamental da nossa arte. Trata-se de uma arte antiga e, portanto, nobre: seu testemunho mais remoto está em Gênesis 6,14, onde se narra como Noé, seguindo instruções específicas do Altíssimo, calafetou com piche derretido (provavelmente a pincel) a parte interna e externa da Arca. Mas também é uma arte sutilmente fraudulenta, uma vez que busca ocultar o substrato conferindo-lhe a cor e a aparência daquilo que não é — sob esse aspecto, ela é parente da cosmética e do enfeite, artes igualmente ambíguas e quase tão antigas (Isaías, 3,16 ss.). Então, devido a suas origens milenares, não causa tanta estranheza que o ofício de fabricar vernizes conserve em suas dobras (apesar das múltiplas solicitações que, em tempos modernos, recebe de outras técnicas afins) rudimentos de hábitos e procedimentos abandonados há séculos.

Voltando ao óleo de linhaça fervido, contei aos comensais que, em um receituário impresso por volta de 1942, eu tinha encontrado o conselho de acrescentar ao óleo, na fase final da fervura, duas fatias de cebola, sem qualquer comentário sobre a finalidade dessa curiosa adição. Conversei sobre isso em 1949 com o sr. Giacomasso Olindo, meu antecessor e mestre, que na época estava com mais de setenta anos e fazia vernizes havia meio século, e ele, sorrindo com simpatia sob os fartos bigodes brancos, me explicou que, de fato, quando ele era jovem e fervia o óleo pessoalmente, os termômetros ainda não eram usados: media-se a temperatura da fervura observando seus vapores, ou cuspindo dentro dela, ou — de modo mais racional — imergindo no óleo uma fatia de cebola presa na ponta de um espeto; quando a cebola começava a fritar, a fervura estava no ponto. Evidentemente, com o passar dos anos, aquilo que se tornou uma grosseira operação de medição acabou perdendo o sentido e se transformou em uma prática misteriosa e mágica.

O velho Cometto me contou um episódio parecido. Não sem nostalgia, rememorou seus belos tempos, os tempos dos copais: contou como antigamente o *ölidlinköit* era combinado com essas lendárias resinas para produzir vernizes fabulosamente resistentes e brilhantes; agora sua fama e seu nome sobrevivem apenas na locução "sapatos de copal", que alude justamente a um verniz para couros muito difundido tempos atrás, e que caíra em desuso havia pelo menos cinquenta anos: hoje, a própria locução está quase extinta. Os copais eram importados pelos ingleses dos países mais distantes e selvagens, dos quais derivavam seus nomes, que serviam para distinguir uma variedade da outra: o copal de Madagascar, o de Serra Leoa, o de kauri (cujas reservas, aliás, se esgotaram por volta de 1967), o famosíssimo e nobre copal do Congo. São resinas fósseis de origem vegetal, com um ponto de fusão bastante elevado, e que se mostram insolúveis em óleo no estado em que são extraídas e comercializadas: para torná-las solúveis e compatíveis, eram submetidas a uma fervura violenta e semidestrutiva, durante a qual sua acidez diminuía (se descarboxilavam) e também se reduzia seu ponto de fusão. A operação era conduzida de modo artesanal, em modestas caldeiras de dois ou três quintais, aquecidas em fogo direto e movidas sobre duas rodas; durante a fervura, elas eram pesadas a intervalos fixos e, quando a resina havia perdido 16% de seu peso em fumaça, vapor aquoso e dióxido de carbono, considerava-se a solubilidade em óleo atingida. Por volta de 1940, os arcaicos copais, custosos e de difícil armazenamento nos anos da guerra, foram substituídos por resinas fenólicas e maleicas devidamente modificadas, que, além de custarem menos, eram diretamente compatíveis com os óleos; pois bem, Cometto nos relatou que, em uma fábrica cujo nome vou omitir, uma resina fenólica que substituía em determinada fórmula o copal do Congo era tratada, até 1953, exatamente como o próprio copal, ou seja, consumindo-se 16% dela no fogo, em meio a pestilentas exalações fenólicas, até que se alcançasse aquela solubilidade em óleo que a resina já possuía.

Ao chegar a este ponto, ressaltei que todas as línguas são repletas de metáforas e imagens cuja origem vai continuamente se perdendo com a arte de que derivaram: quando a equitação decaiu ao nível de esporte caro, tornaram-se ininteligíveis — e soam estranhas — expressões como "ventre à terra" e "morder o freio"; desaparecidos os moinhos de pedras sobrepostas, também chamadas de mós, em que por séculos se moeu o trigo (e os vernizes), as expressões "*macinare*" ou "*mangiare a quattro palmenti*",* que no entanto ainda são repetidas mecanicamente, perderam qualquer referência. Do mesmo modo, como a Natureza também é conservadora, trazemos no cóccix o que resta de uma cauda desaparecida.

Bruni nos contou um fato no qual ele mesmo estava implicado e, à medida que contava, eu me sentia tomado por sensações suaves e tênues que depois tentarei esclarecer; mas antes devo esclarecer que Bruni trabalhou de 1955 a 1965 numa grande fábrica à beira de um lago, a mesma em que aprendi os rudimentos do ofício de fazer vernizes nos anos 1946-7. Ele contou que, quando estava ali, responsável pelo departamento de vernizes sintéticos, caiu-lhe nas mãos uma fórmula de antiferrugem para cromados que continha um componente absurdo: nada menos que cloreto de amônio, o velho e alquímico sal amoníaco do templo de Amon, muito mais propenso a corroer o ferro que a protegê-lo da ferrugem. Tinha indagado seus superiores e os mais antigos no departamento a respeito, que, surpresos e um tanto escandalizados, responderam que o sal amoníaco "sempre esteve presente" naquela fórmula — que correspondia a pelo menos vinte ou

* Não temos essas expressões em português, que literalmente significam "moer" e "comer em quatro mós", no sentido de devorar avidamente. (N. T.)

trinta toneladas de produto por mês e existia havia cerca de dez anos —, e que ele era um tipo muito singular, tão jovem e tão novo no emprego, mas já criticando a experiência da fábrica e procurando sarna para se coçar, querendo saber o como e o porquê. Se o cloreto de amônio estava na fórmula, era sinal de que servia para alguma coisa: para que servia, ninguém sabia mais, mas que ele não ousasse retirá-lo, porque "nunca se sabe". Bruni é um racionalista e não reagiu bem; mas também é um homem prudente, e por isso aceitou o conselho, de modo que naquela fórmula, e naquela fábrica à beira do lago — salvo desenvolvimentos ulteriores —, o cloreto de amônio continua sendo usado; no entanto hoje ele é totalmente inútil, como posso afirmar com pleno conhecimento de causa, porque quem o introduziu na fórmula fui eu.

O episódio citado por Bruni, a antiferrugem para os cromados e o cloreto de amônio me catapultaram de volta no tempo, para o duro janeiro de 1946, quando a carne e o carvão ainda eram racionados, ninguém tinha carro e nunca se respirou na Itália tanta esperança e tanta liberdade.

Mas eu tinha voltado da prisão fazia três meses e vivia mal. As coisas que vi e sofri me queimavam por dentro, me sentia mais próximo dos mortos que dos vivos e culpado por ser humano, porque os homens tinham construído Auschwitz, e Auschwitz havia engolido milhões de seres humanos, muitos deles meus amigos, e uma mulher que eu amava. Tinha a impressão de que me purificaria contando e me sentia semelhante ao Velho Marinheiro de Coleridge, que agarra na rua os convidados que vão a uma festa para lhes infligir sua história de malefícios. Eu escrevia poemas concisos e sangrentos e narrava tudo com vertigem, de viva voz e por escrito, tanto que aos poucos nasceu um livro: ao escrever, encontrava uma breve paz e sentia que me tornava de novo um homem, alguém como todo mundo, nem mártir, nem infame, nem santo, um desses que formam uma família e olham para o futuro, e não para o passado.

Mas, como não se vive de poesia e de narrativas, buscava ansiosamente um trabalho, e o encontrei na grande fábrica à beira do lago, ainda atingida pela guerra e assediada naqueles meses pela lama e pelo gelo. Ninguém se preocupava muito comigo; colegas, diretor e operários tinham mais em que pensar: no filho que não voltava da Rússia, no aquecedor sem lenha, nos sapatos sem sola, nos depósitos sem estoque, nas janelas sem vidros, no gelo que arrebentava as tubulações, na inflação, na carestia e nas virulentas disputas locais. Concederam-me gentilmente uma escrivaninha bamba no laboratório, em um cantinho repleto de barulho, de correntes de ar, de gente que ia e vinha com trapos e baldes nas mãos, e não me deram nenhuma tarefa específica; eu, desocupado como químico e em estado de total alienação (na época não se chamava assim), escrevia de forma desordenada páginas e mais páginas sobre as lembranças que me envenenavam, enquanto os colegas me olhavam de soslaio como a um desequilibrado inócuo. O livro crescia quase espontaneamente em minhas mãos, sem plano e sem sistema, intrincado e fervilhante como um cupinzeiro. De vez em quando, movido pela consciência profissional, entrava em contato com o diretor e lhe pedia uma tarefa qualquer, mas ele estava ocupado demais para lidar com meus escrúpulos: que eu lesse, que estudasse — em matéria de vernizes eu ainda era um verdadeiro analfabeto. Eu não tinha um trabalho a fazer? Pois bem, que agradecesse a Deus e ficasse na biblioteca: se eu realmente tinha a mania de ser útil, pronto, havia uns artigos a serem traduzidos do alemão.

Um dia ele mandou me chamar e, com uma luz oblíqua nos olhos, anunciou que tinha um trabalhinho para mim. Levou-me a um canto do pátio, perto do muro da fábrica; amontoados ao acaso, os mais baixos esmagados pelos mais altos, havia milhares de blocos quadrados, de uma intensa cor alaranjada. Ele me fez tocar neles: eram gelatinosos e amolecidos, com uma desagradável consistência de vísceras expostas. Falei ao diretor que, exceto pela tonalidade, pareciam fígados, e ele me elogiou: era justamente assim que estava escrito nos manuais sobre vernizes! Explicou que o fenômeno que os havia produzido tinha mesmo esse nome em inglês, *livering*, isto é, "enfigadamento", e em italiano, *impolmonimento* [empulmonamento]; em certas condições, alguns vernizes líquidos se tornam sólidos, com essa mesma consistência de fígado ou de pulmão, e devem ser dispensados. Aqueles corpos paralelepípedos tinham sido leite de verniz: o verniz se empulmonou, o leite talhou, e o conteúdo foi jogado no monte de lixo.

Aquele verniz, me disse, tinha sido produzido durante a guerra e imediatamente depois; continha um cromato básico e uma resina alquídica. Talvez o cromato fosse excessivamente básico, ou a resina demasiado ácida: são justamente essas as condições em que pode ocorrer o empulmonamento. Aí está, ele me dava de presente aquele amontoado de antigos pecados: que eu pensasse sobre o assunto, fizesse testes e exames, e pudesse lhe informar com precisão por que havia acontecido o problema, o que fazer para que não se repetisse, e se era possível recuperar o produto avariado.

Tal como se apresentava, entre o químico e o policial, o problema me atraía: eu o estava reconsiderando naquela mesma tarde (era uma tarde de sábado), enquanto um dos trens de carga fuliginosos e gélidos daquela época me arrastava até Turim. Ora, acontece que, no dia seguinte, o destino me reservou um presente único e diverso: o encontro com uma mulher jovem, de carne e osso, quente contra meu flanco através dos casacos, alegre em meio à neblina úmida das alamedas, paciente, sábia e segura enquanto caminhávamos pelas ruas ainda margeadas por escombros. Em poucas horas soubemos que nos pertencíamos, não por um encontro, mas para a vida, como de fato ocorreu. Em poucas horas me senti renovado e cheio de forças novas, limpo e curado do longo mal, pronto enfim para entrar na vida com alegria e vigor; igualmente curado se mostrou o mundo à minha volta, de repente, e exorcizados o nome e o rosto da mulher que descera aos infernos comigo e não voltara. Minha própria escrita se tornou uma aventura diferente, não mais o itinerário doloroso de um convalescente, não mais um mendigar compaixão e rostos amigos, mas uma construção lúcida e não mais solitária: uma obra de químico que pesa e divide, mensura e julga segundo provas concretas, e se concentra em responder aos porquês. Junto ao alívio liberatório que é próprio do sobrevivente que narra, agora sentia durante a escrita um prazer complexo, intenso e novo, semelhante ao que experimentei quando estudante ao penetrar a ordem solene do cálculo diferencial. Era exaltante buscar e encontrar — ou criar — a palavra certa, isto é, medida, breve e forte; extrair as coisas da memória e descrevê-las com o máximo rigor e o mínimo impedimento. Paradoxalmente, minha bagagem de recordações atrozes se tornava uma riqueza, uma semente; ao escrever, tinha a impressão de crescer como uma planta.

No trem da segunda seguinte, espremido na multidão sonolenta e embrulhada em echarpes, me sentia alegre e firme como nunca antes nem depois. Estava pronto a desafiar tudo e todos, do mesmo modo que havia desafiado e derrotado Auschwitz e a solidão, disposto especialmente a combater com entusiasmo a bizarra pirâmide de fígados alaranjados que me esperava à beira do lago.

É o espírito que doma a matéria, não é mesmo? Não foi isso que me inculcaram durante o colégio fascista e gentiliano?*

* Referência a Giovanni Gentile (1875-1944), filósofo e ministro da Educação no regime fascista. (N. T.)

Lancei-me ao trabalho com o mesmo ânimo com que, em tempos não distantes, atacávamos uma parede de pedra; e o adversário ainda era sempre o mesmo, o não eu, o Grande Curvo,* a *hylé*: a matéria estúpida, negligentemente inimiga, assim como é inimiga a estupidez humana, inabalável em sua obtusidade passiva. Nosso objetivo é conduzir e vencer essa interminável batalha: um verniz empulmonado é muito mais rebelde e refratário à sua vontade que um leão em seu ímpeto insano — mas também é menos perigoso.

A primeira escaramuça ocorreu no arquivo. Os dois parceiros, os dois fornicadores de cujo amplexo escaparam os monstros alaranjados, eram o cromato e a resina. A resina era fabricada no local: achei os registros de nascimento de todos os lotes, e não apresentavam nada de suspeito; a acidez era variada, mas sempre inferior a seis, como prescrito. Um lote com acidez de 6,2 tinha sido devidamente descartado por um técnico de assinatura floreada. A princípio, a resina estava fora de questão.

O cromato tinha sido adquirido de diversos fornecedores, e também foi devidamente testado lote por lote. Segundo a Prescrição de Aquisição PDA 480/0, deveria conter não menos que 28% de óxido de cromo total; e eis que eu tinha sob os olhos a lista interminável dos testes realizados de janeiro de 1942 até hoje (uma das leituras menos apaixonantes que alguém poderia imaginar), e todos os valores satisfaziam a prescrição, e mais, eram todos iguais entre si: 29,5%, nem mais nem menos. Senti minhas fibras de químico se retorcerem diante daquela abominação: de fato, é preciso saber que as oscilações naturais no método de preparo de um cromato como aquele, somadas aos inevitáveis erros analíticos, tornam extremamente improvável que muitos valores encon-

* Referência ao personagem Den Store Bøygen (o Grande Curvo), da peça *Peer Gynt* (1867), de Ibsen. (N. T.)

trados em lotes diversos e em dias diferentes coincidam de modo tão exato. Será possível que ninguém tenha desconfiado? Mas é claro, naquela época eu ainda não conhecia o espantoso poder anestésico da papelada de uma empresa, sua capacidade de atrapalhar, abater e apagar qualquer lampejo de intuição e qualquer centelha de engenho. De resto, os estudiosos sabem que todas as secreções são nocivas ou tóxicas; ora, em condições patológicas, não é raro que o papel, secreção empresarial, seja reabsorvido em quantidade excessiva e adormeça, paralise ou até mate o organismo do qual foi exsudado.

A história do que havia acontecido começava a se delinear: por um motivo qualquer, algum analista tinha sido traído por um método falho, ou por um reagente impuro, ou por um hábito inadequado; diligente, colocou em colunas aqueles resultados tão visivelmente suspeitos, mas irrepreensíveis do ponto de vista formal; assinou meticulosamente cada análise, e sua assinatura, crescendo como uma avalanche, tinha sido corroborada pela do chefe de laboratório, do diretor técnico e do diretor-geral. Eu imaginava o pobre coitado no contexto daqueles anos difíceis: não mais jovem, porque os jovens eram militares; talvez acossado pelos fascistas, ou quem sabe um fascista procurado pelos *partigiani*; seguramente frustrado, porque ser analista é um ofício de jovens; protegido no laboratório pela fortaleza de seu minúsculo saber, porque um analista é por definição infalível; escarnecido e malvisto fora do laboratório justamente por suas virtudes de guardião incorruptível, de pequeno Minos teimoso e sem fantasia, de bastão entre as rodas da produção. A julgar por sua escrita anódina e empolada, seu trabalho deve tê-lo estragado e ao mesmo tempo conduzido a uma perfeição tosca, como um seixo de torrente que rolou até a foz. Não era de espantar se, com o passar do tempo, ele desenvolveu uma certa insensibilidade quanto ao verdadeiro sentido das operações que executava e das notas que escrevia. Prometi a mim mesmo indagar sobre ele, mas ninguém sabia mais nada a seu respeito: minhas perguntas suscitavam respostas grosseiras ou distraídas. De resto, começava a sentir em torno de mim e de meu trabalho uma curiosidade debochada e malévola: quem era esse recém-chegado, esse novato de 7 mil liras ao mês, esse escrevinhador maníaco que perturbava as noites do alojamento escrevendo à máquina sabe-se lá o quê, para se meter nos erros passados e lavar a roupa suja de uma geração? Cheguei a suspeitar de que a tarefa que me fora confiada tivesse como escopo secreto me levar a trombar em algo ou alguém; mas agora aquela história do empulmonamento me havia absorvido de corpo e alma, *tripes et boyaux*, me deixando quase tão apaixonado quanto pela garota que mencionei, e que de fato estava um pouco ciumenta com isso.

Não tive dificuldade de achar, além das PDAs, as igualmente invioláveis PDCs, Prescrições de Controle: numa gaveta do laboratório havia um pacote de fichas sebosas, escritas à máquina e corrigidas várias vezes à mão, cada qual contendo o modo preciso de executar o controle de uma determinada matéria-prima. A ficha do azul da prússia estava manchada de azul, a da glicerina era pegajosa, e a do óleo de peixe fedia a anchovas. Peguei a ficha do cromato, que, pelo longo uso, se tornara da cor da aurora, e li com atenção. Era tudo bastante sensato, e estava de acordo com as não distantes noções acadêmicas: apenas um ponto me pareceu estranho. Ocorrida a desagregação do pigmento, prescrevia-se acrescentar 23 gotas de certo reagente: ora, uma gota não é uma unidade de medida tão definida a ponto de sustentar um coeficiente numérico tão definido; além disso, no fim das contas, a dose prescrita era absurdamente elevada: teria inundado a análise, conduzindo, em todo caso, a especificação a um resultado. Olhei o verso da ficha: trazia a data da última revisão, 4 de janeiro de 1944; o ato de nascimento do primeiro lote empulmonado era de 22 do fevereiro seguinte.

Nesse ponto se começava a ver a luz. Num arquivo empoeirado, encontrei a coleção das PDCs em desuso, e lá estava: a edição anterior da ficha do cromato trazia a indicação de acrescentar "2 ou 3" gotas, e não "23"; o "ou" fundamental estava meio apagado, e na transcrição seguinte se perdeu. Os eventos estavam bem concatenados: a revisão da ficha tinha comportado um erro de transcrição, e o erro tinha falseado todas as análises sucessivas, nivelando os resultados a um valor fictício, devido ao enorme excesso de reagente, e assim provocando o aceite de lotes de pigmento que deveriam ter sido descartados; estes, por serem muito básicos, tinham desencadeado o empulmonamento.

Mas ai de quem cede à tentação de trocar uma hipótese elegante por uma certeza: até os leitores de romances policiais sabem disso. Cerquei o sonolento encarregado pelo depósito, exigi dele as amostras de todos os lotes de cromato de janeiro de 1944 em diante e me barriquei atrás do balcão por três dias, para analisá-las segundo o método errado e o correto. À medida que os resultados se enfileiravam nos registros, o tédio do trabalho repetitivo ia se transformando na mesma alegria nervosa de quem na infância brinca de esconde-esconde e então entrevê o adversário ridiculamente agachado atrás da cerca viva. Com o método errado, chegava-se sempre ao fatídico 29,5%; com o método correto, os resultados variavam muito, com cerca de um quarto abaixo do mínimo prescrito, e estes deveriam ter sido descartados. O diagnóstico estava confirmado, e a patogênese, descoberta: tratava-se agora de estabelecer a terapia.

Rapidamente se chegou a ela recorrendo à velha e boa química inorgânica, ilha cartesiana muito distante, o paraíso perdido para nós, trapalhões organistas e macromoleculistas: era preciso de algum modo neutralizar, no corpo doente daqueles vernizes, o excesso de basicidade causado pelo óxido de chumbo livre. Por outro lado, os ácidos se mostraram nocivos: pensei no cloreto de amônio, capaz de combinar-se estavelmente com o óxido de chumbo e produzir um cloreto insolúvel e inerte, liberando amoníaco. Os testes em pequenas amostragens deram resultados promissores: era preciso localizar rapidamente o cloreto (no inventário, era etiquetado como "cloreto demoníaco"), entrar em acordo com o chefe da seção de moagem, inserir em um pequeno moinho a pás dois dos fígados asquerosos ao toque e à vista, acrescentar uma quantidade bem medida do suposto remédio e acionar o moinho sob os olhares céticos dos presentes. Habitualmente tão barulhento, o moinho se pôs em movimento quase de má vontade, num silêncio de maus presságios, engasgado pela massa gelatinosa que empastava as pás. Agora só restava voltar a Turim e aguardar a segunda-feira, contando vertiginosamente à paciente garota as hipóteses levantadas, o que se entendeu à beira do lago, a espera espasmódica pela sentença que os fatos pronunciariam.

Na segunda-feira seguinte, o moinho tinha reconquistado sua voz: aliás, estrondava alegremente com um tom cheio e contínuo, sem aqueles engasgos rítmicos que, em um moinho a pás, denunciam uma manutenção ruim ou uma má saúde. Desliguei a máquina e afrouxei cuidadosamente os parafusos de seu cárter: uma lufada de amoníaco saiu assoviando, como devia. Anjos e Ministros da Graça! O verniz estava fluido e liso, totalmente normal, renascido das cinzas como a fênix. Escrevi um relatório em bom jargão corporativo, e a direção aumentou meu salário. Além disso, como reconhecimento, recebi da gerência duas *côrasse* (pneus) para a bicicleta.

Como o depósito continha muitos lotes de cromato perigosamente básicos, que de todo modo precisavam ser utilizados porque haviam passado pelos testes e já não podiam ser devolvidos ao fornecedor, o cloreto foi oficialmente introduzido como preventivo antiempulmonamento na fórmula daquele verniz. Depois eu pedi demissão, passaram-se décadas, o pós-guerra acabou, os deletérios cromatos básicos demais sumiram do mercado, e meu relatório teve o fim de toda carne — mas as fórmulas são sagradas como as preces, os decretos de lei e as línguas mortas, e nelas nada pode ser alterado. Por isso meu Cloreto Demoníaco, gêmeo de um amor feliz e de um livro libertador, agora de todo inútil e provavelmente um tanto nocivo, ainda é religiosamente moído à beira daquele lago com a antiferrugem dos cromatos, e ninguém mais sabe por quê.

Enxofre

Lanza prendeu a bicicleta na grade, carimbou o cartão, foi até a caldeira, acionou o misturador e acendeu o fogo. O jato de nafta pulverizada se inflamou com um baque violento e fez ricochetear uma chama traiçoeira (mas Lanza conhecia aquele dispositivo e se desviou a tempo); depois continuou queimando com um rumor vigoroso e cheio, como um trovão contínuo, que se sobrepunha ao leve zumbido dos motores e das transmissões. Lanza ainda estava muito sonolento, tomado pelo frio dos despertares repentinos; permaneceu agachado diante da fornalha, de onde a labareda vermelha, numa sucessão de rápidos lampejos, fazia sua sombra enorme e distorcida dançar na parede de trás, como em um cinematógrafo primitivo.

Depois de uma meia hora, o termômetro começou a se mexer como devia: o ponteiro de aço escurecido, deslizando como uma lesma sobre o quadrante amarelado, subiu até parar em 95°C. Isso também estava certo, porque o termômetro sempre marcava cinco graus a menos. Lanza ficou satisfeito e obscuramente em paz com a caldeira, com o termômetro e, afinal, com o mundo e consigo mesmo, porque todas as coisas que deviam ocorrer ocorriam, e porque na fábrica apenas ele sabia que aquele termômetro era enganador: quem sabe outro teria atiçado o fogo, ou estudaria os meios para fazê-lo subir até os 100°C, como estava escrito na planilha de trabalho.

Assim o termômetro continuou parado um bom tempo nos 95°C, e então começou a se mover. Lanza estava perto do fogo, e aquela mornidão fez que o sono voltasse a pressionar, permitindo que invadisse suavemente algumas das câmaras de sua consciência. Mas não a que estava atrás dos olhos e vigiava o termômetro: esta devia continuar desperta.

Com um sulfodieno nunca se sabe, mas por enquanto tudo corria normalmente. Lanza saboreava o doce repouso e se abandonava à dança de pensamentos e imagens que antecedem o sono, mesmo evitando sucumbir a ele. Fazia calor, e Lanza via sua cidade: a esposa, o filho, o campo, a taberna. O bafo quente da taberna, o bafo pesado do curral. Entrava água no estábulo a cada temporal, água que vinha de cima, do celeiro: talvez de uma rachadura na parede, porque as telhas (na Páscoa ele mesmo as verificara) estavam todas boas. Haveria lugar para mais uma vaca, mas (e aqui tudo se ofuscou numa névoa de cifras e de cálculos esboçados e inconclusos). A cada minuto de trabalho, eram dez liras que entravam em seu bolso: agora lhe parecia que o fogo crepitava por ele, que o misturador girava por ele, como uma máquina de fazer dinheiro.

Fique de pé, Lanza: chegamos a 180°C, é preciso desparafusar a tampa e pôr ali dentro o B 41 — aliás, é uma grande palhaçada continuar chamando aquilo de B 41 quando toda a fábrica sabe que é enxofre, e nos tempos de guerra, quando faltava tudo, vários o levavam para casa e o vendiam no mercado paralelo aos camponeses, que o espalhavam nas videiras. Mas, afinal de contas, o doutor é doutor, e é preciso fazer suas vontades.

Apagou o fogo, diminuiu o misturador, desparafusou a tampa e colocou a máscara de proteção, sentindo-se um pouco uma toupeira, um pouco um javali. O B 41 já tinha sido pesado e estava em três caixas de papelão: introduziu-o com cuidado e, apesar da máscara, que talvez vazasse um pouco, sentiu imediatamente o cheiro sujo e triste que emanava do cozimento, e pensou que talvez o padre tivesse razão quando dizia que o inferno cheirava a enxofre — de resto, nem os cachorros o suportam, todos sabem disso. Quando terminou, aparafusou mais uma vez a tampa e pôs tudo em movimento de novo.

Às três da madrugada, o termômetro marcava 200°C: era a hora do vácuo. Levantou a alavanca preta, e o estrépito alto e áspero da bomba centrífuga se sobrepôs ao profundo trovão do queimador. A agulha do medidor de vácuo, que estava na vertical marcando zero, começou a declinar se arrastando para a esquerda. Vinte graus, quarenta graus: estava bom. A essa altura, dá para acender um cigarro e ficar sossegado por mais de uma hora.

Há quem tenha o destino de se tornar milionário, e há quem tenha o de morrer num acidente. O destino de Lanza (e bocejou alto, para se fazer companhia) era trocar o dia pela noite. Quase como se soubessem disso, nos anos de guerra logo o botaram para cumprir a bela missão de passar a noite sobre os telhados, derrubando aviões do céu.

Subitamente se pôs de pé, os ouvidos atentos e todos os nervos em alarme. O barulho da bomba de repente se tornara mais lento e empastado, como exausto; de fato, a agulha do medidor de vácuo tornava a subir para o zero, como um dedo ameaçador, e grau a grau começava a pender para a direita. Havia pouco a fazer, a caldeira estava ganhando pressão.

"Desligue e fuja." "Desligue tudo e fuja." Mas não fugiu: agarrou uma chave inglesa e começou a dar golpes no tubo do vácuo, ao longo de toda sua extensão: devia estar obstruído, não havia outra razão possível. Bate e rebate, nenhum resultado: a bomba continuava trabalhando em falso, e o ponteiro saltitava em torno de um terço de atmosfera.

Lanza sentia todos os pelos eriçados, como o rabo de um gato furioso: e ele estava furioso, com uma raiva sanguinária e alucinada contra a caldeira, contra aquele monstrengo arredio sentado sobre o fogo, que mugia feito um touro: escaldante, como um enorme ouriço de espinhas agudas, que você não sabe de que lado tocar ou pegar, e dá uma vontade de voar sobre ele aos pontapés. De punhos cerrados e cabeça quente, Lanza ia delirando sobre destampar a caldeira para deixar a pressão sair; começou a afrouxar os parafusos, e logo espirrou da fenda uma baba fervente e amarela, com sopros de fumaça empesteada: o interior devia estar cheio de espuma. Lanza tornou a fechá-la precipitadamente, com uma tremenda vontade física de agarrar-se ao telefone e chamar o doutor, chamar os bombeiros, o espírito santo, que saíssem de dentro da noite para lhe dar uma mão ou um conselho.

A caldeira não era feita para suportar aquela pressão e podia explodir a qualquer momento — ou pelo menos assim pensava Lanza e talvez, se fosse de dia ou se ele não estivesse sozinho, não pensasse isso. Mas o medo se transformara em cólera, e quando a cólera arrefeceu, sua cabeça voltou a ficar fria e desimpedida. Então pensou na coisa mais óbvia: abriu a válvula do exaustor e o acionou, fechou a válvula antivácuo e parou a bomba. Com alívio e orgulho por ter avaliado corretamente a questão, viu a agulha voltar a subir até o zero, como uma ovelha perdida que retorna ao redil, e se inclinar de novo docilmente para o lado do vácuo.

Olhou ao redor com uma enorme vontade de rir e de contar o episódio, e com uma sensação de leveza em todos os membros. Viu no chão seu cigarro reduzido a um longo cilindro de cinzas: tinha queimado sozinho. Eram cinco e vinte, a aurora despontava por trás do teto de colunas vazadas, o termômetro marcava 210°C. Tirou uma amostra da caldeira, deixou-a esfriar e testou-a com o reagente: a proveta ficou límpida por alguns segundos e depois ficou branca como leite. Lanza apagou o fogo, parou o misturador e o exaustor, abriu a válvula antivácuo: ouviu-se um longo assovio raivoso, que pouco a pouco foi se aplacando em um farfalhar, um murmúrio, e então se calou. Parafusou o tubo de sucção, ligou o compressor e, em meio à fumaça branca e ao cheiro áspero de sempre, o fluxo denso da resina escoou gloriosamente para a bacia coletora, em um espelho negro brilhante.

Lanza se encaminhou para o portão e topou com Carmine, que entrava naquele momento. Disse a ele que estava tudo bem, lhe passou as instruções e se pôs a encher os pneus da bicicleta.

Titânio

Para Felice Fantino

Na cozinha havia um homem muito alto, vestido de um jeito que Maria nunca tinha visto. Trazia na cabeça um barquinho feito de jornal, fumava cachimbo e estava pintando o armário de branco.

Era incompreensível como todo aquele branco podia estar contido em uma latinha tão pequena, e Maria morria de vontade de dar uma espiada dentro dela. O homem de vez em quando apoiava o cachimbo no próprio armário e assoviava; então parava de assoviar e começava a cantar; de vez em quando dava dois passos para trás e fechava um olho, e também às vezes ia cuspir na lixeira, limpando a boca com o dorso da mão. Em suma, fazia coisas tão estranhas e novas que era interessantíssimo observá-lo; e, quando o armário ficou pronto, pegou a lata com os muitos jornais espalhados pelo chão, levou tudo até o aparador e começou a pintá-lo também.

O armário estava tão reluzente, limpo e branco que era quase inevitável tocá-lo. Maria se aproximou do armário, mas o homem percebeu e disse:

— Não toque. Não se pode tocar.

Maria se deteve e perguntou:

— Por quê?

Ao que o homem respondeu:

— Porque não precisa.

Maria pensou um pouco e perguntou de novo:

— Por que está tão branco?

O homem também pensou um pouco, como se a pergunta lhe parecesse difícil, e então falou com voz profunda:

— Porque é titânio.

Maria se sentiu percorrida por um delicioso arrepio de medo, como quando o ogro aparece nas fábulas; olhou com atenção e constatou que o homem não tinha facas, nem na mão nem à sua volta: mas podia ter uma escondida. Então perguntou:

— Me talha o quê? — e a este ponto ele poderia ter respondido: "Te talho a língua". No entanto apenas disse:

— Não te talho: titânio.

Concluindo, ele devia ser um homem muito poderoso: mas não parecia irascível; ao contrário, tinha um ar bondoso e amigável. Maria lhe perguntou:

— Como o senhor se chama?

Ele respondeu:

— Meu nome é Felice — ainda com o cachimbo na boca, e quando falava o cachimbo balançava para cima e para baixo, mas sem cair. Maria ficou algum tempo em silêncio, alternando o olhar entre o homem e o armário. Não estava nem um pouco satisfeita com aquela resposta e queria perguntar por que ele se chamava Felice, mas depois não ousou, porque se lembrou de que as crianças nunca devem perguntar por quê. Sua amiga Alice se chamava Alice e era uma menina, e era realmente estranho que um homem grande como aquele se chamasse Felice. Mas aos poucos começou a achar natural que aquele homem se chamasse Felice, aliás, lhe pareceu que não poderia se chamar de nenhum outro modo.

O armário pintado era tão branco que, em comparação, todo o resto da cozinha parecia amarelo e sujo. Maria julgou que não havia nenhum problema se ela fosse vê-lo de perto: somente ver, sem tocar. Mas enquanto se aproximava na ponta dos pés, ocorreu um fato inesperado e terrível: o homem se virou e com dois passos chegou até ela; tirou do bolso um giz branco e desenhou no piso um círculo em volta de Maria. Então falou:

— Você não pode sair de dentro daqui.

Depois disso riscou um fósforo, acendeu o cachimbo fazendo estranhas caretas com a boca, e voltou a pintar o aparador.

Maria se sentou sobre os calcanhares e considerou o círculo demoradamente, com atenção: mas teve de convencer-se de que não havia nenhuma saída. Tentou esfregá-lo em um ponto com o dedo, e constatou que o traço de giz de fato desaparecia; mas se dava conta perfeitamente de que o homem não teria considerado válido aquele sistema.

O círculo era evidentemente mágico. Maria se sentou no chão calada e tranquila; de vez em quando experimentava se espichar até tocar o círculo com a ponta dos pés, inclinando-se para a frente até quase perder o equilíbrio, mas logo viu que ainda faltava um bom palmo para que pudesse alcançar o armário ou a parede com os dedos. Então se pôs a contemplar como, pouco a pouco, o aparador, as cadeiras e a mesa também ficavam bonitos e brancos.

Depois de um tempo infinito, o homem guardou o pincel, a lata, e tirou o barquinho de jornal da cabeça, e então se viu que ele tinha cabelos como todos os outros homens. Depois se dirigiu para o lado da sacada, e Maria o escutou remexendo e andando para cima e para baixo no cômodo ao lado. Maria começou a chamar:

— Senhor! — primeiro em voz baixa, depois mais alto, mas não muito, porque no fundo tinha medo de que o homem ouvisse.

Finalmente ele voltou à cozinha. Maria perguntou:

— Senhor, agora posso sair?

O homem olhou para baixo e viu Maria e o círculo, riu alto e disse muitas coisas que não dava para entender, mas não parecia estar zangado. Por fim, disse:

— Sim, claro, agora você pode sair.

Maria o olhava perplexa, sem se mexer; então o homem pegou um trapo e apagou o círculo com cuidado, para desfazer o encantamento. Quando o círculo sumiu, Maria se levantou e saiu saltitando, sentindo-se muito contente e satisfeita.

Arsênio

Como cliente, tinha um aspecto insólito. Uma gente variada vinha ao nosso laboratório humilde e intrépido para que analisássemos mercadorias as mais disparatadas: eram homens e mulheres, velhos e jovens, mas todos visivelmente inseridos no amplo retículo ambíguo e malicioso do comércio. Quem compra e vende por ofício se reconhece facilmente: tem o olho alerta e o rosto tenso, teme a fraude ou a cogita, e está sempre em guarda como um gato ao escurecer. É um trabalho que tende a destruir a alma imortal: houve filósofos de corte, filósofos polidores de lentes, até filósofos engenheiros e estrategistas, mas nenhum filósofo — que eu saiba — era atacadista ou lojista.

Eu o recebi, já que Emilio estava ausente. Poderia passar por um filósofo camponês: era um velhote robusto e rubicundo, de mãos pesadas, deformadas pelo trabalho e pela artrite; os olhos se mostravam claros, rápidos e joviais, apesar das grandes bolsas delicadas que pendiam vazias sob as órbitas. Vestia um colete, de cujo bolso pendia a corrente do relógio. Falava em piemontês, o que me causou um mal-estar imediato: não é educado responder em italiano a quem lhe fala em dialeto, a gente logo se sente do outro lado de uma barreira, do lado dos *aristò*, das pessoas de bem, dos "*luigini*", como os chamou um ilustre homônimo meu* — todavia meu piemontês, correto nas formas e nos sons, é tão liso e sem nervos, tão educado e lânguido, que soa pouco autêntico. Mais que um genuíno atavismo, ele parece fruto de um diligente estudo de gabinete, à luz de luminária, feito em gramáticas e dicionários.

Então, em um ótimo piemontês com argutas nuances de Asti, me disse que tinha uma quantidade de açúcar para analisar: queria saber se era açúcar ou não, ou se dentro dele havia alguma porcaria (*saloparía*). Que porcaria? Expliquei a ele que, se me detalhasse suas suspeitas, facilitaria bastante minha tarefa: mas respondeu que não queria me influenciar, que eu fizesse a análise do melhor modo possível, e ele revelaria suas suspeitas depois. Entregou-me um pacote com meio quilo de açúcar, disse que voltaria no dia seguinte, se despediu e foi embora: não pegou o elevador, desceu tranquilamente a pé os quatro lances de escada. Devia ser um homem sem angústias e sem pressa.

Bem poucos clientes vinham nos visitar, fazíamos poucas análises e ganhávamos pouco, portanto não podíamos comprar aparelhos modernos e rápidos, nossos oráculos eram lentos, nossas análises demoravam bem mais que o normal; não tínhamos sequer uma placa na rua, de modo que o círculo se fechava e os clientes se tornavam ainda mais restritos. As amostras que deixavam conosco para análise constituíam um aporte não desprezível ao nosso sustento: Emilio e eu evitávamos dar a entender que, em geral, bastavam poucos gramas, e aceitávamos de bom grado o litro de vinho ou de leite, o quilo de massa ou de sabão, o pacote de *agnolotti*.

* Referente a Carlo Levi (1902-1975) e a seu livro *L'orologio*. (N. T.)

No entanto, dada a anamnese — isto é, as suspeitas do velhote —, teria sido imprudente consumir aquele açúcar assim às cegas ou apenas prová-lo. Diluí um pouco dele em água destilada: a solução estava turva, havia certamente algo estranho ali. Pesei um grama de açúcar no crisol de platina (menina dos nossos olhos) para queimá-lo sob a chama: subiu no ar contaminado do laboratório o cheiro doméstico e infantil do açúcar queimado, mas logo em seguida a chama ficou lívida e notou-se um odor bem diferente, metálico, de alho, inorgânico, ou melhor, contraorgânico: ai de um químico que não tem faro. Nesse ponto é difícil errar: filtrar a solução, acidificá-la, pegar o Kipp, introduzir o sulfeto de hidrogênio. Eis o precipitado amarelo do sulfeto: é o anidrido de arsênio, ou seja, arsênico, o Masculino,* o de Mitrídates e de Madame Bovary.

Passei o resto do dia destilando ácido pirúvico e especulando sobre o açúcar do velho. Não sei como se prepara o ácido pirúvico hoje em dia: na época, fundíamos ácido sulfúrico e soda numa caçarola esmaltada e obtínhamos bissulfato, que derramávamos no piso nu para se solidificar, e depois moíamos num moedor de café. Então aquecíamos a 250°C uma mistura do bissulfato com ácido tartárico, processo em que este último se desidrata em ácido pirúvico e destila. Tentamos essa operação primeiro em recipientes de vidro, quebrando uma quantidade proibitiva deles; então compramos no ferro-velho dez latas de chapa metálica, prevenientes da ARAR,** dessas que se usavam para a gasolina antes do advento do polietileno, as quais se mostraram adequadas ao objetivo; como o cliente estava satisfeito com a qualidade e prometia novas compras, pulamos o fosso e encomendamos ao fer-

* Aqui Levi lembra que o vocábulo "arsênico" deriva do grego *arsenikón*, de *arsén* (masculino). (N. T.)

** Azienda Rilievo Alienazione Residuati. (N. A.)

reiro do bairro um rústico reator cilíndrico de chapa preta, munido de misturadores à mão. Depois o encaixamos em um poço de tijolos maciços, que tinha no fundo e nas paredes quatro resistências de 1000 watts ligadas ilegalmente a montante do contador. Colega que me lê, não se espante demais com esta química pré-colombiana e quinquilheira: naqueles anos não éramos os únicos, nem os únicos químicos, que viviam assim, e seis anos de guerra e destruições no mundo inteiro tinham feito regredir muitos hábitos civilizados e atenuado muitos imperativos, acima de tudo a necessidade de decoro.

Da extremidade do refrigerador em serpentina, o ácido caía no coletor em pesadas gotas douradas, que refratavam a luz como pedras preciosas; "destilava" gota a gota, e a cada dez gotas, uma lira de lucro. No entanto eu continuava pensando no arsênico e no velho, que não me parecia um tipo capaz de tramar venenos nem de sofrer seus efeitos, e não chegava a nenhuma conclusão.

O homem voltou no dia seguinte. Insistiu em pagar os honorários antes mesmo de conhecer o resultado da análise. Quando o comuniquei a ele, seu rosto se iluminou em um complexo sorriso enrugado, e me disse:

— Fico muito satisfeito. Eu sempre disse que acabaria assim.

Era evidente que ele só esperava uma mínima solicitação de minha parte para me contar uma história; não o fiz esperar, e a história é esta, um tanto debilitada devido à tradução do piemontês, língua essencialmente falada, para o italiano marmóreo, bom para as lápides.

— Sou sapateiro de profissão. Quando se começa jovem, não é um ofício ruim: trabalha-se sentado, não é muito cansativo, e se encontram pessoas para trocar umas palavras. Obviamente não se faz fortuna, e se passa o dia todo com os sapatos dos outros nas mãos; mas a gente se habitua a isso, até ao cheiro de couro velho. Minha oficina fica na Via Gioberti, esquina com a Pastrengo: trabalho lá há trinta anos, o sapateiro... (mas ele dizia *'l caglié, caligarius*: venerando vocábulo que está desaparecendo)... o sapateiro de San Secondo sou eu; conheço todos os pés difíceis, e para fazer meu trabalho só preciso de martelo e cordão. Bem, apareceu um jovem, que nem é daqui: alto, bonito e cheio de ambições; montou uma oficina a poucos metros da minha e a encheu de máquinas. Para alongar, para alargar, para costurar, para bater sola: eu nem saberia nomeá-las, nunca fui lá para ver, me contaram. Colocou bilhetinhos de visita com seu endereço e telefone dentro de todas as caixas postais da vizinhança — até o telefone, isso mesmo, como se fosse uma parteira.

"O senhor deve achar que os negócios logo deslancharam para ele. Nos primeiros meses, sim, um pouco pela curiosidade, um pouco para nos pôr em concorrência, alguns clientes foram à loja dele, até porque no início praticava preços baixos: mas depois precisou subi-los, quando viu que estava perdendo dinheiro. Mas veja que lhe digo essas coisas sem querer mal a ele: já vi muitos assim, que partem a galope e depois quebram a cara, sapateiros e não só sapateiros. Mas ele — me disseram — não gostava de mim: me contam tudo, e sabe quem? As velhinhas, as que têm dores nos pés e não sentem mais nenhum prazer em caminhar, que só têm um par de sapatos: essas vêm me procurar, esperam sentadas que eu ajuste os defeitos e enquanto isso me mantêm informado, me contam tim-tim por tim-tim.

"Ele não gostava de mim e andava dizendo por aí um monte de mentiras a meu respeito. Que faço meia-sola com papelão. Que me embebedo todas as noites. Que provoquei a morte de minha esposa por causa do seguro. Que o sapato de um cliente meu teve um prego que saltou da sola, e ele morreu de tétano. Então, com as coisas neste ponto, dá para entender por que não me surpreendi muito quando, certa manhã, no meio dos sapatos do dia, encontrei este pacote. Logo entendi a maquinação, mas queria ter certeza: dei um pouco ao gato, e depois de duas horas ele foi para um canto e vomitou. Então pus um pouco no açucareiro, ontem minha filha e eu botamos no café, e depois de duas horas ambos vomitamos. Agora acabei de ter sua confirmação, e estou satisfeito."

— Quer fazer uma denúncia? Precisa de uma declaração?

— Não, não. Como lhe disse, é apenas um pobre-diabo, e não quero acabar com ele. Até pela profissão: o mundo é grande e há lugar para todos — ele não sabe disso, mas eu, sim.

— E então?

— Então amanhã lhe mando o pacote por uma de minhas velhinhas, junto com um bilhetinho. Aliás, não: eu mesmo vou devolver a ele, assim o vejo bem na cara e lhe explico duas ou três coisas. — Olhou ao redor como se estivesse em um museu e por fim acrescentou: — O seu também é um belo trabalho: é preciso olho e paciência. Quem não tem isso, é melhor que procure outro ofício.

Despediu-se, pegou o pacote e desceu sem pegar o elevador, com a tranquila dignidade que lhe era própria.

Azoto

… e finalmente apareceu o cliente dos sonhos, que queria de nós uma consultoria. A consultoria é o trabalho ideal, aquele que lhe dá prestígio e dinheiro sem que você suje as mãos nem arrebente a coluna, ou se arrisque a terminar queimado ou intoxicado: você só precisa tirar o avental, pôr a gravata, ouvir a questão em atento silêncio e se sentir o oráculo de Delfos. Depois precisa ponderar com cuidado a resposta e formulá-la em linguagem pantanosa e nebulosa, de modo que o próprio cliente o considere um oráculo, digno de sua confiança e das tarifas estabelecidas pela Ordem dos Químicos.

O cliente dos sonhos tinha seus quarenta anos, era baixo, compacto e obeso; usava bigodes à Clark Gable e tinha tufos de pelos pretos distribuídos por todo lado, dentro das orelhas, dentro das narinas, no dorso das mãos e nas falanges até quase as unhas. Estava perfumado e empoado e tinha um aspecto vulgar: parecia um *souteneur*, ou melhor, um ator de quinta no papel de cafetão; ou um valentão de bairro. Explicou-me que era o proprietário de uma fábrica de cosméticos e estava tendo problemas com certo tipo de batom. Pois bem, o senhor pode nos trazer uma amostra; mas não, ele disse, era um problema particular, tinha que ser averiguado no local; era melhor que um de nós dois o visitasse, assim poderíamos nos dar conta do inconveniente. Amanhã às dez? Amanhã.

Seria muito bom chegar ao local de carro, pois é, mas se você fosse um químico com carro, em vez de um repatriado miserável, escritor nas horas vagas e ainda por cima recém-casado, não estaria aqui exalando ácido pirúvico e correndo atrás de ambíguos fabricantes de batom. Vesti o mais bonito dos meus (dois) ternos e pensei que era melhor deixar a bicicleta em algum pátio ali perto e dar a entender que tinha chegado de táxi, mas quando entrei na fábrica percebi que não era o caso de me dar ares de prestígio. A fábrica era um barracão sujo e bagunçado, cheio de correntes de ar, onde circulavam umas doze jovens arrogantes, indolentes, sujas e excessivamente maquiadas. O proprietário me deu explicações, demonstrando orgulho e se dando ares de importância: chamava o batom de *rouge*, anilina de *anelina*, e de *adelaide* o aldeído benzoico. O processo era simples: uma garota derretia certas ceras e graxos numa panela esmaltada comum, acrescentava um pouco de perfume e um pouco de corante, depois despejava tudo numa minúscula lingoteira. Outra garota esfriava as lingoteiras sob água corrente e extraía de cada uma vinte pequenos cilindros escarlates de batom; outras ainda trabalhavam na confecção e na embalagem. O proprietário deteve de modo grosseiro uma delas, pôs uma mão atrás de sua nuca para aproximar sua boca dos meus olhos e me convidou a observar atentamente o contorno dos lábios: aí está, após algumas horas da aplicação, sobretudo quando faz calor, o *rouge* escorre, se infiltra nas minúsculas rugas que até as mulheres jovens têm em torno dos lábios, e assim se forma um feio retículo de filamentos vermelhos, que borra o contorno e destrói todo o efeito.

Observei, não sem embaraço: de fato havia fios vermelhos, mas apenas na metade direita da boca da jovem, que se submetia impassível à inspeção mascando um chiclete. Mas é claro, me explicou o proprietário: a metade esquerda dela, e de todas as outras garotas, estava maquiada com um ótimo produto francês, justo o que ele tentava inutilmente imitar. Um batom só pode ser avaliado assim, com uma comparação direta: todas as manhãs, todas as garotas tinham que se pintar com o batom, à direita com o delas, à esquerda com o outro, e ele as beijava oito vezes ao dia para verificar se o produto era resistente ao beijo.

Pedi ao valentão a fórmula do seu batom e uma amostra de ambos os produtos. Lendo a fórmula, logo suspeitei de onde vinha o defeito, mas achei mais oportuno me certificar e deixar o oráculo tombar mais do alto, por isso pedi mais dois dias "para as análises". Fui buscar a bicicleta e, enquanto pedalava, pensei que, se aquele negócio desse certo, eu poderia trocá-la por um Velosolex e parar de pedalar.

Voltando ao laboratório, peguei uma folha de papel-filtro, fiz dois pontinhos vermelhos nela com as duas amostras e a coloquei na estufa a 80°C. Depois de quinze minutos, via-se que o pontinho do batom esquerdo continuava sendo um pontinho, embora circundado de um halo oleoso; já o pontinho do batom direito estava desbotado e dilatado, tornara-se uma auréola rosada do tamanho de uma moeda. Na fórmula do nosso homem figurava um corante solúvel: era claro que, quando o calor da pele das senhoras (ou de minha estufa) chegava à fusão do graxo, o corante o acompanhava em sua difusão. Já o outro batom devia conter um pigmento vermelho bem disperso mas insolúvel, e por isso não migrante: pude verificá-lo facilmente diluindo-o com benzeno e centrifugando, e lá estava ele, depositado no fundo da proveta. Graças à experiência que eu tinha acumulado na fábrica à beira do lago, também consegui identificá-lo: era um pigmento caro e difícil de se espalhar; de resto, nosso valentão não tinha nenhum equipamento adequado para dispersar um pigmento; bem, isso era problema dele, que se arranjasse, ele e seu harém de garotas-cobaias, com seus revoltantes beijos a taxímetro. Quanto a mim, meu dever profissional eu tinha feito; redigi um relatório, anexei a ele a fatura com os carimbos e a pitoresca amostragem de papel-filtro, voltei à fábrica, entreguei o material, recebi os honorários e me preparei para ir embora.

Mas o valentão me deteve: estava satisfeito com meu trabalho e queria me propor um negócio. Poderia conseguir para ele alguns quilos de aloxana? Ele me pagaria muito bem, desde que eu me comprometesse por contrato a fornecê-la somente a ele. Tinha lido não sei em que revista que a aloxana, em contato com as mucosas, lhes confere uma coloração vermelha extremamente duradoura, porque não é uma sobreposição, ou seja, um pigmento, como o do batom, mas uma autêntica tintura, como se faz com a lã e o algodão.

Engoli em seco e, de todo modo, respondi que se poderia ver: a aloxana não é um composto muito comum nem muito conhecido, não me parece que meu velho manual de química orgânica dedicasse a ela mais que cinco linhas, e naquele momento lembrava apenas vagamente que era um derivado da ureia e que tinha algo a ver com o ácido úrico.

Assim que pude, me refugiei na biblioteca — quero dizer, na venerável biblioteca do Instituto de Química da Universidade de Turim, naqueles tempos tão impenetrável aos infiéis quanto Meca, e dificilmente penetrável até para fiéis como eu. É de se pensar que a direção seguisse o sábio princípio segundo o qual é bom desencorajar as artes e as ciências: somente quem fosse impelido por uma absoluta necessidade, ou por uma paixão arrebatadora, se submeteria de bom grado às provas de abnegação que eram demandadas para a consulta dos volumes. O horário era reduzido e irracional; a iluminação, pífia; os índices, desordenados; no inverno, nenhuma calefação, e nada de cadeiras, mas bancos metálicos desconfortáveis e barulhentos; e, finalmente, o bibliotecário era um bronco incompetente, insolente e de uma feiura despudorada, postado na soleira para aterrorizar com seu aspecto e seus latidos os pretendentes ao ingresso. Obtive a permissão de entrar, superei as provas e, em primeiro lugar, me apressei em refrescar a memória sobre a composição e a estrutura da aloxana. Eis seu retrato:

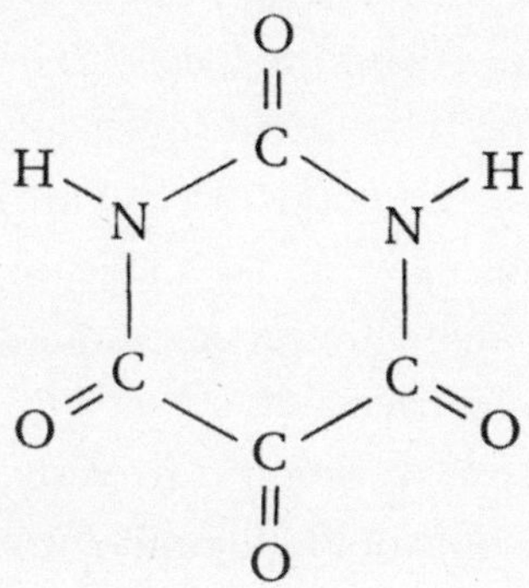

Em que O é oxigênio, C é carbono, H é hidrogênio (*Hydrogenium*) e N é azoto (*Nitrogenium*). Uma estrutura graciosa, não é mesmo? Faz pensar em algo de sólido, de estável, de bem conectado. Com efeito, também ocorre em química, assim como na arquitetura, que os edifícios mais "belos", isto é, simétricos e simples, sejam também os mais sólidos; ocorre, enfim, tanto com as moléculas quanto com as cúpulas das catedrais ou com as arcadas das pontes. E pode até ser que a resposta para isso não seja remota nem metafísica: dizer "belo" é dizer "desejável", e desde que o homem constrói, deseja construir com o mínimo gasto e visando à máxima duração, e o prazer estético que experimenta ao contemplar suas obras vem em seguida. Claro, nem sempre foi assim: houve séculos em que a beleza era identificada com o ornamento, a sobreposição, o floreio; mas é provável que tenham sido épocas desviantes, e que a verdadeira beleza, aquela em que cada século se reconhece, seja a das pedras retas, das carenas, da lâmina dos machados e das asas do avião.

Reconhecida e apreciada a virtude estrutural da aloxana, é urgente que você, meu interlocutor químico, tão amante das digressões, retorne aos trilhos, que é o de fornicar com a matéria a fim de prover seu sustento — e hoje não somente o seu. Abri com respeito as estantes da *Zentralblatt* e comecei a consultá-la ano a ano. Tire-se o chapéu diante da *Chemisches Zentralblatt*: é a revista das revistas, aquela que, desde que a química existe, traz sob forma de resumo raivosamente conciso todas as publicações de assunto químico que aparecem em todas as revistas do mundo. Os primeiros anos são volumes magros, de trezentas ou quatrocentas páginas; hoje, a cada ano, são servidos catorze volumes de 1300 páginas cada um. É acompanhado de um majestoso índice por autor, um por assunto, um para fórmulas, e ainda se podem encontrar fósseis venerandos, como as lendárias memórias em que nosso pai Wöhler narra a primeira síntese orgânica, ou Sainte-Claire Deville descreve o primeiro isolamento do alumínio metálico.

Da *Zentralblatt* fui remetido à *Beilstein*, outra monumental enciclopédia continuamente atualizada, em que, como num registro, é descrito passo a passo todo novo composto, junto com seus métodos de preparação. A aloxana era conhecida havia quase setenta anos, mas, como curiosidade de laboratório: os métodos preparativos descritos tinham um puro valor acadêmico, e procediam de matérias-primas custosas que (naqueles anos de imediato pós-guerra) eram impossíveis de encontrar no mercado. A única preparação acessível era também a mais antiga: não parecia tão difícil de executar e consistia em uma demolição oxidante do ácido úrico. Este mesmo: o ácido úrico, aquele dos que sofrem de gota, dos intemperantes e das pedras nos rins. Era uma matéria-prima decididamente insólita, mas talvez não tão proibitiva quanto as outras.

De fato, uma pesquisa posterior nas limpíssimas estantes cheirando a cânfora, cera e a seculares esforços químicos me ensinou que o ácido úrico, muito escasso nas excreções dos homens e dos mamíferos, constitui no entanto 50% dos excrementos de aves e 90% dos excrementos de répteis. Perfeito. Telefonei ao valentão dizendo que a coisa era viável e que eu só precisaria de alguns dias: dentro de um mês, levaria a ele a primeira amostra de aloxana e também lhe daria uma ideia do preço e da quantidade que poderia produzir por mês. De resto, que a aloxana destinada a embelezar os lábios das damas derivasse dos excrementos de galinhas ou de serpentes era uma ideia que não me perturbava nem um pouco. O ofício de químico (fortalecido, em meu caso, pela experiência de Auschwitz) ensina a superar, aliás, a ignorar certos nojos, que não têm nada de necessário ou de congênito: matéria é matéria, nem nobre nem vil, infinitamente transformável, e não importa absolutamente nada qual é sua origem próxima. O azoto é azoto, passa de modo admirável do ar para as plantas, destas para os animais, e dos animais a nós; quando sua função em nosso corpo se exaure, nós o eliminamos, mas o azoto permanece, asséptico, inocente. Nós, e aqui me refiro a nós mamíferos, que em geral não temos problemas de aprovisionamento de água, aprendemos a encaixá-lo numa molécula de ureia, que é solúvel em água, e como ureia o liberamos; outros animais para quem a água é preciosa (ou assim era para seus remotos ancestrais), elaboraram a engenhosa invenção de empacotar seu azoto sob a forma de ácido úrico, que é insolúvel em água, e de eliminá-lo em estado sólido, sem necessidade de recorrer à água como veículo.

De modo análogo, hoje se pensa em eliminar os detritos urbanos reduzindo-os a blocos compactados, que podem ser transportados a aterros sanitários ou enterrados sem grandes custos.

Digo mais: longe de me escandalizar, a ideia de extrair um cosmético de um excremento, ou seja, *aurum de stercore*, me divertia e aquecia o coração como um retorno às origens, quando os alquimistas extraíam fósforo da urina. Era uma aventura inédita e feliz, e além disso nobre, porque enobrecia, restaurava e restabelecia. Assim faz a natureza: tira a graça da samambaia da podridão e da vegetação rasteira, e a pastagem do esterco (*laetamen*); e *laetamen* não quer dizer "contentamento"? Assim me haviam ensinado no secundário, e assim havia sido para Virgílio, e assim tornava a ser para mim. Voltei para casa de noite, expliquei a minha recentíssima esposa o caso da aloxana e do ácido úrico e lhe anunciei que no dia seguinte partiria numa viagem de negócios, ou seja, pegaria a bicicleta e daria uma volta pelos sítios da periferia (naquele tempo ainda havia desses) em busca de esterco de galinha. Não hesitou: ela gosta do campo, e a esposa deve acompanhar o marido — então ela também iria. Era uma espécie de acréscimo à nossa lua de mel, que por razões de economia tinha sido frugal e apressada. Mas me advertiu que eu não alimentasse ilusões: achar esterco de galinha em estado puro não devia ser tão fácil.

E de fato foi difícil. Em primeiro lugar, a *pollina* (se chama assim: nós da cidade não sabíamos, nem sabíamos que, sempre por causa do azoto, é muito apreciada como adubo para as hortas) não se dá de presente, ao contrário, se vende a um preço elevado. Em segundo lugar, quem compra é quem vai recolhê-la, engatinhando nos poleiros e vasculhando nos quintais. Em terceiro lugar, o que de fato se coleta pode ser utilizado diretamente como fertilizante, mas se presta mal a outras aplicações: é uma mistura de esterco, terra, pedrisco, ração, penas e *përpôjín* (são os piolhinhos das galinhas, que se aninham sob as asas: não sei como se chamam em italiano). De todo modo, pagando caro, nos cansando e nos emporcalhando bastante, minha mulher impávida e eu retornamos à noite pelo Corso Francia, com um quilo de suada *pollina* no bagageiro da bicicleta.

No dia seguinte, examinei o material: havia muita "ganga", mas talvez se pudesse extrair alguma coisa. E ao mesmo tempo me ocorreu uma ideia: justamente naqueles dias, na galeria do metrô (que existe em Turim há mais de quarenta anos, ao passo que o próprio metrô ainda não existe), tinha sido inaugurada uma mostra de serpentes. Por que não ir lá e dar uma olhada? As serpentes são uma raça limpa, não têm penas nem piolhos e não ciscam na terra; além disso, um píton é bem maior que uma galinha. Talvez seus excrementos, com 90% de ácido úrico, pudessem ser obtidos em abundância, em porções não muito pequenas e em razoáveis condições de pureza. Dessa vez fui sozinho: minha mulher é filha de Eva, e as serpentes não lhe agradam.

O curador e os atendentes da mostra me receberam com um desprezo espantado. Quais eram minhas credenciais? De onde eu vinha? Quem eu achava que era para me apresentar assim a eles, como se nada fosse, pedindo o excremento das cobras? Mas nem pensar, nem um grama sequer; os pítons são sóbrios, comem duas vezes ao mês e vice-versa, especialmente quando fazem pouco exercício. Seu escassíssimo esterco é vendido a peso de ouro; além disso, eles — e todos os expositores donos de serpentes — têm contratos permanentes de exclusividade com as grandes indústrias farmacêuticas. Que eu sumisse dali e não os fizesse perder mais tempo.

Dediquei um dia a selecionar grosseiramente a *pollina*, e mais dois tentando oxidar em aloxana o ácido contido ali. A virtude e a paciência dos químicos deviam ser sobre-humanas, ou talvez minha inexperiência em preparações orgânicas é que fosse desmesurada. Não obtive senão vapores imundos, tédio, humilhação e um líquido preto e turvo que entupia irremediavelmente os filtros e não mostrava nenhuma tendência a cristalizar-se, como deveria fazer segundo o livro. O esterco continuou esterco, e a aloxana de nome sonoro, um nome sonoro. Não era esse o caminho para sair do charco: então por que estrada seria possível sair dele, eu, autor desalentado de um livro que me parecia bonito, mas que ninguém lia? Melhor voltar aos esquemas incolores mas seguros da química inorgânica.

Estanho

"Má sorte nascer pobre", eu andava ruminando, enquanto mantinha sobre a chama de um bico a gás um lingote de estanho dos Estreitos. Pouco a pouco o estanho derretia, e as gotas caíam com estridor na água de uma pequena bacia: no fundo dela ia se formando um emaranhado metálico fascinante, de formas sempre renovadas.

Há metais amigos e metais inimigos. O estanho era um amigo: não só porque, fazia alguns meses, Emilio e eu vivíamos dele, transformando-o em cloreto de estanho para vender a fabricantes de espelhos, mas também por outras razões mais ocultas. Porque se casa com o ferro, transformando-o na lata gentil e privando-o, portanto, de sua qualidade sanguinária de *nocens ferrum*; porque já os fenícios o comerciavam, e porque ainda hoje ele é extraído, refinado e embarcado em terras fabulosas e distantes (os Estreitos, justamente, como quem dissesse as Ilhas Sonda Adormecidas, as Afortunadas e os Arquipélagos); porque se associa ao cobre para dar o bronze, matéria respeitável por excelência, notoriamente perene e *well established*; porque se funde a baixa temperatura, quase como os compostos orgânicos, ou seja, quase como nós; por fim, por duas propriedades únicas, de nomes pitorescos e pouca credibilidade, nunca vistas nem ouvidas (que eu saiba) por olho ou ouvido humano, e mesmo assim transmitidas de geração em geração por todos os textos didáticos: a "peste" e o "pranto" do estanho.

Era preciso granular o estanho para que depois fosse mais fácil atacá-lo com o ácido clorídrico. Então agora aproveite. Você estava sob as asas daquela fábrica à beira do lago, uma ave de rapina, mas de asas robustas e largas. Quis sair da tutela e voar com as suas: agora aproveite. Pode voar. Você queria ser livre e está livre, queria ser químico e é químico. Vamos, remexa entre venenos, batons e esterco de galinha; granule o estanho, despeje o ácido clorídrico, concentre, decante e cristalize, se não quiser passar fome — e a fome você conhece bem. Compre estanho e venda cloreto estanoso.

Emilio tinha montado o laboratório na casa de seus pais, gente devota, imprudente e generosa. Claro, ao cederem seu quarto de dormir, não tinham previsto todas as consequências, mas não se volta atrás: agora o vestíbulo era um depósito de garrafões de ácido clorídrico concentrado, o forno da cozinha (exceto nas horas das refeições) servia para concentrar o cloreto estanoso em béqueres e frascos de seis litros, e toda a casa estava invadida por nossas exalações.

O pai de Emilio era um velho majestoso e benévolo, de enormes bigodes brancos e voz sonora. Tinha exercido muitos ofícios ao longo da vida, todos aventurosos ou pelo menos bizarros, e aos setenta anos conservava uma preocupante avidez por experiências. Naquela época, detinha o monopólio do sangue de todos os bovinos abatidos no velho Matadouro Municipal do Corso Inghilterra; passava muitas horas do dia em um antro imundo, de paredes escuras de sangue coagulado, o piso encharcado de sucos putrefatos, infestado de ratos do tamanho de coelhos; até as faturas e o livro contábil eram manchados de sangue. Com o sangue ele fabricava botões, cola, *frittelle*, chouriços, pinturas murais e pasta de polimento. Lia exclusivamente revistas e jornais árabes, que lhe enviavam do Cairo, onde tinha vivido por muitos anos, onde seus três filhos nasceram, onde havia defendido com fuzil em punho o consulado italiano contra uma turba furiosa, e onde tinha deixado seu coração. Ia de bicicleta todos os dias a Porta Palazzo para comprar ervas, farinha de sorgo, manteiga de amendoim e batata-doce: com esses ingredientes, e com o sangue do matadouro, cozinhava pratos experimentais, diferentes a cada dia, gabando-se deles e nos fazendo provar. Certo dia levou um rato para casa, cortou-lhe a cabeça e as patinhas, disse à esposa que era uma cobaia e mandou assá-lo. Como sua bicicleta não tinha protetores de corrente e suas costas estavam um tanto travadas, de manhã ele colocava presilhas nas barras da calça e não as tirava mais durante todo o dia. Ele e a esposa, a doce e imperturbável dona Ester, nascida em Corfu de família vêneta, tinham aceitado nosso laboratório em sua casa como se guardar ácidos na cozinha fosse a coisa mais natural do mundo. Levávamos os garrafões de ácido ao quarto andar pelo elevador: o pai de Emilio tinha um aspecto tão respeitável e digno que nenhum condômino ousou fazer objeções.

Nosso laboratório parecia uma loja de sucatas ou a estiva de um baleeiro. Afora suas extensões, que justamente invadiam a cozinha, o vestíbulo e até o banheiro, era constituído de um só cômodo e da sacada. Na sacada ficavam espalhadas as peças de uma moto DKW que Emilio tinha comprado desmontada e que, dizia, mais cedo ou mais tarde montaria: o tanque escarlate estava pendurado no parapeito, e o motor, dentro de um guarda-comida, enferrujava, corroído por nossas exalações. Além disso, havia alguns cilindros de amônia, sobra de um período anterior à minha chegada, quando Emilio ganhava uns trocados misturando amônia gasosa em garrafões de água potável, que depois vendia infectando a vizinhança. Em toda parte, da sacada à área interna, espalhava-se uma assombrosa quantidade de quinquilharias tão velhas e desconjuntadas que pareciam quase irreconhecíveis; somente com um exame mais atento era possível distinguir os componentes profissionais daqueles domésticos.

No meio do laboratório havia um grande exaustor de madeira e vidro, nosso orgulho e nossa única proteção contra a morte por gás. Não que o ácido clorídrico seja propriamente tóxico: é um desses francos inimigos que nos atacam gritando de longe, dos quais, portanto, é fácil se defender. Tem um odor tão penetrante que quem pode não demora a buscar um abrigo; e não é possível confundi-lo com nenhum outro, porque, depois de ter aspirado uma lufada, você solta pelo nariz dois curtos penachos de fumaça branca, como os cavalos nos filmes de Eisenstein, e sente os dentes ásperos na boca, como quando se chupa um limão. A despeito de nosso exaustor tão solícito, as emanações do ácido invadiam todos os cômodos; os papéis de parede mudavam de cor, as maçanetas e as estruturas metálicas ficavam opacas e crespas, e de vez em quando um baque sinistro nos sobressaltava: um prego acabara de ceder, e um quadro em algum canto da casa se arrebentava no chão. Emilio fixava um prego novo e tornava a pendurar o quadro no lugar.

Então dissolvíamos o estanho no ácido clorídrico; em seguida, era preciso concentrar a solução até um determinado peso específico e deixar que cristalizasse por resfriamento. O cloreto estanoso se separava em pequenos prismas graciosos, incolores e transparentes. Como a cristalização era lenta, eram necessários muitos recipientes, e como o ácido clorídrico corrói todos os metais, esses recipientes deviam ser de vidro ou de cerâmica. Nos períodos em que havia muitas encomendas, tínhamos que mobilizar os recipientes suplementares, dos quais, aliás, a casa de Emilio era repleta: uma sopeira, uma panela Regina de ferro esmaltado, um lustre estilo *Novecento* e um penico.

Na manhã seguinte recolhe-se o cloreto, que é posto para escorrer: deve-se ter bastante atenção para não o tocar com as mãos, senão ele deixa um cheiro forte e desagradável. Esse sal por si só é inodoro, mas de algum modo reage com a pele, talvez reduzindo as pontes de sulfeto da queratina, liberando um fedor metálico persistente, que nos denuncia como químicos por vários dias. É agressivo, mas também delicado, como certos adversários inconvenientes no esporte, que choramingam quando perdem: não se deve forçá-lo, é melhor deixá-lo secar ao ar livre pelo tempo que for preciso. Se você tentar esquentá-lo, ainda que da maneira mais branda, com um secador de cabelos ou colocando-o sobre o aquecedor, por exemplo, ele perde a água da cristalização, se torna opaco, e os clientes tolos não querem mais o produto. Tolos porque seria conveniente para eles: com menos água há mais estanho e, portanto, um melhor rendimento; mas é isso, o cliente sempre tem razão, sobretudo quando sabe pouco de química, como é justamente o caso dos fabricantes de espelho.

Nada da generosa afabilidade do estanho, metal de Júpiter, sobrevive em seu cloreto (de resto, os cloretos em geral são uma gentalha, na maioria das vezes subprodutos ignóbeis, higroscópicos, e não servem para grande coisa; com a única exceção do sal comum, que é uma questão bem diferente). Este sal é um enérgico redutor, quer dizer, tem ânsia de desfazer-se de dois de seus elétrons, e o faz ao mínimo pretexto, às vezes com resultados desastrosos: bastou um único respingo da solução concentrada, que escorreu ao longo de minha calça, para cortá-la com precisão, como um golpe de cimitarra; e era o pós-guerra, e eu não tinha outra além da dos domingos, e o dinheiro em casa era pouco.

Eu nunca teria me afastado da fábrica à beira do lago e ficaria eternamente corrigindo as deformidades dos vernizes se Emilio não tivesse insistido comigo, enaltecendo a aventura e a glória da profissão liberal. Eu tinha me demitido com uma arrogância absurda, distribuindo a colegas e superiores um testamento escrito em quadras, cheio de insolências alegres: estava bastante consciente do risco que corria, mas sabia que a licença para errar vai se restringindo com o passar dos anos e que, por isso, quem quisesse aproveitá-la não deveria esperar demais. Por outro lado, nem é preciso esperar tanto para se dar conta de que um erro é um erro: ao final de cada mês fazíamos as contas, e era cada vez mais claro que um homem não vive apenas do cloreto de estanho; ou pelo menos eu não vivia, recém-casado e sem nenhum patriarca na retaguarda.

Não nos rendemos de pronto; quebramos a cabeça por um bom mês no esforço de obter vanilina a partir do eugenol, com um rendimento que nos permitisse sobreviver, e não conseguimos; segregamos centenas de quilos de ácido pirúvico, produzido com equipamentos dignos de trogloditas e com um horário de escravos, e depois disso levantei a bandeira branca. Eu tinha que achar outro emprego, quem sabe voltar aos vernizes.

Emilio aceitou condoído, mas com hombridade, nossa derrota comum e minha deserção. Para ele era diferente: em suas veias corria o sangue paterno, rico de antigos fermentos de pirataria, de empreendimentos mercantis e de uma ânsia inquieta pelo novo. Não tinha medo de errar nem de mudar de ofício, de lugar ou estilo de vida a cada seis meses, nem de ficar pobre; tampouco tinha pruridos de casta, e não sentia nenhum incômodo em ir de triciclo e com a farda cinza entregar aos clientes nosso laborioso cloreto. Aceitou, e no dia seguinte já tinha outras ideias em mente, outros acertos com um pessoal com mais estrada que eu, e logo deu início à desmobilização do laboratório, e nem estava tão triste, ao passo que eu tinha vontade de chorar ou de uivar para a lua, como fazem os cachorros quando veem as malas sendo fechadas. Enfrentamos a tarefa melancólica ajudados (ou melhor, perturbados e embaraçados) por seu Samuele e dona Ester. Vieram à luz objetos familiares, procurados em vão por anos, e outras coisas exóticas, sepultadas geologicamente nos recessos da habitação: um obturador de metralhadora Beretta 38 A (dos tempos em que Emilio era *partigiano* e perambulava pelos vales distribuindo peças de reposição aos comandos), um Alcorão com iluminuras, um cachimbo longuíssimo de porcelana, uma espada damasquina com a empunhadura trabalhada em prata e uma avalanche de papéis amarelados. Entre estes despontou — e me apropriei dele avidamente — um decreto de 1785 em que F. Tom. Lorenzo Matteucci, da Inquisição Geral da Marca de Ancona, Delegado especialmente para combater a Depravação Herética, com muita arrogância e pouca clareza "ordena, proíbe e comanda expressamente que nenhum Judeu tenha a ousadia de tomar dos Cristãos lições de nenhuma sorte de Instrumento, muito menos da Dança". Deixamos para o dia seguinte a tarefa mais dolorosa: a desmontagem do exaustor.

Apesar da opinião de Emilio, logo ficou claro que nossas forças não seriam suficientes. Foi penoso ter de contratar uma dupla de carpinteiros, a quem Emilio instruiu que se fizesse uma estrutura adequada para retirar o exaustor de seus pontos de fixação sem desmembrá-lo: esse exaustor era, afinal de contas, o símbolo de um ofício e de uma condição — aliás, de uma arte —, e deveria ser depositado no pátio em sua inteireza e intacto, para recobrar nova vida e utilidade em um futuro por ora não determinado.

Construíram um estrado, montaram um guincho e amarraram cordas-guias. Enquanto Emilio e eu assistíamos do pátio à cerimônia fúnebre, o exaustor saiu solenemente pela janela, se equilibrou com todo seu peso, se destacou contra o céu cinzento da Via Massena, foi habilmente enganchado na corrente do guincho, e a corrente gemeu e se partiu. O exaustor despencou do quarto andar aos nossos pés e se reduziu a lascas de madeira e vidro; ainda cheirava a eugenol e ácido pirúvico, e com ele reduziu-se a lascas toda nossa vontade e ousadia de empreender.

No breve instante do voo, o instinto de preservação nos fez dar um salto para trás. Emilio disse: "Achei que fizesse mais barulho".

Urânio

Não se pode mandar o primeiro que aparece para trabalhar no SAC (Serviço de Atendimento ao Consumidor). Trata-se de uma atividade complexa e delicada, não muito diferente da missão dos diplomatas; para exercê-la com sucesso, deve-se passar confiança ao cliente, e por isso é indispensável ter confiança em nós mesmos e nos produtos que vendemos: portanto é um exercício salutar, que auxilia no autoconhecimento e reforça o caráter. Talvez seja a mais higiênica das especialidades que constituem o decatlo do químico de fábrica, a que mais o capacita na eloquência e na improvisação, na prontidão de reflexos e na capacidade de entender e de fazer-se compreender; além disso, o faz viajar pela Itália e pelo mundo e o põe em contato com gente variada. Devo ainda acenar a outra consequência curiosa e benéfica do SAC: ao dar mostra de apreciar e de achar simpáticos seus semelhantes, depois de alguns anos de serviço acaba-se por fazê-lo de verdade, da mesma forma que quem simula a loucura por muito tempo frequentemente acaba louco.

Na maior parte dos casos, em um primeiro contato é preciso obter e conquistar um grau superior ao de seu interlocutor: mas conquistá-lo em surdina, com boas maneiras, sem assustá-lo ou diminuí-lo. Você precisa se sentir superior, mas de leve: acessível, compreensível. Por exemplo, ai do químico que partir para argumentos químicos com um leigo: este é o bê-á-bá do ofício. Mas o perigo oposto é muito mais grave, ou seja, que o cliente queira diminuí-lo — o que pode perfeitamente ocorrer, porque ele está jogando em casa, é ele quem usa na prática os produtos que você lhe vende, e por isso conhece suas virtudes e defeitos como uma mulher conhece os do marido, ao passo que na maioria das vezes você só tem um conhecimento indolor e desinteressado, quase sempre otimista, adquirido em laboratório ou ao longo da preparação. A constelação mais favorável é aquela em que, de todo modo, você pode se apresentar como um benfeitor: convencendo-o de que seu produto satisfaz uma antiga necessidade e desejo dele, quem sabe inadvertido; que, de fato, feitas todas as contas, no final do ano ele custará menos que o da concorrência, o qual, como se sabe, se sai bem logo de início, mas enfim... não me faça falar demais. Mas você também pode beneficiá-lo de várias maneiras (e aqui se revela a inventividade do candidato a SAC): resolvendo um problema técnico que pouco ou nada tem a ver com o caso; fornecendo-lhe um endereço; convidando-o para um almoço "em um local característico"; convidando-o a visitar sua cidade e ajudando-o ou aconselhando-o a escolher souvenires para a mulher ou a namorada; conseguindo no último momento uma entrada para o dérbi no estádio (ah, sim, até isso se faz). Meu colega de Bolonha mantém uma coleção sempre atualizada de histórias picantes e as repassa diligentemente, com os boletins técnicos, antes de fazer seu circuito de visitas na cidade ou no interior; como sua memória é ruim, toma nota das que já contou a cada um dos clientes, porque submeter a mesma historieta duas vezes à mesma pessoa é uma falha grave.

Tudo isso se aprende com a experiência, mas há técnicos-comerciais que parecem ser assim desde o nascimento, nascidos SAC como Minerva. Não é meu caso, e tristemente tenho consciência disso: quando me acontece de atuar como SAC, seja na sede da fábrica ou em viagem, o faço de má vontade, hesitante, constrangido e sem muito calor humano. Pior: tendo a ser brusco e impaciente com os clientes que são impacientes e bruscos, e a ser bondoso e cediço com os fornecedores, que, sendo por sua vez autênticos SAC, se mostram justamente cediços e bondosos. Em suma, não sou um bom SAC e temo que seja tarde demais para me tornar um.

Tabasso tinha me falado: "Vá à *** e pergunte por Bonino, o chefe de setor. É uma boa pessoa, já conhece nossos produtos, tudo sempre andou bem com ele, não é uma águia, não o visitamos há três meses. Você vai ver que não terá dificuldades técnicas; e, se ele falar de preços, seja genérico: diga que vai encaminhar esse assunto aos responsáveis".

Apresentei-me na entrada, me deram o formulário a ser preenchido e me entregaram o crachá para pôr na lapela do paletó, que nos identifica como estrangeiro e nos imuniza contra as reações pouco amigáveis dos guardiões. Acomodaram-me em uma sala de espera; após não mais que cinco minutos, Bonino apareceu e me conduziu ao seu escritório. Isso é um ótimo sinal, e nem sempre é assim: há gente que, com frieza, faz o SAC esperar trinta ou quarenta minutos mesmo tendo hora marcada, com o objetivo deliberado de colocá-lo em inferioridade e de impor sua autoridade; é o mesmo objetivo que, com técnicas mais engenhosas e obscenas, os babuínos buscam obter no grande fosso do zoológico. Mas a analogia é mais geral: todas as estratégias e táticas do SAC podem ser descritas em termos de cortejo sexual.

Em ambos os casos se tem uma relação a dois: seriam impensáveis uma corte ou uma contratação a três. Em ambos os casos, nota-se no início uma espécie de dança ou de abertura ritualizada, na qual o comprador só aceita o vendedor se este se ativer estritamente ao cerimonial tradicional; se isso ocorre, o comprador entra na dança e, se a satisfação é recíproca, chega-se à cópula, isto é, à aquisição, com visível contentamento das duas partes. Os casos de violência unilateral são raros; não por acaso, são frequentemente descritos em termos tirados da esfera sexual.

Bonino era um homenzinho redondo, descuidado, vagamente canino, de barba mal raspada e sorriso desdentado. Apresentei-me e comecei a dança propiciatória, mas ele foi logo dizendo:

— Ah, sim, o senhor é aquele que escreveu um livro.

Devo confessar uma fraqueza minha: essa abertura irregular não me desagrada, embora seja pouco útil para a empresa que represento; de fato, nessa altura a conversa tende a desandar, ou pelo menos a perder-se em considerações anômalas, que distraem do escopo da visita e desperdiçam nosso tempo profissional.

— É realmente um belo romance — continuou Bonino —, li durante as férias e o passei também a minha mulher; aos garotos não, porque talvez pudessem ficar impressionados.

Estas opiniões costumam me irritar, mas, quando se está no papel de um SAC, é melhor não ser muito sofístico: agradeci polidamente e tentei reconduzir a conversa aos seus devidos trilhos, ou seja, aos nossos vernizes. Bonino se mostrou resistente.

— Assim como está me vendo, eu também me arrisquei a terminar como o senhor. Tinham nos trancado no pátio do quartel, no Corso Orbassano; mas a certo ponto eu o vi entrar — sabe bem de quem estou falando — e então, enquanto ninguém me via, escalei o muro, me joguei do outro lado, que ficava a uns bons cinco metros de altura, e escapei dali. Depois fui ao Val Susa com os badoglianos.

Nunca me acontecera de ouvir um badogliano chamar de badogliano os badoglianos. Fechei-me na defensiva, e mais, surpreendi a mim mesmo puxando o fôlego profundamente, como os que se preparam para uma longa imersão. Era claro que a história de Bonino não seria tão breve, mas paciência; pensei em quantas histórias compridas eu tinha infligido a meus próximos, a quem queria e a quem não queria escutar, me lembrei do que está escrito (Deuteronômio 10,19): "Amareis o estrangeiro, porque vós também fostes estrangeiros na terra do Egito", e me acomodei na cadeira.

Bonino era um bom narrador: divagava, se repetia, fazia digressões e digressões das digressões. Além disso, tinha o curioso vício de omitir o sujeito de algumas proposições, substituindo-o pelo pronome pessoal, o que tornava seu discurso ainda mais nebuloso. Enquanto falava, eu examinava distraído o local onde me recebera: evidentemente ali era seu escritório fazia muitos anos, porque parecia desleixado e sem jeito como sua própria pessoa. Os vidros da janela estavam ofensivamente sujos, as paredes, cheias de fuligem, e no ar pairava um cheiro atroz de tabaco rançoso. Pregos enferrujados estavam fincados nas paredes, alguns aparentemente inúteis, outros prendendo papéis amarelados. Um deles, legível de meu posto de observação, começava assim: "ASSUNTO: Trapos. Com frequência cada vez maior..."; em outro lugar se viam lâminas de barbear usadas, formulários da Previdência, bilhetes de loteria, cartões-postais ilustrados.

— ... então me disse que eu fosse atrás dele, ou melhor, à sua frente: era ele que estava atrás de mim, com a pistola apontada. Depois chegou um outro, o comparsa, que estava atrás da esquina e o aguardava; e escoltado pelos dois fui conduzido à Via Asti, o senhor sabe, onde ficava o Aloisio Smit. De vez em quando me interpelava e me dizia fale, fale, porque, de todo modo, seus companheiros já falaram, é inútil querer bancar o herói...

Sobre a escrivaninha de Bonino havia uma horrível reprodução em liga leve da torre de Pisa. Havia ainda um cinzeiro feito de uma concha, cheio de guimbas de cigarro e caroços de cereja, e um porta-canetas de alabastro na forma do Vesúvio. Era uma escrivaninha miserável: não mais que 0,6 metro quadrado, numa estimativa generosa. Não há SAC experimentado que não conheça essa triste ciência das escrivaninhas; talvez não no nível consciente, mas como reflexo condicionado, uma escrivaninha acanhada denuncia inexoravelmente um ocupante reles; quanto àquele funcionário que, após oito ou dez dias da contratação, ainda não conseguiu conquistar uma escrivaninha para si, bem, este é um homem perdido: só pode contar com umas poucas semanas de sobrevivência, como um caranguejo eremita sem concha. Por outro lado, conheci pessoas que, ao final de sua carreira, dispunham de uma superfície de sete ou oito metros quadrados brilhando a lustra-móveis, ostensivamente exuberante, mas adequada a expressar em código a medida de seu poder. Quais objetos repousam sobre a escrivaninha não é determinante para fins quantitativos: há quem manifeste a própria autoridade mantendo na superfície a máxima desordem e o máximo acúmulo de papelada; mas há quem, de modo mais sutil, impõe seu prestígio por meio do vazio ou da limpeza meticulosa: conta-se que assim fazia Mussolini no Palazzo Venezia.

— ... mas nenhum deles se deu conta de que eu também trazia uma pistola na cintura? Quando começaram a me torturar, eu saquei a arma, botei todos eles de cara contra a parede e fui embora dali. Mas ele...

Ele quem? Eu estava perplexo: a narrativa ia ficando cada vez mais confusa, o relógio avançava e, se é verdade que o cliente sempre tem razão, há também um limite ao se vender a própria alma, e à fidelidade às ordens da empresa — além deste limite, cai-se no ridículo.

— ... mais longe que eu podia: meia hora, e já estava nas bandas de Rivoli. Caminhava pela estrada quando vi pousando nos campos ali perto um avião alemão, uma cegonha, desses que aterram em cinquenta metros. Dois militares muito gentis descem dele e me perguntam: por favor, qual é o caminho que leva até a Suíça? Conheço bem aquela zona: sigam em frente por aqui até Milão, depois dobrem à esquerda. *Danque*, me respondem, e voltam para a aeronave; mas depois um deles faz um movimento, procura alguma coisa debaixo do assento, desce e vem em minha direção com algo como uma pedra na mão; ele me entrega e diz: "Isto é por sua gentileza: cuide bem dele, é urânio". Entendeu? A guerra estava acabando, eles já se sentiam perdidos, não teriam mais tempo de fabricar a bomba atômica, e o urânio já não lhes servia. Só pensavam em salvar a própria pele e fugir para a Suíça.

O controle sobre a própria fisionomia também tem um limite: Bonino deve ter notado na minha algum sinal de incredulidade, porque logo se interrompeu e, com um tom levemente ofendido, me disse:

— Mas o senhor não acredita?

— Claro que acredito — respondi heroicamente —, mas era urânio mesmo?

— Com certeza: qualquer um saberia reconhecer. Tinha um peso extraordinário e era quente ao toque. De resto, ainda o tenho em casa: fica em um armário na sacada, para que os meninos não toquem; de vez em quando o mostro aos amigos, e ele continua quente, ainda hoje. — Hesitou um instante e então acrescentou: — Sabe o que vou fazer? Amanhã lhe mando um pedaço: assim o senhor se convence e, quem sabe — já que é escritor —, um dia desses acrescenta este episódio às suas histórias.

Agradeci, cumpri devidamente meu papel, descrevi em minúcias um novo produto da empresa, tomei nota de uma encomenda volumosa, me despedi e dei o assunto por encerrado. Mas no dia seguinte, em minha escrivaninha de 1,2 metro quadrado, encontrei um pacote atenciosamente endereçado a mim. Abri, não sem curiosidade: continha um bloquinho de metal, do tamanho de meio maço de cigarro, de fato bastante pesado e de aparência exótica. A superfície era branco-prateada, com uma leve pátina de amarelo: não parecia ser quente, mas não se podia confundi-lo com nenhum dos metais que uma longa frequentação — inclusive extraquímica — tornou familiar, como o cobre, o zinco ou o alumínio. Seria talvez uma liga? Ou quem sabe urânio mesmo? Em nossas bandas, ninguém nunca viu o urânio metálico, e nos tratados ele é descrito como branco-prateado; e não é que um bloquinho pequeno como aquele esteja permanentemente quente: talvez somente uma massa do tamanho de uma casa pudesse manter-se quente à custa da energia de desintegração.

Assim que foi razoavelmente possível, me fechei no laboratório, o que para um químico do SAC é uma iniciativa inusitada e um pouco inconveniente. O laboratório é um local de jovens, e voltar para lá é como um retorno à juventude: com a mesma sede de aventura, descoberta e imprevisto que se tem aos dezessete anos. É claro que você já passou dos dezessete faz um bom tempo, e além disso a longa carreira de atividades paraquímicas o mortificou, o deixou atrofiado, bloqueado, sem saber a colocação dos reagentes e dos instrumentos, esquecido de tudo, exceto das reações fundamentais: mas justamente por esses motivos o laboratório redescoberto é fonte de alegria, emana um fascínio intenso — que é o da juventude, do futuro incerto e carregado de potencialidades, isto é, da liberdade.

Mas os anos de desuso não o fizeram se esquecer de alguns tiques profissionais, alguns comportamentos estereotipados que o identificam como químico em qualquer circunstância: tocar a matéria incógnita com a unha, com o canivete, cheirá-la, sentir com os lábios se é "fria" ou "quente", verificar se ela risca o vidro da janela ou não, observá-la em luz reflexa, sopesá-la na palma da mão. Avaliar sem balança o peso específico de um material não é tão fácil assim, mas o urânio, ora, tem um peso específico de dezenove, muito mais que o chumbo, o dobro do cobre: o presente que os aeronautas-astronautas nazistas deram a Bonino não podia ser urânio. E eu começava a entrever no relato paranoico do homenzinho o eco de uma lenda local recorrente e tenaz, a dos óvnis do Val Susa, dos discos voadores portadores de presságios, assim como os cometas na Idade Média, erráticos e desprovidos de efeitos como os espíritos dos espíritas.

Mas, se não era urânio, o que era? Retirei com uma pequena serra uma fatia do metal (se serrava sem dificuldade), coloquei-a sob a chama de um bico de Bunsen e aconteceu algo incomum: da chama ergueu-se um fio de fumaça marrom, que se anelava em volutas. Num instante de voluptuosa nostalgia, percebi redespertando em mim os reflexos do analista, murchados pela longa inércia: encontrei uma cápsula de porcelana esmaltada, a enchi de água, coloquei-a sobre a chama fuliginosa e vi formar-se em seu fundo um depósito escuro, que era um velho conhecido meu. Toquei o depósito com uma gotinha de solução de nitrato de prata, e a cor preta-azulada resultante me confirmou que o metal era cádmio, o filho distante de Cadmo, o semeador dos dentes do dragão.

Saber onde Bonino havia encontrado o cádmio não era de grande interesse — provavelmente na seção de revestimento de cádmio de sua fábrica. Mais interessante, mas indecifrável, era a origem de sua história: profundamente sua, a dele, já que, como fiquei sabendo em seguida, ele a contava com frequência a todo mundo, mas sem substanciá-la com o aporte da matéria, e com detalhes cada vez mais coloridos e menos críveis com o passar dos anos. Era claramente impossível achar uma solução: mas invejei — eu, preso na rede do SAC, nos deveres sociais e empresariais, na verossimilhança — sua liberdade ilimitada de invenção, de alguém que rompeu a barreira e agora tem todo o domínio de construir o passado que mais lhe agrada, de costurar para si os trajes do herói e de sobrevoar como o Super-Homem, através dos séculos, os meridianos e os paralelos.

Prata

Normalmente se joga no lixo uma circular mimeografada sem sequer dar uma lida, mas logo notei que aquela não merecia esse destino: era o convite para o jantar de 25 anos de formatura. A linguagem me deu o que pensar: o destinatário era tratado por "você", e o redator se esmerava em exibir um jargão universitário já mofado, como se aqueles 25 anos não tivessem passado. Com uma comicidade involuntária, o texto concluía dizendo: "... numa atmosfera de renovada camaradagem, vamos celebrar nossas bodas de prata com a Química contando uns aos outros os acontecimentos químicos de nossa vida cotidiana". Que acontecimentos químicos? A precipitação dos esteróis em nossas artérias cinquentenárias? O equilíbrio de membrana de nossas membranas?

Quem poderia ser o autor? Passei mentalmente em revista os 25 ou trinta colegas sobreviventes — quero dizer, não só os ainda vivos, mas os que não sumiram atrás do cabo de outras atividades profissionais. Antes de tudo, era preciso excluir as colegas: todas mães de família, todas desmobilizadas, nenhuma mais na posse de "acontecimentos" a narrar. Fora também os escaladores e os que já escalaram, os protegidos e os ex-protegidos que se tornaram protetores — gente que não suporta um confronto. Fora também os frustrados, que tampouco gostam de confrontos; em uma reunião assim, o náufrago talvez apareça, mas para pedir compaixão ou ajuda: é difícil que tome a iniciativa de organizá-la. Do exíguo leque que sobrava, surgiu um nome provável: Cerrato, o honesto, desajeitado e voluntarioso Cerrato, a quem a vida tinha dado tão pouco e que tão pouco tinha dado à vida. Eu o havia encontrado algumas vezes e rapidamente depois da guerra, e ele era um inerte, não um náufrago: náufrago é quem parte e afunda, que se propõe a uma meta, não a alcança e sofre as consequências; Cerrato não se propôs a nada, não se expôs a nada, permaneceu fechado em casa, e certamente continuou agarrado aos "anos de ouro" da faculdade, porque para ele todos os outros anos foram de chumbo.

Diante da perspectiva daquele jantar, me vinha uma reação bífida: não era um evento neutro, a coisa me atraía e repelia ao mesmo tempo, como um ímã encostado numa bússola. Eu queria e não queria ir — mas, olhando bem, as motivações para ambas as escolhas não eram das mais nobres. Queria ir porque me lisonjeava a ideia de me comparar e me sentir mais disponível que os outros, menos apegado ao dinheiro e aos ídolos, menos ludibriado, menos desprovido. Não queria ir porque não queria ter a idade dos outros, isto é, minha idade; não queria ver rugas, cabelos brancos, *memento mori*. Não queria contar quantos éramos, nem contar os ausentes, nem fazer cálculos.

Mas Cerrato me dava curiosidade. Às vezes estudávamos juntos: ele era sério e não cultivava indulgências por si mesmo, estudava sem genialidades e sem alegria (parecia não conhecer a alegria), abatendo sucessivamente os capítulos dos textos como um mineiro numa galeria. Não se comprometeu com o fascismo e reagiu bem ao reagente das leis raciais. Foi um rapaz opaco mas seguro, em quem se podia confiar, e a experiência ensina que justamente isto, a confiabilidade, é a virtude mais constante, aquela que não se conquista nem se perde com os anos: se nasce digno de confiança, com o rosto franco e os olhos firmes, e assim se continua por toda a vida. Quem nasce frouxo e torto assim permanece: quem mente a você aos seis anos mente aos dezesseis e aos sessenta. O fenômeno é notável e explica de que modo certas amizades e casamentos sobrevivem por muitas décadas, a despeito do hábito, do tédio e do desgaste dos assuntos: me interessava verificá-lo em Cerrato. Paguei minha cota e escrevi ao anônimo comitê dizendo que participaria do jantar.

Sua figura não tinha mudado muito: era alto, ossudo, oliváceo, de cabelo ainda farto, bem barbeado; a testa, o nariz e o queixo eram marcados e quase como esboçados. Como antigamente, ainda se movia sem jeito, com gestos bruscos e ao mesmo tempo incertos, que no laboratório lhe deram a fama de quebrador de vidraria.

Como é de costume, dedicamos os primeiros minutos de conversa a uma atualização recíproca. Soube que era casado e sem filhos, e também notei que esse assunto não lhe agradava. Soube que sempre trabalhou em química fotográfica: dez anos na Itália, quatro na Alemanha, depois de novo na Itália. Tinha sido ele, claro, o promotor daquele jantar e o autor da carta-convite. Não tinha vergonha de admitir: se eu lhe permitisse uma metáfora profissional, os anos de estudo foram seu Technicolor, o resto era preto e branco. Quanto aos "acontecimentos" (me contive para não lhe apontar o sem jeito da expressão), ele estava realmente interessado em saber. Sua carreira tinha sido repleta de acontecimentos, apesar de a maioria ter sido — precisamente — em preto e branco: a minha também? Claro, lhe confirmei: eventos químicos e não químicos, mas nos últimos anos os químicos tinham prevalecido em frequência e intensidade. Eles lhe causam a sensação de "*nicht dazu gewachsen*", de impotência, de insuficiência, não é verdade? Dão a impressão de estar combatendo uma guerra interminável contra um exército adversário lento e obtuso, mas terrível em número e peso; de perder todas as batalhas, uma a uma, ano após ano; e, para remediar o orgulho ferido, você tem que se contentar com as raras ocasiões em que enxerga uma brecha na formação inimiga: você ataca e desfere rápido um único golpe.

Cerrato também conhecia essa milícia: ele também tinha experimentado a insuficiência de nossa preparação, o ter de contar com a sorte, a intuição, os estratagemas e com um rio de paciência. Disse a ele que eu andava em busca de acontecimentos — meus e alheios — que pretendia reunir e mostrar em um livro, para ver se conseguia transmitir aos profanos o sabor intenso e amargo de nosso trabalho, que aliás é um caso particular, uma versão mais exaustiva, do trabalho de viver. Disse a ele que não me parecia justo que o mundo soubesse tudo de como vive o médico, a prostituta, o marinheiro, o assassino, a condessa, o antigo romano, o conspirador e o polinésio, e nada de como vivemos nós, os transformadores da matéria; mas nesse livro eu deixaria de lado deliberadamente a grande química, a química triunfal das fábricas colossais e dos faturamentos vertiginosos, porque isso é obra coletiva e, portanto, anônima. O que mais me interessava eram as histórias da química solitária, inerme e pedestre, na medida do homem, que com poucas exceções foi a minha; mas foi também a química dos fundadores, que não trabalhavam em equipe, mas sozinhos, em meio à indiferença de seu tempo, na maioria das vezes sem ganhar, e enfrentavam a matéria sem auxílios, com o cérebro e com as mãos, com a razão e a fantasia.

Perguntei a ele se gostaria de contribuir com esse livro; se sim, que me contasse uma história e, se me fosse permitido dar uma sugestão, deveria ser uma história das nossas, em que nos arranjamos no escuro por uma semana ou um mês, parece que será sempre escuro, e dá vontade de largar tudo e mudar de ofício; então se entrevê um brilho no breu, vai-se tateando por aquele lado, a luz cresce, e finalmente a ordem sucede ao caos. Cerrato me disse com seriedade que, de fato, certas vezes as coisas tomavam mesmo esse rumo, e que ele tentaria me contentar; mas que, em geral, era sempre muito escuro, não se via um brilho, batia-se a cabeça várias e várias vezes contra o teto cada vez mais baixo, e se acabava saindo da gruta de quatro e de marcha à ré, um pouco mais velho do que quando se havia entrado. Enquanto ele indagava sua memória com o olhar voltado para o teto pretensiosamente afrescado do restaurante, lancei-lhe uma rápida mirada e vi que tinha envelhecido bem, sem se deformar, ao contrário, crescendo e amadurecendo; tinha permanecido grave como antigamente, inapto ao refrigério do riso e da malícia, mas isso já não ofendia, aceitava-se melhor em um cinquentão do que em um jovem de vinte. Então me contou uma história de prata.

— Vou contar o essencial, as guarnições você mesmo acrescenta depois, por exemplo: como um italiano vive na Alemanha — de resto, você também esteve lá. Eu estava na chefia do setor em que são fabricadas as chapas de radiografia. Sabe algo sobre isso? Não importa: é um material pouco sensível, que não dá aporrinhações (aporrinhações e sensibilidade são proporcionais), então nosso setor era bastante tranquilo também. Mas pense que, se uma película funciona mal para diletantes, nove entre dez vezes o usuário pensa que é culpa dele; ou senão, no máximo, manda algum xingamento pelo correio, que não lhe chega porque o endereço está incompleto. No entanto, se uma radiografia dá errado, quem sabe após a papa de bário ou a urografia descendente, e depois uma segunda dá errado, com todo o pacote de chapas, bem, nesse caso a coisa não para aí: o imbróglio escala, vai crescendo enquanto sobe, e chega até você como uma aflição. Com o talento didático dos alemães, meu antecessor já tinha me explicado todas essas questões para justificar, diante de meus olhos, o fantástico ritual de limpeza que se deve observar no setor, do início ao fim dos trabalhos. Não sei se lhe interessa: basta pensar que...

Nesse ponto o interrompi: as cautelas minuciosas, as limpezas maníacas, as purezas com oito zeros são coisas que me deixam triste. Sei bem que em alguns casos se trata de medidas necessárias, mas também sei que, na maioria das vezes, a mania prevalece sobre o bom senso e que, ao lado de cinco proibições ou preceitos sensatos, se aninham dez insensatos e inúteis, que ninguém ousa eliminar apenas por preguiça mental, por superstição ou por um medo patológico de complicações — quando não ocorre como no serviço militar, em que o regulamento serve para contrabandear uma disciplina repressiva. Cerrato me serviu a bebida: sua mão pesada dirigiu-se hesitante para o gargalo da garrafa, como se esta estivesse se agitando sobre a mesa para escapar dele; depois a inclinou sobre minha taça, batendo nela várias vezes. Confirmou que as coisas com frequência estavam exatamente neste pé: por exemplo, as operárias daquele mesmo setor eram proibidas de usar maquiagem, mas certa vez o estojo de maquiagem de uma delas caiu do bolso, se abriu ao bater no chão, e uma boa quantidade de pó voou pelos ares; a produção daquele dia foi testada com especial rigor, mas estava tudo perfeito. Pois bem, a proibição à maquiagem continuou firme.

— ... mas eu preciso lhe dizer um detalhe, caso contrário não se compreende a história. Existe a religião do pelo (esta é justificada, lhe garanto): o setor fica em ligeira sobrepressão, e o ar bombeado ali dentro é cuidadosamente filtrado. Sobre as roupas se veste um uniforme especial, e uma touca sobre os cabelos: uniformes e toucas são lavados todos os dias, para extrair os pelos em formação ou capturados por acidente. Sapatos e meias são retirados na entrada e substituídos por pantufas antipoeira.

"Pronto, este é o cenário. Devo acrescentar que, fazia cinco ou seis anos, não se registravam incidentes graves, no máximo algum protesto isolado de algum hospital pela sensibilidade alterada, mas quase sempre se tratava de materiais já fora do prazo de validade. Mas, como você sabe, os problemas não vêm a galope, como os hunos, mas silenciosos, às escondidas, como as epidemias. Começou com a mensagem de um centro diagnóstico de Viena, redigida em termos muito civilizados, eu diria mais uma observação que um protesto, e em anexo havia uma radiografia comprobatória: regular quanto ao contraste e à granulação da emulsão, mas salpicada de manchinhas brancas, oblongas, do tamanho de feijões. Respondeu-se com uma carta de lamento, em que nos desculpávamos pelo involuntário ocorrido etc.; mas depois do primeiro lansquenete morto de peste, é melhor não se iludir: peste é peste, e não adianta fazer como o avestruz.* Na semana seguinte havia mais duas cartas: uma vinha de Liège e mencionava danos a ressarcir, a outra vinha da União Soviética, não lembro mais a sigla complicada (talvez a tenha cancelado) do ente comercial que a expedira. Quando foi traduzida, todos ficaram de cabelo em pé. O defeito, obviamente, era sempre o mesmo, das manchas em forma de feijão, e a carta era pesadíssima: falava de três operações que teriam de ser adiadas, de turnos perdidos, de uma montanha de chapas em contestação, de uma perí-

* Alusão a um episódio do romance *Os noivos*, de Alessandro Manzoni. (N. T.)

cia e de uma controvérsia internacional junto ao tribunal não sei de onde; e nos intimava a enviar imediatamente um *Spezialist*.

"Nesses casos se tenta pelo menos fechar os currais depois que uma parte dos bois já escapou, mas nem sempre se consegue. É claro que todo o material tinha passado bem pelos testes antes da saída, portanto se tratava de um defeito que se manifestava com atraso, durante nossa armazenagem ou na do cliente, ou durante o transporte. O Diretor me chamou para uma conversa; discutiu o caso comigo por duas horas, de modo muito gentil, mas me pareceu que estivesse arrancando meu couro lenta e metodicamente, com deleite.

"Entramos em acordo com o laboratório de controles e voltamos a testar lote por lote todas as chapas que estavam no depósito. O mais recente, de dois meses atrás, estava em ordem. No outro, o defeito foi detectado, mas não na totalidade; eram centenas de lotes, e cerca de um sexto deles apresentava o inconveniente dos feijões. Meu vice, que era um jovem químico não muito esperto, fez uma observação curiosa: os lotes defeituosos se sucediam com certa regularidade, cinco bons e um ruim. Pareceu-me uma pista, e tentei ir a fundo: era precisamente isto, as chapas estragadas tinham sido produzidas quase exclusivamente às quartas-feiras.

"Você com certeza também sabe que os problemas de efeito retardado são os mais nocivos. Enquanto se buscam as causas, é preciso continuar produzindo: mas como se pode ter a segurança de que a causa (ou as causas) não esteja ainda operando, e o material que você produz seja imune a outras dificuldades? Entende-se que é possível mantê-lo em quarentena por dois meses e depois retestá-lo: mas o que você vai dizer aos depósitos do mundo inteiro, que não veem o produto chegar? E os juros passivos? E o nome, o Bom Nome, o *Unbestrittener Ruf*? E ainda há outra complicação: a cada variação feita na composição ou na tecnologia, é preciso esperar dois meses antes de saber se serve ou não serve, se anula o defeito ou o acentua.

"Eu me sentia inocente, é claro: tinha respeitado todas as normas, não me permiti nenhuma indulgência. Acima e abaixo de mim, todos se sentiam igualmente inocentes: os que haviam dado por boas as matérias-primas, os que haviam preparado e testado a emulsão de brometo de prata, os que haviam confeccionado, embalado e armazenado os pacotes das chapas. Eu me sentia inocente, mas não era: era culpado por definição, porque um chefe de setor responde por seu setor, e porque se há algum dano, há pecado, e se há pecado, há pecador. É uma questão parecida com o pecado original: você não fez nada, mas é culpado e deve pagar. Não com dinheiro, mas pior: você perde o sono, perde o apetite, fabrica uma úlcera ou um eczema e dá um grande passo rumo à neurose empresarial definitiva.

"Enquanto continuavam a chegar cartas e telefonemas de protesto, eu insistia em ruminar sobre o fato da quarta-feira: algum significado devia ter. Na terça-feira à noite era o turno de um vigia que não me agradava, tinha uma cicatriz no queixo e cara de nazista. Eu não sabia se falava ou não sobre isso com o Diretor: tentar descarregar a culpa nos outros é sempre uma má política. Depois pedi a folha de pagamentos e vi que o nazi estava conosco fazia só três meses, mas o problema dos feijões começou a manifestar-se nas chapas dez meses antes. O que aconteceu de novo dez meses antes?

"Cerca de dez meses antes, após rigorosos controles, aceitamos um novo fornecedor do papel preto que se usa para proteger as chapas e películas sensíveis à luz; mas o material avariado tinha sido embalado promiscuamente em papel preto proveniente de ambos os fornecedores. Também dez meses antes (nove, para ser exato), contratamos um grupo de operárias turcas; eu as entrevistei uma a uma, para grande surpresa delas: queria saber se nas quartas-feiras, ou nas terças à noite, elas faziam algo diferente do habitual. Tomavam banho ou *não* tomavam banho? Usavam algum cosmético especial? Iam dançar e suavam mais que de costume? Não ousei perguntar se às quartas-feiras faziam amor; de todo modo, nem de modo direto nem por meio de um intérprete consegui tirar alguma coisa do grupo.

"Enquanto isso, é óbvio que a história tinha corrido toda a fábrica, e todos me olhavam com um ar estranho, até porque eu era o único chefe de setor italiano e imaginava perfeitamente os comentários que deviam fazer às minhas costas. A ajuda decisiva me veio de um dos auxiliares, que falava um pouco de italiano porque tinha sido combatente na Itália — aliás, foi capturado por *partigiani* nas bandas de Biella e depois trocado por algum prisioneiro. Não tinha rancor, era loquaz e falava a esmo de tudo um pouco, sem nunca concluir: pois bem, foi justamente essa sua conversa insossa que me deu o fio de Ariadne. Um dia ele me disse que era pescador, mas que fazia quase um ano não se pegava nenhum peixe no riozinho que passava ali perto: desde quando, cinco ou seis quilômetros mais acima, tinham montado um curtume. Depois me falou que, em certos dias, até a água ficava escura. No momento não dei muita bola para suas observações, mas voltei a pensar no assunto poucos dias depois, quando, pela janela de meu quarto no alojamento, vi o caminhãozinho voltar com os uniformes da lavanderia. Fui me informar: o curtume tinha começado a trabalhar dez meses antes, e a lavanderia lavava os uniformes justamente na água do rio onde o pescador não conseguia mais pescar — mas eles a filtravam e a faziam passar por um depurador de troca iônica. Os uniformes eram lavados durante o dia, secados de noite numa secadora e entregues de manhã cedo, antes do toque da sirene.

"Fui até o curtume: queria saber quando, onde, com que frequência e em que dias esvaziavam os tanques. Eles me mandaram embora com maus modos, mas voltei dois dias depois com um médico da Vigilância Sanitária; pois bem, eles esvaziavam o maior tanque do curtume toda semana, na noite de segunda para terça-feira! Não queriam me dizer o que continha, mas você sabe, os taninos de curtimento são polifenóis, não há resina de troca iônica que possa retê-los, e até você, que não é da área, pode imaginar o que um polifenol é capaz de fazer com o brometo de prata. Obtive uma amostra do banho de curtimento, fui ao laboratório experimental e tentei atomizar uma solução 1:10 000 na câmara escura em que estava exposta uma amostra da chapa de radiografia. O efeito se verificou em poucos dias: a sensibilidade da chapa tinha desaparecido, literalmente. O chefe do laboratório não acreditava nos próprios olhos e me disse que nunca tinha visto um inibidor tão potente. Fizemos testes com soluções cada vez mais diluídas, tal como os homeopatas: com soluções por volta de uma parte por milhão se obtinham manchas em forma de feijão, mas que só apareciam após dois meses de repouso. O efeito feijão, o *Bohneffekt*, se reproduziu plenamente; no fim das contas, verificou-se que bastavam alguns milhares de moléculas de polifenol — absorvido pelas fibras dos uniformes durante a lavagem e passado dos uniformes às chapas por um pelinho invisível — para provocar uma mancha."

Os outros comensais à nossa volta falavam ruidosamente sobre filhos, férias e salários; nós acabamos nos afastando até o bar, onde aos poucos nos tornamos sentimentais e nos prometemos reciprocamente renovar uma amizade que de fato nunca existiu entre nós. Manteríamos contato, e cada um de nós recolheria para o outro mais histórias como esta, em que a matéria obtusa manifesta uma astúcia voltada para o mal, para a obstrução, como se se rebelasse contra a ordem desejada pelos homens — como os párias temerários, mais sedentos da ruína alheia que do próprio triunfo, que, nos romances, chegam dos confins da terra para arrasar a aventura dos heróis positivos.

Vanádio

O verniz é uma substância instável por definição: de fato, a certa altura de seu percurso, de líquido ele deve passar a sólido. É necessário que isso ocorra no momento e no lugar certo. O caso oposto pode ser desagradável ou dramático: pode ocorrer que um verniz solidifique (nós dizemos brutalmente "parta") durante a temporada no depósito, e então a mercadoria é descartada; ou que a resina de base solidifique durante a síntese, em um reator de dez ou vinte toneladas, o que pode descambar para o trágico; ou, ao contrário, que o verniz não solidifique de jeito nenhum, nem depois da aplicação, e então só rindo, porque um verniz que não "enxuga" é como um fuzil que não dispara ou um touro que não emprenha.

Em muitos casos, o oxigênio do ar participa do processo de solidificação. Entre as muitas ações vitais ou destrutivas que o oxigênio sabe cumprir, para nós, que trabalhamos com vernizes, interessa sobretudo sua capacidade de reagir com certas moléculas pequenas, como as de certos óleos, e de criar pontes entre elas, transformando-as em um retículo compacto e, portanto, sólido: é assim que, por exemplo, o óleo de linhaça "enxuga" em contato com o ar.

Tínhamos importado uma remessa de resina para vernizes, justamente uma dessas resinas que solidificam em temperatura ambiente pela simples exposição à atmosfera, e estávamos preocupados. Testada isoladamente, a resina secava como de costume, mas, depois de ser moída com um certo tipo (insubstituível) de negro de fumo, a capacidade de secagem se atenuava até desaparecer; já tínhamos dispensado várias toneladas de esmalte negro que, apesar de todas as correções tentadas, depois de aplicado permanecia indefinidamente grudento, como um lúgubre papel mata-moscas.

Em casos como este, é preciso ter cautela antes de lançar acusações. O fornecedor era a W., grande e respeitável fabricante alemã, um dos ramos em que, depois da guerra, os aliados desmembraram a onipotente IG-Farben: antes de reconhecer alguma culpa, gente desse tipo joga no prato da balança todo o peso do próprio prestígio e a capacidade de vencer pelo cansaço. Mas não havia meio de evitar a controvérsia: as outras remessas de resina se comportavam bem com a mesma remessa de negro de fumo, a resina era de um tipo especial, que apenas a W. produzia, e nós estávamos vinculados a um contrato e devíamos necessariamente continuar fornecendo aquele esmalte preto, sem perder os prazos.

Escrevi uma educada carta de protesto, expondo os termos da questão, e alguns dias depois veio a resposta: era longa e pedante, aconselhava artifícios óbvios, que nós já havíamos adotado sem resultados, e continha uma exposição supérflua e deliberadamente confusa sobre o mecanismo de oxidação da resina; ignorava nossa pressa e, quanto ao ponto crucial, dizia apenas que as devidas checagens estavam em curso. Não restava outra coisa a fazer senão encomendar imediatamente uma nova remessa, com a recomendação de que a W. verificasse com especial cuidado o comportamento da resina com aquele tipo de negro de fumo.

Com a confirmação desse último pedido, chegou uma segunda carta, tão longa quanto a primeira, e assinada pelo próprio Doktor L. Müller. Era um pouco mais pertinente que a anterior, reconhecia (com muitas ressalvas e cautelas) o mérito de nossa queixa e trazia um conselho menos óbvio que os precedentes: "*ganz unerwarteterweise*"; ou seja, os gnomos de seu laboratório haviam descoberto de modo totalmente inesperado que a remessa contestada se recuperava se a ela se adicionasse 0,1% de naftenato de vanádio — um aditivo do qual, até aquele momento, nunca se tinha ouvido falar no mundo dos vernizes. O desconhecido dr. Müller nos convidava a verificar imediatamente sua afirmação; se o efeito fosse confirmado, a observação deles poderia evitar para ambas as partes os inconvenientes e as incógnitas de uma disputa internacional e de uma reexportação.

Müller. Houve um Müller em uma encarnação passada minha, mas Müller é um nome comuníssimo na Alemanha, como Molinari na Itália, do qual é o exato equivalente. Por que continuar pensando nisso? No entanto, relendo as duas cartas escritas com um fraseado pesadíssimo e recheadas de tecnicismos, eu não conseguia me livrar de uma dúvida, dessas que não se deixam escantear e nos roem por dentro como uma traça. Mas vamos, os Müller na Alemanha devem ser mais de 200 mil, deixe isso para lá e pense no verniz a ser retificado.

... e depois, de repente, me retornou sob os olhos uma particularidade da última carta que me havia escapado: não era um erro de digitação, estava escrito duas vezes, estava mesmo escrito "*naptenat*", e não "*naphthenat*", como deveria ser. Ora, dos encontros que tive naquele mundo hoje remoto conservo memórias de uma precisão patológica; pois bem, também aquele outro Müller, em um não esquecido laboratório cheio de gelo, de esperança e de pavor, falava "*beta-Naptylamin*" em vez de "*beta-Naphthylamin*".

Os russos estavam bem perto, duas ou três vezes ao dia os aviões aliados vinham para detonar a fábrica de Buna: não havia um vidro inteiro, faltava água, vapor, energia elétrica; mas a ordem era começar a produzir borracha Buna, e os alemães não discutem ordens.

Eu estava no laboratório com outros dois prisioneiros especialistas, semelhantes aos escravos doutrinados que os ricos romanos importavam da Grécia. Trabalhar era tão impossível quanto inútil: nosso tempo era gasto quase inteiramente em desmontar os aparelhos a qualquer sinal de alarme aéreo e em remontá-los quando o alarme cessava. Mas ordens não se discutem, e a cada tanto algum inspetor abria caminho até nós entre os escombros e a neve para se certificar de que o trabalho no laboratório continuava segundo as prescrições. Às vezes vinha um SS com uma cara de pedra, noutras vezes, um velho soldadinho da Territorial assustado como um rato, noutras ainda um homem à paisana. O homem à paisana que aparecia mais vezes era chamado de Doktor Müller.

Devia ter bastante autoridade, porque todos se apressavam em saudá-lo. Era alto e corpulento, por volta de quarenta anos, de aspecto mais tosco que refinado; falou apenas três vezes comigo, e em todas as três com uma timidez rara naquele local, como se se envergonhasse de alguma coisa. Na primeira vez, limitou-se a questões de trabalho (precisamente da dosagem de "naptilamina"); na segunda vez, me perguntou por que eu estava com a barba tão comprida, ao que respondi que nenhum de nós tinha uma lâmina, aliás, nem sequer um lenço, e que nos barbeavam todas as segundas-feiras; na terceira vez me deu um bilhete, escrito nitidamente à máquina, em que me autorizava a ser barbeado também às quintas, e a pegar na *Effektenmagazin* um par de sapatos de couro, e me perguntou tratando-me por senhor: "Por que o senhor tem um ar tão inquieto?". Eu, que naqueles anos pensava em alemão, concluí comigo: "*Der Mann hat keine Ahnung*", o homem não se dá conta.

Primeiro o dever. Apressei-me em procurar entre nossos fornecedores comuns uma amostra de naftenato de vanádio e me dei conta de que não era fácil: o produto não era de fabricação normal, era preparado em pequenas quantidades e somente sob encomenda — e fiz a encomenda.

O retorno daquele "pt" me deixou num estado de agitação violenta. Meu desejo mais vivo e permanente depois do Lager era reencontrar e acertar as contas, homem a homem, com um dos "outros". Fiquei satisfeito apenas em parte com as cartas que recebi de meus leitores alemães: não me contentavam aquelas declarações honestas e genéricas de arrependimento e solidariedade por parte de gente que eu nunca vi, de quem não conhecia o outro lado, e que provavelmente não estava implicada senão de modo sentimental. O encontro que eu esperava com tanta intensidade, a ponto de sonhá-lo de noite (em alemão), era um encontro com um daqueles dos ínferos, que haviam se servido de nós, que não nos olharam nos olhos, como se não tivéssemos olhos. Não para fazer vingança: não sou um conde de Montecristo. Apenas para restabelecer as medidas, para dizer "e então?". Se esse Müller era o meu Müller, não era o antagonista perfeito, porque de alguma maneira, talvez só por um momento, tinha tido piedade, ou quem sabe apenas um rudimento de solidariedade profissional. Talvez nem isso: talvez estivesse apenas tocado pelo fato de que aquele estranho híbrido de colega e de instrumento, que afinal também era um químico, frequentasse o laboratório sem o *Anstand*, o decoro, que um laboratório requer; mas os outros em torno dele não sentiram nem isso. Não era o antagonista perfeito, mas, como se sabe, a perfeição está nas histórias que se contam, não naquelas que se vivem.

Coloquei-me em contato com o representante da W., com quem eu já tinha bastante intimidade, e lhe pedi que investigasse com discrição sobre o dr. Müller: quantos anos tinha? Qual a aparência? Onde esteve durante a guerra? A resposta não demorou muito: a idade e o aspecto coincidiam, antes o homem havia trabalhado em Schkopau, para aprimorar-se na tecnologia da borracha, e depois na fábrica de Buna, em Auschwitz. Consegui seu endereço e lhe enviei, de modo privado, um exemplar da edição alemã de *É isto um homem?*, acompanhado de uma carta em que eu lhe perguntava se ele era de fato o Müller de Auschwitz, e se por acaso se lembrava dos "três homens do laboratório"; pois bem, que ele me desculpasse pela brutal intromissão e pelo retorno do nada, eu era um daqueles três, além de ser o cliente preocupado com a resina que não secava.

Fiquei à espera da resposta, enquanto no plano empresarial prosseguia, como a oscilação de um pêndulo enorme e lentíssimo, a troca de cartas químico-burocráticas a propósito do vanádio italiano, que não funcionava tão bem como o alemão. Portanto, queiram por gentileza expedir-nos com urgência as especificações do produto, bem como enviar-nos por via aérea cinquenta quilos, cuja taxa de importação poderá ser deduzida etc. No nível técnico a questão parecia bem encaminhada, mas o destino do lote avariado de resina não estava claro: mantê-lo com um desconto sobre o preço ou reexportá-lo às custas da W. ou solicitar uma arbitragem; enquanto isso, como é de praxe, ameaçávamos reciprocamente tomar medidas legais, "*gerichtlich vorzugehen*".

A resposta "privada" continuava em suspenso, o que era quase tão irritante e enervante quanto a contenda empresarial. O que eu sabia sobre meu homem? Nada: com toda probabilidade, ele havia apagado tudo, deliberadamente ou não; minha carta e meu livro eram para ele uma intrusão mal-educada e inconveniente, um convite canhestro a remexer um sedimento já bem assentado, um atentado ao *Anstand*. Ele nunca responderia. Uma pena: não era um alemão perfeito — mas existem alemães perfeitos? Ou judeus perfeitos? São uma abstração: a passagem do geral ao particular sempre reserva surpresas estimulantes, quando o parceiro sem contornos, fantasmático, se define à sua frente, pouco a pouco ou de modo repentino, e se torna *Mitmensch*, o co-homem, com toda sua consistência, seus tiques, anomalias e anacolutos. Agora tinham se passado quase dois meses: a resposta não viria mais. Uma pena.

Chegou datada de 2 de março de 1967, em um elegante papel timbrado em caracteres vagamente góticos. Sim, o Müller de Buna era ele mesmo. Tinha lido meu livro, reconhecido com emoção pessoas e lugares; estava feliz de saber que eu sobrevivera; me pedia notícias dos outros dois "homens do laboratório", e até aqui não havia nada de estranho, já que foram nomeados no livro; me perguntava também sobre Goldbaum, que eu não mencionara. Acrescentava que tinha lido naquela ocasião suas observações sobre aquele período: ele gostaria de poder comentá-los comigo em um encontro pessoal desejável, "útil tanto a mim quanto ao senhor, e necessário para a superação daquele terrível passado" ("*im Sinne der Bewältigung der so furchtbaren Vergangenheit*"). Por fim declarava que, entre todos os prisioneiros que tinha encontrado em Auschwitz, eu era o que lhe deixara a impressão mais forte e duradoura, mas isso bem podia ser uma lisonja: pelo tom da carta, e sobretudo por aquela frase sobre a "superação", parecia que o homem esperava alguma coisa de mim.

Agora era minha vez de responder, e eu me sentia embaraçado. Aí está: a controvérsia foi resolvida, o adversário, derrotado; estava diante de mim, quase um colega de vernizes, e, assim como eu, escrevia em papel timbrado e se lembrava até de Goldbaum. Ainda estava bastante desfocado, mas era claro que queria de mim algo como uma absolvição, porque ele tinha um passado a ser superado, e eu não: dele eu queria apenas um desconto na fatura de uma resina defeituosa. A situação era interessante, mas atípica: coincidia somente em parte àquela do réprobo diante do juiz.

Em primeiro lugar: em que língua eu responderia? Não em alemão, é claro: cometeria erros ridículos, que meu papel não admitia. É melhor sempre combater no próprio campo: escrevi a ele em italiano. Os dois do laboratório estavam mortos, eu não sabia onde nem como; e também Goldbaum, de frio e de fome durante a marcha de evacuação. Quanto a mim, o essencial ele sabia pelo livro, e pela correspondência empresarial sobre o vanádio.

Eu tinha muitas perguntas a lhe fazer, perguntas demais, e muito pesadas para ele e para mim. Por que Auschwitz? Por que Pannwitz? Por que crianças na câmara de gás? Mas sentia que ainda não era o momento de ultrapassar certos limites, e apenas lhe perguntei se aceitava os juízos, implícitos e explícitos, contidos em meu livro. Se considerava que a IG-Farben havia assumido espontaneamente a mão de obra escrava. Se então conhecia as "instalações" de Auschwitz, que engoliam 10 mil vidas por dia a sete quilômetros das instalações de Buna para a borracha. Por fim, já que ele citava suas "observações sobre aquele período", poderia me enviar uma cópia delas?

Não falei do "encontro desejável" porque tinha medo. É inútil buscar eufemismos, falar de pudor, repulsa, reserva. A palavra era medo: como não me sentia um Montecristo, do mesmo modo não me sentia um Horácio-Curiácio; não me sentia capaz de representar os mortos de Auschwitz, nem me parecia sensato individuar em Müller o representante dos carrascos. Eu me conheço: não tenho a prontidão polêmica, o adversário me distrai, me interessa mais como homem que como adversário, lhe dou ouvidos e corro o risco de acreditar nele; o desprezo e o justo juízo me voltam depois, já na escada, quando não servem mais. Estava bom para mim continuar por carta.

Müller me escreveu pela empresa dizendo que os cinquenta quilos tinham sido expedidos, e que a W. confiava em um acordo amigável etc. Quase simultaneamente, recebi em casa a carta que eu esperava: mas não era como a imaginava. Não era uma carta-modelo, exemplar: neste ponto, se esta história fosse inventada, eu poderia introduzir apenas dois tipos de carta: uma carta humilde, calorosa, cristã, de alemão redimido; e uma carta canalha, arrogante, glacial, de nazista contumaz. Ora, esta história não é inventada, e a realidade é sempre mais complexa que a invenção: menos penteada, mais áspera, menos redonda. É raro que permaneça em um só plano.

A carta era de oito páginas e continha uma fotografia que me fez estremecer. O rosto era aquele rosto: envelhecido, mas ao mesmo tempo enobrecido por um fotógrafo hábil — eu tornava a ouvi-lo, alto sobre mim, pronunciando aquelas palavras de compaixão distraída e momentânea, "por que o senhor tem um ar tão inquieto?".

Era visivelmente obra de um escrevinhador inexperiente: retórica, sincera pela metade, cheia de digressões e de elogios exagerados, comovente, pedantesca e embaraçada: desafiava qualquer juízo sumário e geral.

Atribuía os fatos de Auschwitz ao Homem, sem diferenciar; os deplorava e encontrava consolo ao pensar em outros homens citados em meu livro, Alberto, Lorenzo, "contra quem as armas da noite são cegas": a frase era minha, mas, repetida por ele, me soava hipócrita e fora de tom. Contava a história dele: "arrastado inicialmente pelo entusiasmo geral com o regime de Hitler", se inscrevera em uma liga estudantil nacionalista, que pouco depois foi oficialmente incorporada à SA; tinha obtido a permissão de ser licenciado dela, e comentava que "isso também era então possível". Na guerra, foi mobilizado na defesa antiaérea, e apenas naquele momento, diante das ruínas das cidades, experimentou "vergonha e desdém" pela guerra. Em maio de 1944, pôde (assim como eu!) fazer valer sua condição de químico, e foi designado para a fábrica da IG-Farben em Schkopau, da qual a fábrica de Auschwitz era uma cópia ampliada; em Schkopau, ele se empenhou em treinar para os trabalhos de laboratório um grupo de garotas ucranianas, que de fato eu reencontrei em Auschwitz, e de quem não conseguia explicar a estranha familiaridade com o dr. Müller. Tinha sido transferido para Auschwitz com as garotas apenas em novembro de 1944: naquela época, o nome Auschwitz não tinha nenhum significado nem para ele nem para seus conhecidos; todavia, quando chegou, teve um breve encontro de apresentação com o diretor técnico (presumivelmente o engenheiro Faust), e este o advertiu que "os judeus de Buna deviam receber apenas os trabalhos mais humildes, e a compaixão não era tolerada".

Tinha sido designado para auxiliar diretamente o Doktor Pannwitz, aquele que me submeteu a um curioso "exame de Estado" para certificar-se de minhas capacidades profissionais: Müller demonstrava ter uma péssima opinião sobre seu superior, e me esclareceu que ele havia morrido em 1946 de um tumor cerebral. Era ele, Müller, o responsável pela organização do laboratório de Buna: afirmava não ter tido nenhuma informação sobre aquele exame, e que foi ele mesmo quem escolheu a nós três, especialmente a mim; segundo esta notícia, improvável mas não impossível, eu então deveria a ele por minha sobrevivência. Afirmava ter tido comigo uma relação quase de amizade entre pares;

que conversou comigo sobre questões científicas e que meditou, nesta ocasião, sobre como "preciosos valores humanos foram destruídos por outros homens por pura brutalidade". Eu não só não me lembrava de nenhuma conversa desse tipo (e minha memória daquele período, como eu disse, é ótima), mas até mesmo supô-la, naquele cenário de destruição, de desconfiança recíproca e de cansaço mortal, era algo completamente fora da realidade, explicável apenas por um *wishful thinking* póstumo muito ingênuo; talvez fosse uma circunstância que ele narrava a muitos, sem se dar conta de que a única pessoa no mundo que não poderia acreditar nela era justamente eu. Talvez, de boa-fé, tenha construído para si um passado conveniente. Não recordava os dois detalhes da barba e dos sapatos, mas se lembrava de outros equivalentes e, a meu ver, plausíveis. Tinha ficado sabendo de minha escarlatina e se preocupou por minha sobrevivência, em especial quando soube que os prisioneiros estavam sendo evacuados a pé. Em 26 de janeiro de 1945, ele foi deslocado pela SS para o *Volkssturm*, o exército feito de militares reformados, velhos e crianças que deveria impedir a passagem dos soviéticos; por sorte, foi salvo pelo diretor técnico já citado, que o autorizou a escapar pela retaguarda.

À minha pergunta sobre a IG-Farben, respondeu decididamente que sim, a empresa tinha assumido prisioneiros, mas só para protegê-los; como se não bastasse, ele expressava a opinião (delirante!) de que toda a fábrica de Buna-Monowitz, oito quilômetros quadrados de instalações ciclópicas, tinha sido construída com a intenção de "proteger os judeus e contribuir para sua sobrevivência", e que a ordem de não ter compaixão por eles era "*eine Tarnung*", um disfarce. "*Nihil de Principe*", nenhuma acusação à IG-Farben: meu homem ainda era funcionário da W., que era um braço daquela, e não se cospe no prato em que se come. Durante sua breve temporada em Auschwitz, ele "nunca teve conhecimento de qualquer elemento que parecesse destinado à eliminação dos judeus". Paradoxal, ofensivo, mas não improvável: naquela época, entre a maioria silenciosa alemã, era uma técnica comum tentar saber o menos possível, e por isso não se faziam perguntas. Ele também, evidentemente, nunca pediu explicações a ninguém, nem a si mesmo, embora nos dias claros as chamas do crematório fossem visíveis da fábrica de Buna.

Pouco antes do colapso final, foi capturado pelos norte-americanos e detido por uns dias em um campo de prisioneiros de guerra que ele, com sarcasmo involuntário, definiu como "de instalações primitivas": tal como no tempo do encontro no laboratório, Müller portanto continuava — no próprio momento em que escrevia — sem ter "*keine Ahnung*", a não se dar conta. Tinha voltado para a família em fins de junho de 1945. O conteúdo de seus apontamentos, que eu lhe pedira para ler, era substancialmente este.

Ele percebia em meu livro uma superação do judaísmo, o cumprimento do preceito cristão de amar os próprios inimigos e um testemunho de fé no Homem, e concluía insistindo na necessidade de um encontro, na Alemanha ou na Itália, e que estava pronto a ir me visitar quando e onde eu desejasse, de preferência na Riviera. Dois dias depois, pelos canais da empresa, chegou uma carta da W. que — seguramente não por acaso — trazia a mesma data da longa carta privada, além da mesma assinatura: era uma carta de conciliação, em que a W. reconhecia seu erro e se declarava disponível a qualquer proposta. Davam a entender que nem todo o mal vem para destruir: o incidente tinha revelado a virtude do naftenato de vanádio, que de agora em diante seria incorporado diretamente à resina, para todos os clientes.

O que fazer? O personagem Müller se "*entpuppt*", tinha saído do casulo, estava nítido, bem focado. Nem infame nem herói: filtradas a retórica e as mentiras ditas de boa ou de má-fé, permanecia um exemplar humano tipicamente cinzento, um dos não poucos caolhos no reino dos cegos. Prestava-me uma honra imerecida ao me atribuir a virtude de amar meus inimigos: não, apesar dos distantes privilégios que ele me reservara, e embora não tenha sido um inimigo no sentido estrito do termo, eu não estava disposto a amá-lo. Não o amava e não desejava vê-lo, e no entanto experimentava certo respeito por ele: não é confortável ser caolho. Não era pusilânime, nem surdo, nem cínico, não se adaptara, estava fazendo as contas com o passado, e as contas não fechavam: tentava fazer com que fechassem, talvez trapaceando um pouco. Podia-se querer muito mais de um ex-SA? A comparação que tantas vezes tive a oportunidade de fazer com outros alemães honestos, encontrados na praia ou na fábrica, era bastante favorável a ele: sua condenação do nazismo era tímida e perifrástica, mas não tinha buscado justificativas. Procurava um diálogo: tinha uma consciência e se desdobrava para mantê-la em paz. Em sua primeira carta havia falado de "superação do passado", "*Bewältigung der Vergangenheit*": depois eu soube que a expressão é um estereótipo, um eufemismo da Alemanha de hoje, onde é entendido por todos como "redenção do nazismo"; mas a raiz "*walt*" que está contida nela também aparece em palavras que expressam "domínio", "violência" e "estupro", e acredito que, traduzindo a frase por "distorção do passado" ou "violência feita ao passado", não estaríamos muito distantes de seu sentido profundo. Mas essa maneira de refugiar-se nos lugares-comuns era melhor que a exuberante obtusidade dos outros alemães: seus esforços de superação eram canhestros e um tanto ridículos, irritantes e tristes, mas ainda assim decorosos. E ele não havia conseguido um par de sapatos para mim?

No primeiro domingo livre, me dispus — cheio de perplexidade — a preparar uma resposta na medida do possível sincera, equilibrada e digna. Redigi uma minuta: agradecia por ele ter me admitido no laboratório e me declarava pronto a perdoar os inimigos, quem sabe até a amá-los, desde que eles demonstrassem sinais concretos de arrependimento, ou seja, quando deixassem de ser inimigos. Caso contrário, tratando-se de um inimigo que permanece como tal, que persevera em sua vontade de gerar sofrimento, é certo que não se deve perdoá-lo: pode-se tentar recuperá-lo, pode-se (deve-se!) discutir com ele, mas é nosso dever julgá-lo, e não perdoar. Quanto ao julgamento específico sobre o seu comportamento, que Müller implicitamente demandava, eu citava discretamente dois casos que eu conhecia de colegas alemães seus que, em relação a nós, tinham feito algo bem mais corajoso do que aquilo que ele reivindicava. Admitia que nem todos nascem heróis, e que um mundo em que *todos* fossem como ele, isto é, honestos e inermes, seria tolerável, mas este é um mundo irreal. No mundo real, os armados existem, constroem Auschwitz, e os honestos e inermes lhes facilitam o caminho; é por isso que todo alemão, ou melhor, todo homem deve responder por Auschwitz, e, depois de Auschwitz, não é mais legítimo ser inerme. Nenhuma palavra sobre o encontro na Riviera.

Naquela mesma noite, Müller me fez uma chamada da Alemanha. A ligação estava ruim, e, além disso, hoje tenho dificuldade de entender o alemão por telefone: a voz dele soava arrastada e entrecortada, com um tom agitado. Ligou para me dizer que dali a seis semanas, no Pentecostes, ele viria a Finale Ligure: podíamos nos encontrar? Tomado de surpresa, respondi que sim; pedi-lhe que, no momento oportuno, me informasse os detalhes de sua chegada e pus de lado a minuta, agora supérflua.

Oito dias depois, recebi da sra. Müller o comunicado da morte inesperada do dr. Lothar Müller, aos sessenta anos de idade.

Carbono

O leitor, a esta altura, já deve ter notado há um bom tempo que isto não é um tratado de química: minha presunção não chega a tanto, "*ma voix est foible, et même un peu profane*".* Tampouco é uma autobiografia, a não ser nos limites parciais e simbólicos em que todo texto, ou melhor, toda obra humana, é uma autobiografia: mas também é de algum modo história. É, ou gostaria de ser, uma micro-história, a história de um ofício e de suas derrotas, vitórias e misérias, que qualquer um deseja contar quando se sente próximo a concluir o arco da própria carreira, e a arte deixa de ser longa. Chegado a este ponto da vida, que químico não discerne, diante da tabela periódica ou dos índices monumentais de Beilstein ou de Landolt, os tristes farrapos esparsos ou os troféus do próprio passado profissional? Ele só precisa folhear algum tratado, e as memórias surgem em cachos; há entre nós quem tenha associado seu destino indelevelmente ao bromo, ou

* Segundo verso do longo poema *La pucelle d'Orleans*, de Voltaire. (N. T.)

ao propileno, ou ao grupo NCO, ou ao ácido glutâmico; e todo estudante de química, diante de um tratado qualquer, deveria estar consciente de que em uma daquelas páginas, talvez numa única linha ou fórmula ou palavra, está escrito seu futuro, em caracteres indecifráveis, mas que se tornarão claros "depois": depois do sucesso ou do erro ou da culpa, da vitória ou da derrota. Todo químico já maduro, ao reabrir a página "*verhängnisvoll*" daquele mesmo tratado, é atravessado por amor ou desgosto, se alegra ou se desespera.

Assim acontece, pois, que cada elemento diga alguma coisa a alguém (a cada um, algo diferente), como os vales e as praias visitados na juventude; talvez se deva abrir uma exceção para o carbono, porque ele diz tudo a todos, ou seja, não é específico, da mesma maneira que Adão não é específico como antepassado — a menos que se descubra hoje (por que não?) o químico-estilita que dedicou sua vida ao grafite ou ao diamante. No entanto, justo em relação ao carbono, tenho uma antiga dívida, contraída em dias decisivos para mim. Ao carbono, elemento da vida, foi dedicado meu primeiro sonho literário, insistentemente sonhado em uma hora e em um lugar em que minha vida não valia muito; sendo assim, gostaria de contar a história de um átomo de carbono.

É lícito falar de "um certo" átomo de carbono? Para o químico existe alguma dúvida, porque até hoje (1970) não se conhecem técnicas que permitam ver, ou, de qualquer modo, isolar, um único átomo; nenhuma dúvida existe para o narrador, que, portanto, se dispõe a narrar.

Então nosso personagem jaz há centenas de milhões de anos ligado a três átomos de oxigênio e a um de cálcio, sob forma de rocha calcárea: já tem uma longuíssima história cósmica nas costas, mas vamos ignorá-la. Para ele o tempo não existe, ou só existe sob a forma de preguiçosas variações de temperatura, diárias e sazonais, se, para a sorte desta narrativa, sua posição não estiver muito distante da superfície do solo. Sua existência, cuja monotonia não pode ser pensada sem horror, é uma alternância impiedosa de calores e frios, isto é, de oscilações (sempre de frequência igual) um pouco mais estreitas e um pouco mais amplas: uma prisão — para ele, potencialmente vivo — digna do inferno católico. Até este momento, pois, cabe a ele o tempo presente, que é o tempo da descrição, em vez de algum dos passados, que são os de quem narra: está congelado em um eterno presente, apenas arranhado pelos tremores contidos da agitação térmica.

No entanto, justamente para a sorte de quem conta — que caso contrário teria cessado de contar —, o banco calcáreo do qual o átomo faz parte jaz na superfície. Jaz ao alcance do homem e de sua picareta (honra à picareta e a seus equivalentes mais modernos: são, ainda hoje, os intermediários mais importantes no diálogo milenar entre os elementos e o homem): em um momento qualquer, que eu, narrador, decido por puro arbítrio ser no ano de 1840, um golpe de picareta o desprendeu e lhe abriu caminho para o forno de cal, precipitando-o no mundo das coisas que mudam. Foi assado até que se separasse do cálcio, o qual permaneceu, por assim dizer, com os pés no chão e seguiu rumo a um destino menos brilhante, que não iremos narrar; ele, ainda firmemente agarrado a dois de seus companheiros oxigênios de antes, saiu pela chaminé e tomou o caminho do ar. De imóvel, sua história se fez tumultuosa.

Foi colhido pelo vento, abatido ao chão, erguido a dez quilômetros. Foi respirado por um falcão, desceu aos seus pulmões apressados, mas sem penetrar em seu sangue rico, e foi expulso. Dissolveu-se por três vezes na água do mar, uma vez na água de uma torrente em cascata, e mais uma vez foi expulso. Viajou com o vento por oito anos: ora alto, ora baixo, sobre o mar e entre as nuvens, acima de florestas, desertos e extensões imensas de geleiras; então tropeçou na captura e na aventura orgânica.

De fato, o carbono é um elemento singular: é o único que sabe ligar-se a si mesmo em longas cadeias estáveis sem grande gasto de energia, e para a vida na terra (a única que até hoje conhecemos) são necessárias justamente longas cadeias. Por isso o carbono é o elemento-chave da substância vivente: mas sua promoção, seu ingresso no mundo vivo, não é nada fácil, deve seguir um percurso obrigatório e intrincado, esclarecido (e ainda não definitivamente) apenas em anos recentes. Se a transformação do carbono em matéria orgânica não ocorresse todos os dias à nossa volta, numa escala de bilhões de toneladas por semana, onde quer que aflore o verde de uma folha, lhe caberia de pleno direito o nome de milagre.

O átomo de que falamos, acompanhado dos dois satélites que o mantinham em estado gasoso, foi então conduzido pelo vento, no ano de 1848, ao longo de uma fila de videiras. Teve a sorte de roçar uma folha, penetrar nela, e de ser atravessado por um raio de sol. Se aqui minha linguagem se torna imprecisa e alusiva, não é apenas por ignorância minha: este acontecimento decisivo, este fulminante trabalho a três, do dióxido de carbono, da luz e do verde vegetal, não foi até agora descrito em termos definitivos, e talvez não seja por muito tempo ainda, a tal ponto é diverso daquela outra química "orgânica", que é obra mastodôntica, lenta e pesada do homem — no entanto, essa química fina e ágil foi "inventada" dois ou três bilhões de anos atrás por nossas irmãs silenciosas, as plantas, que não experimentam nem discutem, e cuja temperatura é idêntica à do ambiente em que vivem. Se compreender significa tornar imaginável, nunca faremos uma imagem de um *happening* cuja escala é o milionésimo de milímetro, cujo ritmo é o milionésimo de segundo, e cujos atores são, por sua essência, invisíveis. Qualquer descrição verbal será incompleta, e uma valerá pela outra: que valha então a seguinte.

Entra na folha, colidindo com outras inumeráveis (mas aqui

inúteis) moléculas de nitrogênio e oxigênio. Adere a uma grande e complicada molécula que o ativa, e a um só tempo recebe a mensagem decisiva do céu, sob a forma fulgurante de uma remessa de luz solar: em um instante, como um inseto presa da aranha, é separado de seu oxigênio, combinado com hidrogênio e (acredita-se) fósforo, e, por fim, inserido em uma cadeia — longa ou breve, não importa, mas é a cadeia da vida. Tudo isso ocorre rapidamente, em silêncio, à temperatura e pressão atmosféricas, e de graça; caros colegas, quando aprendermos a fazer o mesmo, seremos *sicut Deus*, e teremos também resolvido o problema da fome no mundo.

Mas há mais e pior, para nossa humilhação e nossa arte. O dióxido de carbono, isto é, a forma aérea do carbono de que nos ocupamos até agora: esse gás que constitui a matéria-prima da vida, o estoque permanente a que tudo o que cresce recorre, e o destino último de toda carne, não é um dos componentes principais do ar, mas uma sobra ridícula, uma "impureza", trinta vezes menos abundante que o argônio, do qual ninguém se dá conta. O ar contém 0,03% dele: se a Itália fosse o ar, os únicos italianos habilitados a edificar a vida seriam, por exemplo, os 15 mil habitantes de Milazzo, na província de Messina. Em escala humana, isso é uma acrobacia irônica, um deboche de malabarista, uma incompreensível ostentação de onipotência-prepotência, já que nós derivamos dessa sempre renovada impureza do ar: nós, animais e plantas, e nós, espécie humana, com nossos 4 bilhões de opiniões discordes, nossos milênios de história, nossas guerras e vergonhas e nobrezas e orgulho. De resto, nossa própria presença no planeta se torna risível em termos geométricos: se toda a humanidade, cerca de 250 milhões de toneladas, fosse distribuída como um revestimento de espessura homogênea sobre todas as terras emersas, a "estatura do homem" não seria visível a olho nu — a espessura que se obteria seria de uns dezesseis milésimos de milímetro.

Agora nosso átomo está inserido, faz parte de uma estrutura no sentido arquitetônico, se associou e fez parentesco com cinco companheiros, tão idênticos a ele que somente a ficção do relato me permite distingui-los. É uma bela estrutura em anel, um hexágono quase regular, mas que está sujeito a complicadas trocas e equilíbrios com a água em que está dissolvido; porque, a essa altura, ele está dissolvido na água, ou melhor, na linfa da videira, e o fato de estar dissolvido é obrigação e privilégio de todas as substâncias que estão destinadas a (estava para dizer "desejam") se transformar. No entanto, se alguém quisesse mesmo saber por que um anel, e por que hexagonal, e por que solúvel em água, bem, que fique tranquilo: estas são algumas das não muitas perguntas a que nossa doutrina sabe responder com um discurso persuasivo, acessível a todos, mas que não cabe aqui.

Passou a fazer parte de uma molécula de glicose, só para que fique claro: um destino nem carne nem peixe, mediano, que o prepara a um primeiro contato com o mundo animal, mas não o autoriza à responsabilidade mais alta, que é a de integrar um edifício proteico. Então viajou, com o passo lento dos sucos vegetais, da folha pelo pecíolo e pelo sarmento até o tronco, de onde desce até um cacho quase maduro. O que aconteceu depois é da alçada dos viticultores — nos interessa apenas esclarecer que ele escapou (para nossa vantagem, porque não saberíamos traduzi-lo em palavras) à fermentação alcoólica e chegou ao vinho sem mudar de natureza.

O destino do vinho é ser bebido, e o destino da glicose é ser oxidada. Mas ela não foi oxidada imediatamente: seu bebedor a manteve no fígado por mais de uma semana, bem enovelada e tranquila, como alimento de reserva para um esforço imprevisto: esforço que ele foi forçado a fazer no domingo seguinte, perseguindo um cavalo que se assustara. Adeus à estrutura hexagonal: em poucos instantes, o novelo se desfez e de novo se tornou glicose, que por sua vez foi arrastada pela corrente sanguínea até a fibra muscular de uma coxa, e aqui brutalmente dividida em duas moléculas de ácido láctico, o arauto sombrio do cansaço: somente mais tarde, alguns minutos depois, o ofegar dos pulmões pôde buscar o oxigênio necessário para oxidar com calma este último. Assim, uma nova molécula de dióxido de carbono retornou à atmosfera, e uma parcela da energia que o sol havia cedido ao sarmento passou do estado de energia química ao de energia mecânica e então se acomodou em uma preguiçosa condição de calor, aquecendo imperceptivelmente o ar movido pela corrida e o sangue do corredor. "Assim é a vida", embora ela raramente seja descrita assim: um inserir-se, um derivar em proveito próprio, um parasitar o caminho descendente da energia, de sua nobre forma solar à forma degradada de calor a baixa temperatura. Nesse caminho para baixo, que conduz ao equilíbrio e, portanto, à morte, a vida desenha um remanso e se aninha nele.

Somos de novo dióxido de carbono, do que nos desculpamos: também este é um percurso obrigatório; é possível imaginar ou inventar outros, mas na terra é assim. De novo vento, que dessa vez leva para longe: ultrapassa os Apeninos e o Adriático, a Grécia, o Egeu e Chipre: estamos no Líbano, e a dança se repete. O átomo de que tratamos agora está enredado numa estrutura que promete durar muito tempo: é o tronco venerável de um cedro, um dos últimos; ele passou pelos estágios que já descrevemos, e a glicose de que faz parte pertence, assim como a conta de um rosário, a uma longa cadeia de celulose. Não é mais a fixidez alucinante e geológica da rocha, não são mais os milhões de anos, mas bem podemos falar de séculos, porque o cedro é uma árvore longeva. Está em nosso arbítrio abandoná-lo por um ano ou por quinhentos: digamos que, passados vinte anos (estamos em 1868), um cupim chega até ele. Escavou sua galeria entre o tronco e a casca, com a voracidade obstinada e cega de sua raça; cresceu trepanando, e seu túnel foi aumentando de tamanho. E eis que ele engoliu e abrigou em si mesmo o personagem desta história; depois se fez pupa e saiu na primavera sob a forma de uma feia borboleta cinzenta, que agora se enxuga ao sol, atônita e ofuscada pelo esplendor do dia: ele está lá, em um dos mil olhos do inseto, e contribui com a visão sumária e rudimentar com que este se orienta no espaço. O inseto é fecundado, põe seus ovos e morre: o pequeno cadáver jaz na vegetação rasteira, esvazia-se de seus humores, mas a couraça de quitina resiste bastante, é quase indestrutível. A neve e o sol retornam sobre ela sem afetá-la: está sepultada pelas folhas mortas e pelo terriço, tornou-se um despojo, uma "coisa", mas a morte dos átomos, diferentemente da nossa, nunca é irrevogável. Eis que entram em ação os onipresentes, os incansáveis e invisíveis coveiros da vegetação rasteira, os micro-organismos do húmus. A couraça, com seus olhos já cegos, é lentamente desintegrada, e o ex-bebedor, ex-cedro, ex-cupim novamente alçou voo.

Deixaremos que ele voe três vezes ao redor do mundo, até 1960, e, para justificar esse intervalo tão longo em relação à medida humana, diremos que, ao contrário, ele é bem mais breve que a média — esta, ao que nos garantem, é de duzentos anos. A cada duzentos anos, todo átomo de carbono que não esteja congelado em materiais já estáveis (como justamente o calcário, ou o carvão fóssil, ou o diamante, ou certas matérias plásticas) entra e torna a entrar no ciclo da vida, através da estreita porta da fotossíntese. Existem outras portas? Sim, algumas sínteses criadas pelos homens; são um título de nobreza para o homem-artífice, mas até hoje sua importância quantitativa é negligenciável. São portas bem mais estreitas ainda que a do verde vegetal: conscientemente ou não, o homem buscou até agora competir com a natureza nesse terreno, ou seja, não se esforçou em extrair do dióxido de carbono do ar o carbono que lhe é necessário para se nutrir, para se vestir, para se aquecer e para as outras mil necessidades mais sofisticadas da vida moderna. Não o fez porque não teve a necessidade: encontrou, e ainda hoje encontra (mas por quantas décadas ainda?), gigantescas reservas de carbono já transformado em matéria orgânica, ou pelo menos reduzido. Além do mundo vegetal e animal, essas reservas são constituídas das jazidas de carvão fóssil e de petróleo: mas também estes são herança de atividades fotossintéticas feitas em épocas remotas, de modo que se pode afirmar que a fotossíntese não é apenas a única via pela qual o carbono se faz vivente, mas também a única por meio da qual a energia solar se faz utilizável quimicamente.

Pode-se demonstrar que esta história, de todo arbitrária, é no entanto verdadeira. Eu poderia contar incontáveis histórias diferentes, e todas seriam verdadeiras — todas literalmente verdadeiras, na natureza das passagens, em sua ordem e em sua data. O número dos átomos é tão grande que sempre se encontraria algum cuja história coincida com qualquer história inventada por capricho. Eu poderia contar histórias sem fim de átomos de carbono que se tornam cor ou perfume nas flores; de outros que, de algas minúsculas a pequenos crustáceos, a peixes cada vez maiores, voltam a ser dióxido de carbono nas águas do mar, em um perpétuo e assombroso círculo de vida e morte, em que o devorador é imediatamente devorado; de outros que, ao contrário, alcançam uma decorosa semieternidade nas páginas amareladas de algum documento de arquivo, ou na tela de um pintor famoso; daqueles a quem coube o privilégio de fazer parte de um grão de pólen, e que deixaram sua marca fóssil nas rochas para nossa curiosidade; de outros ainda que desceram a fazer parte dos misteriosos mensageiros em forma de sêmen humano, e participaram do sutil processo de cisão, duplicação e fusão do qual cada um de nós nasceu. Mas contarei apenas mais uma, a mais secreta, e vou contá-la com a humildade e a discrição de quem sabe desde o início que seu tema é desesperado, os meios são inanes, e o trabalho de revestir os fatos com palavras é falimentar por sua essência profunda.

Está de novo entre nós, em um copo de leite. Está inserido em uma longa cadeia, muito complexa, mas de tal modo que quase todos os seus anéis são aceitos pelo corpo humano. É engolido, e como cada estrutura vivente abriga uma selvagem desconfiança em relação a qualquer aporte de outro material de origem vivente, a cadeia é meticulosamente fragmentada, e os fragmentos, um por um, são acolhidos ou rejeitados. Um deles, pelo qual estamos afeiçoados, atravessa a soleira intestinal e entra na corrente sanguínea: migra, bate à porta de uma célula nervosa, entra e suplanta outro carbono que dela fazia parte. Esta célula pertence a um cérebro, e este é meu cérebro — de mim, que escrevo —, e a célula em questão, e nela o átomo em questão, está associada à minha escrita, em um gigantesco minúsculo jogo que ninguém ainda descreveu. É aquela que, neste instante, fora de um emaranhado labiríntico de sim e de não, faz que minha mão percorra um certo caminho sobre o papel, o assinale com estas volutas que são signos; um duplo impulso, para cima e para baixo, entre dois níveis de energia, guia esta minha mão a imprimir sobre o papel este ponto: este.

1ª EDIÇÃO [2025] 1 reimpressão

ESTA OBRA FOI COMPOSTA EM ELECTRA PELA ACOMTE E IMPRESSA EM OFSETE PELA GRÁFICA BARTIRA SOBRE PAPEL PÓLEN DA SUZANO S.A. PARA A EDITORA SCHWARCZ EM JANEIRO DE 2026

FSC
www.fsc.org
MISTO
Papel | Apoiando o manejo florestal responsável
FSC® C105484

A marca FSC® é a garantia de que a madeira utilizada na fabricação do papel deste livro provém de florestas que foram gerenciadas de maneira ambientalmente correta, socialmente justa e economicamente viável, além de outras fontes de origem controlada.